नाम मत पूछना उसका

नाम मत पूछना उसका

एक अधूरी मोहब्बत की कहानी

मोहित भुल्लन

Notion Press

नाम मत पूछना उसका

संशोधित संस्करण

ISBN: (Notion Press द्वारा आवंटित)

प्रकाशक: Notion Press, Chennai, India

www.notionpress.com

पाठकीय सूचना

इस उपन्यास में कुछ संवेदनशील विषय हैं — जिनमें बचपन में हुआ यौन शोषण और आत्महत्या के विचार शामिल हैं। ये प्रसंग कहानी की ज़रूरत से, संयम के साथ लिखे गए हैं — पर पढ़ते हुए भारी लग सकते हैं।

अपनी गति से पढ़िए। जहाँ रुकना पड़े — रुकिए।

अगर आप, या आपका कोई अपना, किसी मुश्किल दौर से गुज़र रहा हो — तो इस किताब के अंत में सहायता-संसाधनों की एक सूची दी गयी है। मदद माँगना कमज़ोरी नहीं — इस किताब की हर औरत यही कहती है।

समर्पण

उन सब के नाम —

जो किसी कमरे में

किसी पर्दे के सामने — बैठी हैं ।

जो किसी *'I love you'* पर ज़िंदा हैं —

पर जिनके पास एक काग़ज़ नहीं ।

जो किसी का नाम बचा रही हैं — दुनिया से ।

जो किसी का नाम — दुनिया को बताना चाहती हैं ।

ये किताब आपके लिए ।

आप अकेली नहीं ।

विषय-सूची

लेखक से

प्रस्तावना

भाग एक: मुलाक़ात

१. कॉफ़ी, काग़ज़ और वो लड़की

२. नाम की शर्त

३. उल्टी किताब वाला दिन

४. जो लोग लौटते हैं

भाग दो: जुड़ाव

५. रोज़ की बातें

६. पहाड़ों का लड़का

७. एक रात जब वो रोयी

८. पाँच जून

भाग तीन: प्यार

९. पहला स्पर्श

१०. बनारस की गलियाँ

११. वो जो नहीं कहा गया

१२. ज़ोया की एक रात

भाग चार: सच और टूटना

१३. जाने की बात

१४. बारह जनवरी

१५. रुक जाने का वादा

भाग पाँच: लिखना

१६. ज़ोया की कहानी
१७. आख़िरी मुलाक़ात
१८. आख़िरी पन्ना

लेखक से

कुछ कहानियाँ शुरू होने से पहले सुनायी जाती हैं।

मेरे पास एक पुरानी नोटबुक है। नीले कपड़े के कवर वाली, जिसके पन्ने अब थोड़े पीले पड़ गए हैं। उसके पहले पन्ने पर एक तारीख़ लिखी है — और एक लड़की का नाम — जो असली नहीं है।

ये कहानी उस लड़की की है।

और इस कहानी के अंदर, कहीं, मेरी भी कहानी है। पर वो बाद में। पहले उसे सुनिए।

क्योंकि जो लोग अपनी कहानी नहीं सुना पाते, उनकी कहानी कोई और सुनाता है। और जो सुनाता है, उसकी भी एक कहानी होती है — जो सुनाते-सुनाते बन जाती है।

इस किताब में दो औरतें हैं। एक जिसे आप पूरा जानेंगे। दूसरी जो पन्नों के बीच छुपी रहेगी। पर अंत में, मुझे लगता है, आप दोनों को अलग नहीं कर पाएँगे।

और एक लड़का है। जिसका नाम मैं कभी नहीं लिखूँगी।

क्योंकि उसने — उस लड़की से — यही कहा था।

नहीं। झूठ। उसने नहीं कहा था।

उसने तो अपना नाम बहुत पहले बता दिया था। सब कुछ बता दिया था।

पर उसने मुझसे कहा।

उसी लड़की ने।

"नाम मत पूछना उसका।"

और मैंने वादा किया।

— ज़ोया

प्रस्तावना

दिसंबर की एक रात थी।

मैंने मेज़ पर चाय रखी। नोटबुक खोली। पेन उठाया।

और फिर दो घंटे तक खाली पन्ने को देखती रही।

बाहर दिल्ली सो रही थी। अंदर मेरे एक लड़की जाग रही थी — जिसका नाम मुझे पता था, पर जिसे मैं उस नाम से नहीं पहचानती थी।

उसने मुझे एक कहानी दी थी।

और एक शर्त।

"नाम मत पूछना उसका।"

उसने ये बहुत शांति से कहा था। ऐसे नहीं कि वो डर रही हो कि मैं पूछ लूँगी। ऐसे जैसे वो उस नाम को अपने सीने में इतनी गहराई से रखती हो कि बाहर निकालने पर वो मैला हो जाएगा।

मैंने वादा किया था।

पर उस रात, पहली बार, मुझे लगा — वादा तोड़े बिना ये कहानी पूरी नहीं होगी।

और फिर मैंने एक बात समझी जो वो मुझे समझाना नहीं चाहती थी। पर जो ज़ाहिर थी — पन्नों के बीच, चुप्पियों के बीच, उसकी हर बात के बीच।

वो उसका नाम जानती थी।

वो आज भी जानती है।

वो बस ये नहीं चाहती कि दुनिया जाने।

क्योंकि कुछ कहानियाँ नामों से नहीं बनतीं।

नामों के बचाए जाने से बनती हैं।

भाग एक

मुलाक़ात

"कुछ लोग दरवाज़ा खटखटा कर नहीं आते ।

वो हवा की तरह आते हैं ।

और जाते वक़्त — हवा की तरह नहीं जाते ।"

अध्याय एक

कॉफ़ी, काग़ज़ और वो लड़की

दिसंबर की शाम थी। दिल्ली की वो ठंड जिसमें धूप भी कोहरे से माँग कर आती है।

मैं कनॉट प्लेस के उस पुराने कैफ़े में बैठी थी जहाँ अक्सर चली जाती हूँ जब लिखने के लिए कुछ नहीं होता। यहाँ लोग नहीं, चेहरे आते हैं। और हर चेहरा एक अधूरा वाक्य होता है। कुछ चेहरे काफ़िए की तरह होते हैं — जो तुरंत याद हो जाते हैं। कुछ लाइन-ब्रेक की तरह — जो बिना बोले कुछ कह जाते हैं।

और कुछ चेहरे — पूरी किताब जितने होते हैं।

मेरे सामने चाय ठंडी हो रही थी। लैपटॉप पर एक खाली पेज। कर्सर जैसे मुझे चिढ़ा रहा हो — "लिख, कुछ लिख।"

दो साल, तीन महीने और सोलह दिन हो चुके थे मेरी दूसरी किताब को। गिनना मैंने छोड़ना चाहा था, पर छोड़ नहीं पायी। कुछ दिन ख़ुद को गिनाते रहते हैं — आप चाहें या न चाहें।

इतने दिनों में मैंने कई शुरुआतें कीं। एक लड़की जो अपनी बीमार माँ की तलाश में हिमालय जाती है। एक विधवा जो फिर से प्यार करना सीख रही है। एक डॉक्टर जिसे अपने मरीज़ से मोहब्बत हो जाती है।

सब अधूरी। सब के सब।

अब मैं शब्दों से डरने लगी थी। खाली पन्ना खोलती, तो लगता कहीं अंदर से कोई आवाज़ आएगी — "जा, भाग। तू लेखिका नहीं है। तू बस थी। अब नहीं है।"

प्रकाशक का फ़ोन आ चुका था इस हफ़्ते — दो बार। दोनों बार मैंने नहीं उठाया। उनसे क्या कहती? कि किताब नहीं लिख पा रही? कि जो

advance लिया था वो ख़र्च हो चुका है, और अब वो लौटाने के पैसे भी नहीं हैं?

मेरे बैंक में छियासी हज़ार रुपये थे। गुडगाँव वाले किराए के फ़्लैट में दो महीने का किराया बाक़ी था। और माँ चाहती थी कि मैं शादी कर लूँ "किसी ढंग के लड़के से, जब तक उम्र है।"

सत्ताईस की औरत को ज़रूरी नहीं कि शादी चाहिए ही। सत्ताईस की औरत को बस इतना चाहिए कि सुबह उठ कर किसी एक वजह से बिस्तर से निकल सके। वो वजह कुछ भी हो सकती है — एक किताब जो लिखनी है, एक फूल जो खिलने वाला है, एक बच्चा जो स्कूल जा रहा है, एक इंसान जो उसका इंतज़ार कर रहा है।

पिछले दो साल में मेरे पास कोई वजह नहीं थी।

कभी-कभी मैं सोचती हूँ, लिखने वाले इसलिए लिखते हैं कि वो अपनी ज़िंदगी से भाग सकें। पर एक वक़्त आता है जब आप भागते-भागते थक जाते हैं। और तभी पता चलता है — जो कहानी आप लिख नहीं पा रहे, वो असल में आपकी अपनी है।

मैंने लैपटॉप बंद कर दिया।

तभी वो आयी।

मैंने पहले उसे नहीं देखा। मुझे उसकी आवाज़ सुनायी दी।

"आप ज़ोया हैं न?"

मैंने सिर उठाया।

और जो पहली चीज़ मेरे दिमाग़ में आयी — वो ये कि उसकी आवाज़ में एक तरह की थकान थी। एक ऐसी थकान जो नींद से नहीं जाती। वो थकान जो जीने से आती है। कुछ लोगों की आवाज़ सुन कर लगता है — वो आवाज़ पहले किसी और की थी, जो मर गया। और अब ये बची हुई है — उसी घर में, उसी गले में, पर अलग मालिक के साथ।

लंबा ग्रे स्वेटर, गले में मटमैला स्कार्फ़, कंधे पर एक चमड़े का बैग जो ज़्यादा इस्तेमाल से मुलायम हो चुका था। बाल खुले, पर हवा में नहीं —

जैसे उसने सोच कर उन्हें खोला हो, पर फिर भूल गयी हो कि खोले क्यों थे।

उसके होंठ फटे हुए थे। उस तरह से नहीं कि पानी कम पिया हो — उस तरह से जैसे किसी ने अपने शरीर का ध्यान रखना बंद कर दिया हो। पर वो लिपस्टिक लगा कर आयी थी — हल्की गुलाबी। जैसे दुनिया से ये एक बात छुपानी हो कि उसने ख़ुद से प्यार करना बहुत पहले छोड़ दिया है।

आँखों में वो चीज़ जो मैंने कई किताबों में लिखने की कोशिश की और हर बार कम पड़ गयी — उदासी नहीं, ख़ालीपन। उदासी तो किसी चीज़ के न होने पर आती है। उसमें तो ये भी नहीं था। जैसे कोई कमरा, जिसमें कभी फ़र्नीचर था, कोई आवाज़ थी — अब सिर्फ़ दीवारें हैं।

पर एक चीज़ और थी। जो मुझे बाद में समझ आयी।

उसने मेज़ के पास खड़े होकर पहले दरवाज़े की तरफ़ देखा था। एक झलक। बस एक सेकंड। फिर कुर्सी पर बैठी।

मुझे वो पल कई महीने बाद याद आया। क्योंकि मैं ख़ुद भी कभी-कभी ऐसा करती हूँ — किसी भी नयी जगह में पहले ये देखना कि निकलने का रास्ता कहाँ है।

पर उस वक़्त मैंने नहीं सोचा।

"जी।" मैंने कहा।

"मैंने आपकी किताब पढ़ी है।" उसने थोड़ा रुक कर कहा। "दोनों।"

मैंने मुस्कुराने की कोशिश की। पाठकों से मिलना अच्छा लगता है, पर उस वक़्त नहीं जब लिखने को कुछ नहीं हो।

"बैठिए।"

वो बैठी। पर ऐसे जैसे कुर्सी पर नहीं, किसी फ़ैसले पर बैठ रही हो। कुर्सी पर कोई ऐसे बैठता है जैसे उसे याद करना पड़ता हो कि बैठना कैसे है।

"कुछ मँगाएँगी?"

"नहीं।" फिर सोच कर, "अदरक वाली चाय।"

मैंने वेटर को इशारा किया। फिर हम दोनों चुप हो गए। कैफ़े में एक पुराना हिंदी गाना बज रहा था — शायद तलत महमूद। मुझे ठीक से याद नहीं।

मैंने उसे देखा। वो अपने नाख़ून देख रही थी। नाख़ून कटे हुए थे — पर उस तरह से नहीं जैसे कोई ध्यान से काटे। उस तरह जैसे कोई दाँतों से काटता हो। बायें हाथ का अँगूठा दायें हाथ के अँगूठे पर रगड़ रही थी। रुक-रुक कर। एक तरह की लय में।

मुझे ये पता है कि लोग घबराते हैं तो क्या करते हैं। कोई बाल ठीक करता है। कोई पानी पीता है। कोई फ़ोन निकाल लेता है।

पर ये — अँगूठे को अँगूठे से रगड़ना — ये वो करते हैं जो ख़ुद को ज़मीन पर रखने की कोशिश कर रहे हों। जो अपने शरीर में वापस आना चाह रहे हों। जिनका दिमाग़ कहीं और होता है, और शरीर को सिग्नल भेजना पड़ता है कि "मैं यहाँ हूँ। अभी। इस कुर्सी पर।"

मैं जानती थी ये क्या है।

मुझे बहुत अच्छी तरह से पता था।

पर उस वक़्त मैंने सोचा — शायद मैं ग़लत हूँ। शायद ये सिर्फ़ आदत है। हर चीज़ को अपने हिसाब से देखना एक बीमारी है, ज़ोया। हर किसी में अपने जैसा कुछ ढूँढ लेना।

"मुझे आपसे एक बात करनी है।" उसने आख़िर कहा। "पर पता नहीं कैसे करूँ।"

"नाम क्या है आपका?"

उसने एक सेकंड ज़्यादा लिया जवाब देने में। सिर्फ़ एक सेकंड — पर मैं लिखने वाली हूँ, मैं सेकंड पकड़ती हूँ।

"जान्वी।"

"जान्वी।" मैंने दोहराया, जैसे नाम को जीभ पर तौल रही हूँ।

नाम झूठा था। मुझे बाद में पता चला। पर उसने जिस तरह वो नाम बोला — ऐसे नहीं कि वो झूठ था। ऐसे कि वो उस नाम में बहुत लंबे समय से रह रही थी। जैसे कोई औरत अपने दूसरे पति के घर में इतने साल रह ले कि पहला घर भूल जाए। नाम भी कभी-कभी घर बन जाते हैं।

"मेरे पास एक कहानी है।" उसने कहा। "पर वो मेरी नहीं है।"

"फिर किसकी है?"

"पता नहीं। शायद उसकी, जो अब नहीं है। शायद उस लड़की की, जो मैं हुआ करती थी। शायद उन दिनों की, जो कभी लौटते नहीं।"

मैंने उसकी तरफ़ देखा।

"आप क्यों बताना चाहती हैं?"

"क्योंकि अगर मैंने किसी को न बताया, तो एक दिन ये कहानी मुझे ख़त्म कर देगी।"

उसने ये बिना किसी नाटकीयता के कहा। ऐसे जैसे बता रही हो कि बाहर बारिश हो रही है। कुछ लोगों के लिए मौत कोई बड़ी बात नहीं होती — वो उसके इतना क़रीब जी चुके होते हैं कि उसकी बू उनकी रोज़मर्रा बन जाती है।

मेज़ के ऊपर एक लंबी चुप्पी बैठ गयी। जैसे हम दोनों के बीच कोई तीसरा आ कर बैठ गया हो।

अदरक वाली चाय आ गयी। उसने कप पकड़ा, पर पिया नहीं। सिर्फ़ हाथ सेंकती रही। दो घंटे बाद, जब हम उठेंगे, मैं देखूँगी कि चाय पूरी की पूरी उस कप में ही है। बस ठंडी हो कर पीली पड़ गयी है।

कुछ लोग चाय मँगाते हैं पीने के लिए नहीं। हाथ में कुछ पकड़ने के लिए।

"ज़ोया जी," उसने कहा, "एक बात बोलूँ?"

"बोलिए।"

उसने अपने कप में देखा।

'एक दिन जब आपको पता चलेगा कि मेरे साथ क्या हुआ है — तो आपका पहला सवाल ये नहीं होगा कि 'ये कैसे हुआ' या 'किसने किया'। आपका पहला सवाल होगा — तुम अब तक ज़िंदा कैसे हो?'"

मैंने उसे देखा। वो चाय के कप में देख रही थी।

मेरे पास कोई जवाब नहीं था।

क्योंकि मैं जानती थी वो सच बोल रही थी।

और मैं ये भी जानती थी कि उसका जवाब अभी नहीं दिया जा सकता। किसी के भी द्वारा। शायद कभी नहीं।

कमरे की दूसरी तरफ़ किसी की चम्मच कप से टकराई — एक मामूली आवाज़ — और जान्वी का हाथ हल्का सा काँपा। बहुत हल्का। अगर मैं देख न रही होती तो पकड़ में न आता। उसने ख़ुद को सँभाला। अँगूठा फिर से दूसरे अँगूठे पर रगड़ने लगा। यहाँ हूँ। अभी। इस कुर्सी पर।

मैंने अपनी ज़िंदगी में कई ज़ख़्म देखे हैं — अपने भी, दूसरों के भी। पर कुछ ज़ख़्म ऐसे होते हैं कि आप उन्हें पहचानने में ही घंटे लगा देते हैं। और कुछ पल ऐसे होते हैं जब आपको एक अजनबी में अपने ही चेहरे का एक हिस्सा दिख जाता है। और आप नज़र नहीं फेर पाते। क्योंकि नज़र फेरना अपने आप से नज़र फेरना होगा।

"एक शर्त है।" उसने कहा।

"बताइए।"

"उसका नाम मत पूछना।"

"किसका?"

"जिसकी कहानी है। उसका।" वो रुकी। "और मेरा भी।"

मैं हँसी। हँसी ज़्यादा, मुस्कुरायी कम।

"जान्वी, अभी तो आपने बताया अपना नाम।"

उसने पहली बार सीधे मेरी आँखों में देखा। उसकी आँखें भूरी थीं। पर उस भूरेपन में एक और रंग था — जैसे कोई पुरानी तस्वीर, जिसमें धूप पीली पड़ गयी हो।

"हाँ।" उसने कहा। "पर नाम सिर्फ़ एक आवाज़ है। नाम से कोई नहीं पहचानता।"

मैं चुप रही।

उस वक़्त मुझे एक बात समझ नहीं आयी थी — जो बहुत बाद में समझ आयी।

वो उसका नाम जानती थी। ज़रूर जानती थी। बहुत अच्छी तरह से जानती थी।

उसने मुझसे नाम छुपाने को नहीं कहा था — बचाने को कहा था।

कुछ नाम दुनिया के सामने लाने के लिए नहीं होते। दुनिया की नज़र लगती है। दुनिया की बातें लगती हैं। दुनिया, जब किसी को नहीं जानती, तो उस पर सबसे बड़ा फ़ैसला सुना देती है।

और वो नहीं चाहती थी कि कोई उसके बारे में कोई फ़ैसला सुनाए।

क्योंकि वो अभी भी उससे प्यार करती थी।

उसने छोड़ा था — पर ये उसकी ग़लती नहीं थी, ये वो मानती थी। ग़लती ज़िंदगी की थी। परिवार की थी। समाज की थी। उसकी अपनी चुप्पी की थी।

और जब कोई चीज़ ज़िंदगी की ग़लती हो, तो आप जिससे प्यार करते हैं उसे बचाना अपना फ़र्ज़ समझ लेते हैं।

वो आज भी उसे उसी तरह बचा रही थी जैसे उन दिनों बचाती थी जब वो उसके साथ थी।

शायद उससे ज़्यादा।

"आप लिखेंगी मेरी कहानी?"

"अगर सच हो।"

"सच ही तो सबसे मुश्किल होता है लिखना।" वो बोली। "पर हाँ, सच है। बस... कुछ नाम बदले हुए होंगे। कुछ शहर। कुछ तारीख़ें। बाक़ी सब वैसा ही जैसा था।"

"और जो नहीं था?"

"जो नहीं था, वो भी कहानी का हिस्सा है। अधूरी मोहब्बत में ख़ालीपन भी एक किरदार होता है, ज़ोया जी।"

उस वक़्त मुझे पहली बार लगा — इस लड़की को लिखना नहीं, सुनना है। और कुछ कहानियाँ, जब सुनी जाती हैं, तो लिखने वाले की भी हो जाती हैं।

"कब से शुरू करें?" मैंने पूछा।

उसने खिड़की के बाहर देखा। शाम का कुहासा धुंध बनता जा रहा था। सड़क पर गाड़ियों की लाइटें जल उठी थीं।

"शुरू से कहाँ शुरू होती है कहानी?" उसने कहा। "कोई कहेगा स्टेशन से। कोई कहेगा उस सब्ज़ी मंडी से जहाँ वो मुझे ढूँढने आया था। कोई कहेगा उस बारिश से, उस संगम से, उस पहले स्पर्श से।"

उसने चाय का कप मेज़ पर रखा। अब भी नहीं पिया था।

"पर मेरी कहानी असल में शुरू होती है दस साल की उम्र में। पहाड़ों में। एक घर में जिसकी खिड़की से देवदार का पेड़ दिखता था।"

कैफ़े में गाना बदल गया था। अब कोई और था — मुझे पहचान नहीं आया।

"पर वो कहानी बाद में।" उसने कहा। "पहले वो जो मैंने जीने की कोशिश की।"

उसने बैग से एक पुरानी नोटबुक निकाली। नीले कपड़े के कवर वाली। उसके पन्ने थोड़े पीले पड़ चुके थे।

"ये मैं लायी थी।" उसने कहा। "कुछ तारीख़ें हैं इसमें। कुछ पते। कुछ नाम जो बदलने होंगे।"

नोटबुक उसने मेज़ पर रख दी। पर मेरी तरफ़ नहीं बढ़ायी।

"एक बात और।"

"जी।"

"जब आप ये किताब लिखेंगी, तो एक जगह आएगी जहाँ आप रुक जाएँगी। लगेगा, आगे नहीं लिखा जाता। उस जगह पर — रुक जाइए। पी जाइए। फिर लिखिए।"

"क्यों?"

"क्योंकि जो बातें जल्दी लिख दी जाती हैं, वो सस्ती हो जाती हैं।" उसने कहा। "और मेरी कहानी सस्ती नहीं है।"

मैंने सर हिलाया।

बाहर दिल्ली की शाम अब पूरी तरह रात बन रही थी। किसी ने कैफ़े का मुख्य दरवाज़ा खोला — एक ठंडी हवा अंदर आयी, और मुझे एक पल के लिए लगा कि मेज़ पर रखे पन्ने उड़ जाएँगे।

पर वो नहीं उड़े।

कुछ चीज़ें, एक बार आ जाएँ, तो उड़ती नहीं।

जब वो उठी, मैंने देखा वो कितनी पतली थी। स्वेटर के अंदर जैसे कोई न हो। कुछ औरतें पतली होती हैं शरीर से। कुछ पतली हो जाती हैं इसलिए कि उनके अंदर कुछ बचा नहीं। जान्वी दूसरी वाली थी।

"फिर मिलेंगे?" मैंने पूछा।

"हाँ।" उसने कहा। "परसों। यहीं।"

वो दरवाज़े तक गयी। फिर रुकी। पलटी।

"ज़ोया जी?"

"हाँ।"

"आपकी दोनों किताबों में एक चीज़ कॉमन है।"

"क्या?"

"दोनों में नायिकाएँ बचना चाहती हैं।" उसने कहा। "पर कोई उन्हें बचाने नहीं आता।"

मैं चुप रही।

"आपको लिखते वक़्त कैसा लगता है?" उसने पूछा।

मैंने जवाब नहीं दिया।

क्योंकि जवाब मुझे आता था। पर उस वक़्त मैं उसे कह नहीं पायी।

जवाब था — लिखते वक़्त मुझे लगता है, मैं ख़ुद को बचा रही हूँ।

पर शायद वो जानती थी। वो लड़की बहुत कुछ जानती थी।

शायद इसीलिए वो मेरे पास आयी थी।

उस रात घर जा कर मैंने पहली बार कई महीनों में लिखा।

लिखा तो नहीं — बस एक वाक्य। नोटबुक के पहले पन्ने पर।

"कुछ लोग ज़िंदगी में आते हैं नाम देने के लिए नहीं... बस याद बनने के लिए।"

मुझे नहीं पता था तब — ये वाक्य उस लड़की का था, मेरा, या हम दोनों का।

शायद कुछ वाक्य किसी एक के नहीं होते।

शायद कुछ कहानियाँ भी।

* * *

अध्याय दो

नाम की शर्त

दो दिन।

लोग सोचते हैं दो दिन कुछ नहीं होते। पर कुछ दिन अपना वज़न बदल लेते हैं।

कैफ़े से निकल कर मैं घर गयी। गुडगाँव की उस बिल्डिंग के आठवें माले पर, जहाँ से रात को ऑफ़िस की बत्तियाँ दिखती हैं। अजीब बात है — मैं फ़्लैट के अंदर रहती हूँ, पर रात को अकेली लगती हूँ जब बाहर की बत्तियाँ बुझती जाती हैं। जैसे दुनिया सो जाए तो मेरा जगना बेकार हो।

मैंने नोटबुक निकाली। लिखने बैठी।

पर जब लिखा — जो मैंने लिखा — वो उस लड़की का नहीं था।

"वो पच्चीस की थी। पतली। डरी हुई। उसके हाथ में एक किताब थी जिसे वो पकड़ना चाहती थी पर पकड़ नहीं पा रही थी।"

मैंने पढ़ा। फिर पढ़ा। फिर पेन रख दिया।

ये कौन थी?

जान्वी? या मैं?

पानी उबालने गयी। गैस पर पानी चढ़ाया। खिड़की के पास खड़ी हो गयी। पंद्रह मिनट बाद जब वापस आयी, तो पानी खौल कर भाप बन चुका था। कुछ भी नहीं बचा था।

कुछ चीज़ें ऐसी ही होती हैं। आप उन्हें देखते नहीं हो, तो वो ख़त्म हो जाती हैं।

मैंने दोबारा पानी चढ़ाया। चाय बनायी। पी भी नहीं।

उस रात मुझे नींद नहीं आयी।

ख़्वाब तो और बुरे आते हैं। पर उस रात ख़्वाब भी नहीं आया। बस एक पुरानी चीज़ जो मैंने बहुत सालों से नहीं सोची थी।

एक कमरा था। भूरा पर्दा। शाम। मैं शायद बारह साल की थी।

बस इतना।

कोई चेहरा नहीं आया। कोई नाम नहीं आया। बस एक कमरा।

और उस कमरे की एक बात जो मेरे दिमाग़ में चिपकी रह गयी — कि परदे पर एक मक्खी बैठी थी। और वो उड़ नहीं रही थी। जैसे वो भी रुक गयी हो। जैसे वो भी देख रही हो।

मैंने आँखें खोल दीं।

कुछ यादें भूल नहीं जातीं। वो बस पीछे चली जाती हैं। और फिर कोई बुलाता है — तो लौट आती हैं।

जान्वी ने क्या मुझे बुला लिया था?

उसने अँगूठा रगड़ा। मैंने पहचाना। पहचानते ही मेरे दिमाग़ के किसी पुराने दरवाज़े पर कोई खट-खट करने लगा था।

और वो खट-खट रुक नहीं रही थी।

अगली सुबह माँ का फ़ोन आया।

"बेटी, कैसी है?"

"ठीक हूँ, माँ।"

"किताब लिख रही है?"

"लिख रही हूँ।"

"किसके बारे में?"

क्या बताऊँ? एक लड़की के बारे में जिसकी कहानी मुझे सुनने मिली है? जिसके नाख़ून दाँत से कटे हुए हैं? जिसकी आवाज़ में किसी मरे हुए इंसान की थकान है?

"एक औरत के बारे में, माँ। जो अपने आप को ढूँढ रही है।"

माँ हँसी।

"औरत अपने आप को क्यों ढूँढेगी? घर में बच्चा चाहिए होता है उसे, पति चाहिए होता है। ख़ुद कहाँ खोयी हुई होती है औरत?"

मैं चुप रही।

"शर्मा जी की लड़की के भतीजे की बात चल रही है। इंजीनियर है। चौंतीस का है। *MNC* में। पिक्चर भेजी थी, तूने देखी?"

"देखी है, माँ।"

"तो?"

"माँ, अभी बात नहीं करनी।"

"बेटी, उम्र जा रही है। हम हमेशा नहीं रहेंगे। अब्बू की तबीयत तुझे पता ही है।"

मैंने फ़ोन रख दिया। चुपचाप। बिना झगड़े।

पर पूरे दिन उनकी आवाज़ कानों में बजती रही।

माँ, आप को पता था न कि मैं पैदा होने वाली हूँ? आप ने मुझे क्यों पैदा किया था? क्या ज़िंदगी में कुछ कम रह गया था जो मुझसे पूरा होने वाला था?

बेटियाँ माँओं के खालीपन को भरने के लिए नहीं पैदा होतीं।

पर मुझे लगता है — मैं शायद इसलिए पैदा हुई थी।

और मैं वो ख़ालीपन भर नहीं पायी।

अब माँ शादी कराना चाहती हैं मेरी। एक और घर में एक और ख़ालीपन भरने के लिए।

पर लोग समझते नहीं — कुछ औरतें ख़ुद भरी नहीं होतीं। वो किसी और का ख़ाली कहाँ से भरेंगी?

दूसरी शाम।

मैं कैफ़े थोड़ा जल्दी पहुँची। छह बजे से पंद्रह मिनट पहले। जगह पकड़ी — वही मेज़, खिड़की के पास।

बिना ये सोचे, कि जगहें भी यादें बन जाती हैं। दो बार कोई किसी जगह मिले, तो वो जगह उसकी हो जाती है। उसके बाद वहाँ अकेले बैठो — तो वो बैठना भी अकेला नहीं रहता।

उसी वेटर को देखा। उसी गाने को सुना — इस बार रफ़ी थे। 'प्यासा' वाला वो गाना — जो पूरी दुनिया मिल जाने पर भी एक सवाल उठाता है।

साढ़े छह तक वो नहीं आयी। सात तक भी नहीं।

मुझे लगा — शायद आज नहीं आएगी। शायद दो दिन में सोच लिया उसने। कहानी सुनाना मुश्किल होता है। सुनाने का फ़ैसला कुछ दिन रखें, तो वो फ़ैसला अपने आप वापस हो जाता है।

मैं उठने ही वाली थी कि वो दरवाज़े पर आयी।

आज कुछ बदला हुआ था।

वही स्वेटर, वही जीन्स। पर गले में एक लाल स्कार्फ़।

एक छोटी सी चीज़। एक रंग। पर उस लाल में — जैसे वो याद करने की कोशिश कर रही हो कि वो पहले कौन थी। या जैसे वो दुनिया से कह रही हो — मैं अभी हूँ। अभी भी हूँ।

कुछ औरतें अपना होना रोज़ साबित करती हैं। स्कार्फ़ से। काजल से। एक चूड़ी से। कोई नहीं देखता। पर वो ख़ुद को दिखाती हैं, आईने में — मैं यहाँ हूँ। मैं ज़िंदा हूँ।

"देर हो गयी।" उसने बैठते हुए कहा।

"कोई बात नहीं।"

"मेट्रो लेट थी।"

"दिल्ली में ही रहती हैं?"

उसने सर हिलाया। पर ज़्यादा कुछ नहीं कहा।

पहला राज़। दिल्ली में ही रहती है — पर कहाँ, ये नहीं बताना चाहती।

"चाय ?" मैंने पूछा ।

"हाँ ।" इस बार रुकी नहीं । बस हाँ ।

चाय आयी । और इस बार — आज — उसने पी ।

एक घूँट । दो घूँट ।

ये एक अच्छी ख़बर थी । मुझे कैसे बताऊँ आपको — जब कोई ऐसा इंसान, जो दो दिन पहले चाय हाथ सेंकने को मँगवा रहा था, आज उसे पी ले — तो लगता है, कुछ तो ठीक है । कहीं न कहीं ।

"आपको लगा मैं नहीं आऊँगी ?" उसने पूछा ।

"थोड़ा-थोड़ा ।"

"मुझे भी ।" उसने कहा । "सुबह तक तय नहीं था । दोपहर तक भी नहीं ।"

"फिर?"

"फिर एक बात याद आयी ।"

"क्या?"

उसने खिड़की के बाहर देखा । दिसंबर की शाम उसी तरह थी जैसे दो दिन पहले । पर वो आज अलग थी ।

"अगर मैं न आती, तो आप मेरे बारे में कुछ सोचती रहतीं । कि मैं कौन थी । क्या थी । उसकी कहानी क्या थी । और एक दिन आप लिखतीं — अपनी कहानी में मुझे । पर वो मैं नहीं होती । वो आपकी जान्वी होती । मेरी नहीं ।"

वो रुकी । चाय का एक और घूँट ।

"और मेरी — मेरी कहानी पहले से ही इतनी खो चुकी है कि एक और बार नहीं खो सकती ।"

उस वक़्त मुझे पहली बार एहसास हुआ — वो मेरे लिए नहीं आयी थी ।

वो अपनी कहानी को बचाने आयी थी । अपने सच को । अपनी यादों को, जो शायद उसे छोड़ कर जा रही थीं ।

और मैं — मैं सिर्फ़ एक गवाह थी। जो उस सच को देख सके। ताकि कोई था जो जानता था, कि वो झूठ नहीं था।

"एक बात कहनी थी।" उसने कहा।

"जी।"

"शर्तें हैं कुछ। पहले ये तय करें।"

"उसका नाम नहीं पूछना। वो आप पहले ही कह चुकी हैं।"

"हाँ। पर और भी हैं।"

वो झुकी। दोनों हाथ मेज़ पर। आँखें मेरी आँखों में।

"एक — उसका नाम नहीं पूछोगी।"

"दो — जब मैं रुकूँ, तो धक्का मत देना। कुछ चीज़ें आएँगी जब मेरे सामने — उन्हें आने देना। कभी-कभी मैं चुप हो जाऊँगी बीच में। बात अधूरी छोड़ दूँगी। आप मत पूछिए फिर से। वो अपने आप लौटेगी। या नहीं लौटेगी। दोनों ठीक हैं।"

"तीन — जगहें, नाम, तारीख़ें — कुछ सही होंगी, कुछ बदली हुई। इसमें फ़र्क़ मत करना। कहानी सच है। बाक़ी ब्योरे हैं।"

"चार —"

वो रुकी।

"जी।"

"उसका बुरा मत कहना।"

"किसका?"

"उसका।" उसने कहा। "वो बुरा नहीं था, ज़ोया जी। वो कमज़ोर था। फ़र्क़ है।"

मैं चुप रही।

"आप सुनेंगी जो हुआ। आख़िर में जो हुआ। और आपका पहला ख़्याल आएगा कि वो ग़लत था। कि वो मर्द नहीं था। कि वो भाग गया।"

"और ये सच नहीं है?"

"ये सच है भी, नहीं भी।" वो बोली। "सच ये है कि उसे जान लिया जाए — पूरा जान लिया जाए — तो उसे बुरा कहना मुश्किल है। जिनके सामने वो मजबूर था, वो उसके थे। ख़ून के थे। और ख़ून के रिश्ते बहुत ज़हरीले होते हैं — क्योंकि आप उन्हें छोड़ नहीं सकते।"

उसने अपनी आँखें नीचे कीं।

"जब आप किसी से प्यार करते हैं," उसने कहा, "तो उसकी कमज़ोरी भी अपनी लगने लगती है। और जब वो कमज़ोरी आपकी ज़िंदगी तोड़ दे — तो भी आप उसे तोड़ना नहीं चाहते। क्योंकि उसे तोड़ने से जो टूटेगा, वो वो हिस्सा है आपका, जो उसे प्यार करता था।"

मैं कुछ नहीं बोली।

मेरे पास कहने को कुछ नहीं था। क्योंकि ये वाक्य — "जब आप किसी से प्यार करते हैं, तो उसकी कमज़ोरी भी अपनी लगने लगती है" — ये मैंने अपनी दोनों किताबों में लिखना चाहा था। कभी नहीं लिख पायी।

पर उसने लिख दिया, बोल कर।

वो अपनी कहानी लिख नहीं सकती। पर वो हर बात को अपनी कहानी की एक पंक्ति बना देती थी।

चाय ख़त्म हो रही थी। उसने वेटर को इशारा किया — दूसरी चाय। ये नयी जान्वी थी। जो चाय पी रही थी। जो बात कर रही थी।

"आपका नाम असली है?" उसने अचानक पूछा।

मैं चौंकी।

"ज़ोया।" मैंने कहा। "जी। अब्बू ने रखा था। अरबी में — ज़िंदगी।"

वो मुस्कुरायी। पहली बार। हल्की सी।

"ज़िंदगी।" उसने दोहराया। "तो आपका नाम एक ज़िम्मेदारी है।"

मैं हँसी। "मैंने ऐसे कभी नहीं सोचा।"

"सोचना चाहिए।" उसने कहा। "हम अपना नाम जीते नहीं हैं। पर नाम हमें खींचता है — जैसे दुआ खींचती है। आपका नाम आपकी

ज़िम्मेदारी है। आप ज़िंदगी हैं। और आप ज़िंदगी न जिएँ, तो अब्बू के दिए नाम का क्या मतलब?"

रुकी। फिर बोली —

"मेरा असली नाम मेरी माँ का सबसे पसंदीदा शब्द था। वो मुझे ऐसे बुलाती थीं जैसे नमाज़ पढ़ रही हों। बहुत धीरे। बहुत प्यार से।"

"क्या नाम था?" पूछ लिया मैंने। पर तुरंत — "माफ़ कीजिए। मत बताइए।"

"नहीं।" उसने कहा। "पूछ लिया तो बता दूँगी। पर ये समझिए — जब माँ मरीं, वो नाम उनके साथ ही मर गया। उसके बाद किसी ने उसे उस तरह नहीं बोला। और मैं नहीं चाहती थी कि कोई उसे किसी और तरह बोले।"

"तो?"

"तो मैंने ख़ुद उसे बोलना बंद कर दिया।"

"नाम क्या था?" मैंने फिर पूछा।

उसने एक बहुत लंबी सी साँस ली।

"रूही।"

ये दो अक्षर। इतने धीरे उसने बोले जैसे कोई अपने अंदर के किसी कोने से कुछ निकाल रहा हो।

"रूही।" मैंने दोहराया।

"माँ कहती थीं — रूही, तेरा नाम आत्मा है। तू जहाँ जाएगी, तेरी रूह साथ जाएगी।"

रुकी।

"पर माँ ग़लत थीं। रूह साथ नहीं जाती। रूह घर पर छूट जाती है। और आप जाते हैं — एक खाली जिस्म बन कर।"

मैं चुप रही।

"फिर जान्वी क्यों?" मैंने पूछा।

"क्योंकि इलाहाबाद में बुआ की पड़ोसन की बेटी का नाम जान्वी था।" उसने कहा। "नौ साल की थी वो। मेरी गोद में बैठ जाती थी। एक दिन उसने मुझसे पूछा — 'आपका नाम क्या है?' और मैंने सोचा — अगर आज मेरा नाम रूही नहीं है, तो क्या है? मैंने उसे बोला — 'जान्वी।' बच्ची ने ताली बजायी। मेरा नाम जैसा? हम दोनों फिर बहनें हुईं!'"

उसकी आँखों में कुछ चमका। बहुत थोड़ा।

"उस दिन से मैं जान्वी हूँ।" उसने कहा। "एक बच्ची की ताली पर मैंने अपना नाम बदला। क्योंकि रूही होना मैं बर्दाश्त नहीं कर सकती थी। जान्वी होना आसान था। उसमें कोई याद नहीं थी। कोई ज़िम्मेदारी नहीं थी। बस एक ख़ाली नाम था, जिसमें मैं फ़िट हो गयी।"

"नामों के बारे में एक बात और।" उसने कहा।

"क्या?"

"जब कोई आपका नाम चिल्ला कर लेता है — गुस्से में, या ताने में, या झगड़े में — तो नाम थोड़ा सा मैला हो जाता है। हर बार। एक नाम को बहुत बार गंदे हाथ से छुआ जाए तो वो ख़राब हो जाता है। मिट्टी चढ़ती है।"

"और उसका नाम?"

"वो साफ़ है अभी। मेरे पास।" उसने कहा। "मेरे ज़हन में। वहाँ कोई नहीं छू सकता। पर अगर मैं उसे दुनिया में निकाल दूँ — तो आज कल का दिन है सोशल मीडिया का। लोगों का। सब अपनी रायें देंगे। सब उसे छुएँगे। कुछ उसे गाली देंगे। कुछ उसे *justify* करेंगे। कुछ उसे *meme* बना देंगे।"

"और फिर?"

"फिर जो नाम मेरे पास साफ़ है अभी, वो भी गंदा हो जाएगा।" उसने कहा। "मेरी यादों में जो सबसे अच्छी चीज़ बची है उसकी, वो उसका नाम ही तो है। बाक़ी तो ज़्यादातर मुझे अब याद भी नहीं।"

मैं चुप रह गयी।

क्योंकि ये वो बात थी जो मैं अपने आप से नहीं बोल पायी थी कभी।

उस कमरे में, जो भूरा पर्दा था, जो बारह साल की उम्र में...

उस इंसान का नाम भी मेरे पास था। पर मैं कभी उसे नहीं बोली। किसी को नहीं। अपनी माँ को नहीं, अपने अब्बू को नहीं, अपने आप को भी नहीं। आईने के सामने खड़े हो कर भी नहीं।

मैंने सोचा था मैं उसे भूल जाना चाहती हूँ।

उस दिन पहली बार समझ आया — मैं उसे भूल नहीं रही थी।

मैं उसे बचा रही थी।

ख़ुद के आक्रोश से। अपनी माँ की आँखों से। अपने अब्बू के दिल से।

क्योंकि अगर वो नाम बाहर निकलता — तो मेरा पूरा बचपन बदल जाता। मेरा परिवार बदल जाता। वो रिश्तेदार — हाँ, वो रिश्तेदार था, ज़ोया — जो अभी भी शादियों में हँसता हुआ आता है, वो कुछ और बन जाता।

और मैं अपने बचपन को छोड़ नहीं पायी थी अभी। बचपन से रिहाई मिलती नहीं। बचपन में जो हुआ, उसके साथ रहना सीखना पड़ता है।

पर जान्वी ने नहीं — रूही ने — इस बात को खुल कर बोला।

मैं क्यों नहीं बोल पायी थी?

लगभग एक घंटा बीत गया था। खिड़की के बाहर अंधेरा हो गया था।

"शुरू करूँ?" उसने पूछा।

"हाँ।"

उसने एक लंबी साँस ली।

"दस साल पहले।" उसने कहा। "मार्च की तीस तारीख़। इलाहाबाद का स्टेशन।"

रुकी।

"मेरे सामने एक लड़की बैठी थी जो अब मैं नहीं हूँ।"

उसने कप उठाया। चाय का। एक घूँट लिया। फिर नीचे रखा।

"वो लड़की पच्चीस की थी। कमज़ोर थी। डरी हुई थी। पर एक चीज़ थी उसमें जो अब नहीं है।"

"क्या?"

"उम्मीद।"

वो रुकी।

"वो लड़की सोचती थी कि ज़िंदगी कहीं जा रही है। कि वक़्त बीतने से कुछ बदल जाएगा। कि एक दिन वो भी हँसेगी, साधारण हँसी। कि उसके साथ भी कोई होगा जो उसे रोज़ सुबह बुलाएगा अपने नाम से।"

"और?"

"और वो लड़की उस दिन — तीस मार्च को — मरना चाहती थी।"

मेज़ पर एक सेकंड के लिए दुनिया रुक गयी।

कैफ़े का शोर, बाहर की गाड़ियाँ, वेटर की आवाज़ — सब उस एक पल में कहीं खो गए।

मैंने उसे देखा।

वो अपनी चाय के कप में देख रही थी। पर उसमें चाय को नहीं — अपनी परछाई को। जिसे वो ठंडी चाय की सतह पर हिलता हुआ देख रही थी।

"प्लेटफ़ॉर्म पर क्या कर रही थीं? कहाँ जाना था?" मैंने पूछा। आवाज़ बहुत छोटी निकली।

जान्वी मुस्कुरायी। एक पूरी मुस्कुराहट। पहली बार।

"लखनऊ, ज़ोया जी। शादी में।" उसने कहा। "सबको यही बताया था। बुआ के घर। शादी में जाना है।"

"और असल में?"

"असल में —" उसने रुक कर मुझे देखा। "असल में मैं ज़िंदगी ढूँढने नहीं जा रही थी। मैं ज़िंदगी से भागने जा रही थी। लखनऊ की ट्रेन थी।

ट्रेन पर क्या होता है ये आप जानती हैं। बस कहीं आधे रास्ते में, कोई छोटा सा स्टेशन, कोई सुनसान जगह..."

"जान्वी।"

"हाँ।" उसने कहा। सीधे मेरी आँखों में देखते हुए। "हाँ, ज़ोया जी। मैं मरना चाहती थी। बहुत शांति से। बिना किसी को बताए। इतनी शांति से कि लोग सोचें ये दुर्घटना थी। ताकि माँ की आत्मा को ज़्यादा दर्द न हो। लोग माँ को इतना न कोसें कि देखो, बेटी को पाला नहीं ढंग से।'"

"पर तुम ज़िंदा हो।"

"हाँ।"

"क्यों?"

वो चुप हो गयी।

फिर एक ऐसी चीज़ हुई जो मैंने पहले नहीं देखी उसमें। उसकी आँखों में कुछ बहा। एक रंग। एक रोशनी। एक नर्मी जो उसके अंदर कहीं बहुत नीचे दबी हुई थी — और अब ऊपर आ रही थी।

पहली बार, उस पूरी शाम में, वो लड़की जिसे मैंने दो दिन पहले देखा था — वो ख़ाली लड़की, फटे होंठ वाली, दाँत से नाख़ून कटी — वो एक पल के लिए कहीं चली गयी।

और उसकी जगह एक दूसरी लड़की आयी।

एक लड़की जो कभी हँसती होगी। कभी किसी का इंतज़ार करती होगी। कभी किसी के लिए अपने बाल बनाती होगी।

"क्योंकि एक लड़का आया।" उसने कहा।

रुकी।

"और उसने मुझसे कहा कि मेरी किताब उल्टी है।"

* * *

अध्याय तीन

उल्टी किताब वाला दिन

"कुछ दिन याद रखने के लिए नहीं होते। कुछ दिन याद बनाने के लिए होते हैं।"

ये बात दस साल पहले की है।

मैं — तब — पच्चीस की थी।

पच्चीस एक अजीब उम्र है। इसमें इंसान को लगता है वो बड़ा हो गया है। पर असल में, पच्चीस एक ऐसी उम्र होती है जब आप अपने बचपन से इतने दूर निकल चुके होते हैं कि वो धुंधला हो गया हो, पर इतने दूर नहीं कि उसकी आवाज़ बंद हो जाए।

बचपन की आवाज़ें पच्चीस की उम्र में सबसे तेज़ होती हैं।

क्योंकि उस उम्र में आप पहली बार अकेले होते हैं। ज़रूरत नहीं कि कमरे में। अपने अंदर।

उन दिनों मैं इलाहाबाद में थी। पापा की ट्रांसफ़र वाली नौकरी हमें हर चार साल में किसी नए शहर में पटक देती थी। इलाहाबाद मुझे... ठीक लगा था। मुझे कोई शहर अच्छा नहीं लगता, ज़ोया जी। मुझे वो जगहें अच्छी लगती थीं जहाँ दो चीज़ें एक-दूसरे में घुल जाती हों। गंगा-जमुना का संगम। दिन-रात की संध्या। बचपन-जवानी की दहलीज़।

मुझे वो सब अच्छा लगता था जो न यहाँ था, न वहाँ।

क्योंकि मैं ख़ुद न यहाँ थी, न वहाँ।

लोग कहते हैं — बच्ची होना आसान होता है। बड़ा होना मुश्किल।

मैं कहूँगी — कुछ बच्चियाँ ऐसी होती हैं जो बचपन में ही ख़त्म हो जाती हैं। जो औरतें बड़ी होती हैं, वो बच्चियाँ नहीं होतीं — उनकी याद होती है।

और याद — ज़ोया जी — याद बहुत भारी चीज़ है। औरत उसे उठाए फिरती है। पीठ टूट जाती है।

मैं तब M.A. के पहले साल में थी। इलाहाबाद यूनिवर्सिटी। हिंदी साहित्य लिया था — इसलिए नहीं कि मुझे पढ़ना पसंद था। इसलिए कि उसमें किताबें बहुत होती थीं। और किताबों में एक अच्छी बात होती है — वो आपसे सवाल नहीं करतीं। वो बस सुनाती हैं, और आप सुनती हो।

मेरे पास तीन चीज़ें थीं उन दिनों।

एक — एक छोटा सा कमरा, जिसकी खिड़की बंद पड़ी कोठरी की तरफ़ खुलती थी। कोई धूप नहीं आती थी। पर मुझे अच्छा लगता था। धूप से मुझे डर लगता था उन दिनों। धूप सब कुछ दिखा देती है।

दो — मम्मी। जो कैंसर से दो साल पहले गुज़र गयी थीं। जिनकी गंध मेरे एक पुराने दुपट्टे में अब भी थी। जिसे मैं हफ़्ते में एक बार बहुत धीरे खोल कर सूँघती थी। फिर वापस बंद कर देती थी। ज़्यादा सूँघ लूँ तो गंध उड़ जाती — ये मेरा डर था।

तीन — वो आदमी जिसे घर वाले पापा कहते थे।

तीन में से सिर्फ़ एक ऐसी चीज़ थी जिसके बिना मेरा जीना मुश्किल हो रहा था।

माँ।

बाक़ी दोनों के होने से भी मुश्किल था।

पापा कहीं और थे उन दिनों। मतलब — हाँ, थे इलाहाबाद में, उसी घर में। पर अंदर से कहीं और। एक साल हो गया था माँ के जाने के बाद, और घर में एक और औरत आने लगी थी। सावित्री आंटी। कोई दूर की रिश्तेदार। ख़ूब हँसती थीं। ख़ूब।

मेरा छोटा भाई था। आदर्श। उस वक़्त पंद्रह का। उसे कुछ समझ नहीं आता था। मतलब — समझ आता था, पर वो बर्दाश्त नहीं कर पाता था, तो उसने समझना बंद कर दिया था।

दीदी थीं। शिवांगी। शादी हो चुकी थी, गोरखपुर में। फ़ोन पर बात होती तो कहतीं — "छोटी, पापा की तबीयत का ख़्याल रखना।" जैसे कि पापा की तबीयत में कुछ था। जैसे कि पापा को किसी के ख़्याल की ज़रूरत थी।

ज़ोया जी, मैंने दीदी को एक बार — सिर्फ़ एक बार — कुछ बताने की कोशिश की थी। माँ के जाने के तुरंत बाद।

मैंने फ़ोन पर कहा था — "दीदी, मुझे एक बात कहनी है।"

"हाँ बोल, छोटी।"

"पापा..."

और मैं रुक गयी।

"क्या पापा? पापा को क्या हुआ?"

"कुछ नहीं।" मैंने कहा।

दीदी ने फ़ोन रख दिया।

और मुझे लगा — अच्छा हुआ। क्योंकि जो बात मैं कहने वाली थी, अगर कह देती — तो दीदी मुझे माफ़ नहीं करतीं। मुझे। पापा को नहीं।

लोग ये समझ नहीं पाते — बेटियों को मालूम होता है कि किसकी ज़िम्मेदारी उनके सर आएगी। जब कुछ ग़लत बाहर आता है, तो दुनिया औरत से पहले पूछती है — "तूने क्यों नहीं बताया पहले?" या "तूने उसे भड़काया होगा।" या "इतने बरस चुप क्यों रही?"

जिस बच्ची के साथ जब ये सब हो रहा था, तब वो दस की थी — उस बच्ची से भी यही सवाल पूछे जाते हैं बाद में।

तो बच्चियाँ चुप रहती हैं। और चुप-चुप बड़ी हो जाती हैं। और एक दिन स्टेशन पर लखनऊ की ट्रेन पकड़ती हैं।

तीस मार्च की सुबह।

मैंने आईने में देखा। अजीब बात है — उस सुबह आईना मुझे ठीक से नहीं पहचान पाया।

मैंने बाल बनाए। एक चोटी। माँ ऐसे ही बनाती थीं मेरी। कस कर। इतनी कस कर कि कान खिंच जाते थे। "नहीं तो खुल जाएगी।" वो कहती थीं।

पर उस दिन मैंने कस कर नहीं बनायी। ढीली छोड़ दी।

क्योंकि सोचा — आज खुल जाए तो क्या। कोई ठीक करने वाला नहीं होगा।

नहाने गयी। पानी ठंडा था। अप्रैल आने को था पर सुबह अब भी ठंडी थी। मैंने पानी गर्म नहीं किया। क्योंकि — ये आख़िरी बार था न नहाने का। गर्म पानी क्यों बर्बाद करूँ।

ये सोच कर हँसी आयी थी मुझे उस सुबह। कि मरने जा रही हूँ और बाल्टी भर गर्म पानी बर्बाद करने से मना कर रही हूँ। माँ की बेटी हूँ आख़िर — बचपन से सिखाया उन्होंने कि पानी बर्बाद मत करना।

कुछ आदतें मरने से पहले भी नहीं जातीं।

कपड़े पहने। एक हल्का पीला सूट। माँ ने सिलवाया था मेरे लिए। उसमें एक छोटा सा दाग़ था कमर के पास — तीन साल पुराना, कभी निकला नहीं था — पर मुझे उस दाग़ से प्यार था। क्योंकि वो तब से था जब माँ ज़िंदा थीं।

मैंने एक झोला लिया। उसमें कपड़े रखे — शादी वाले। तीन सूट। एक साड़ी। मैंने ये सब ध्यान से रखे — जैसे कोई सच में लखनऊ जा रहा हो।

क्योंकि मुझे पता था — अगर किसी को शक हो गया, तो वो मुझे रोक लेगा। और अगर कोई रोक ले — तो मुझे फिर से हिम्मत जुटानी होगी। और हिम्मत बहुत मुश्किल से आयी थी इस बार।

सात महीने लगे थे फ़ैसला करने में।

एक पिल्स का डिब्बा। एक चाकू। एक पुराना साड़ी का पल्लू।

ये तीन चीज़ें थीं जो मैं आज़मा चुकी थी।

और हर बार — हर एक बार — मेरे अंदर से कोई चीज़ हाथ पीछे खींच लेती थी। पिल्स मुँह में रख कर थूक दिये। चाकू नब्ज़ पर रख कर रख दिया। पल्लू पंखे पर बाँध कर, अपनी गर्दन तक ले जा कर, नीचे उतर गयी।

तीनों बार एक ही आवाज़ आयी। बहुत धीमी।

"माँ।"

और फिर मैं रो पड़ती।

क्योंकि माँ थीं नहीं।

पर फिर भी उनकी आवाज़ मुझे रोक लेती।

मैं कैसे बताऊँ आपको — एक मरी हुई औरत जो नहीं है, जो कुछ कर नहीं सकती, वो बार-बार कैसे बचा रही थी मुझे?

शायद इसलिए कि माँएँ कभी पूरी तरह नहीं जातीं।

पर स्टेशन वाला प्लान अलग था। क्योंकि स्टेशन पर — ट्रेन पर — फ़ैसला मेरा नहीं होता। फ़ैसला ट्रेन का होता। मैं बस झाँक लूँगी नीचे की तरफ़। पैर फिसल जाएगा।

अगर मैं फ़ैसला नहीं ले रही, तो माँ की आवाज़ भी मुझे रोकने नहीं आएगी।

कम से कम मुझे यही लगता था।

मैंने पापा से कहा — "पापा, बुआ के घर जा रही हूँ। शादी है।"

पापा ने मुँह ऊपर नहीं किया। अख़बार पढ़ रहे थे। चाय उनके सामने।

"कब आएगी?"

"तीन दिन बाद।"

"पैसे चाहिए?"

"नहीं।"

पापा ने सर हिलाया। अख़बार का पन्ना पलटा।

मैं उनकी तरफ़ देखती रही। एक मिनट। दो मिनट।

पापा, देखिए न। एक बार मेरी तरफ़ देख लीजिए न। आख़िरी बार।

पापा ने नहीं देखा।

मैं बाहर निकल गयी।

मुझे लगा था — जाते वक़्त दुख होगा। पर दुख नहीं हुआ। दुख उन चीज़ों का होता है जो छूट रही हों। मुझे कुछ छूटता हुआ नहीं लग रहा था। मैंने घर में कुछ बनाया ही नहीं था — तो बिखरने को क्या था?

आदर्श स्कूल गया था। दीदी गोरखपुर में थीं। सावित्री आंटी अभी आयी नहीं थीं — वो ग्यारह बजे तक आती थीं।

किसी को पता नहीं चलेगा, सोचा।

एक दिन बाद पापा को फ़ोन आएगा बुआ का — "जान्वी आयी नहीं।" पापा कहेंगे — "वो तो निकली थी।"

फिर ढूँढा-ढूँढी होगी। किसी दिन, कहीं, रेल की पटरी पर मेरी लाश मिलेगी। शायद पहचान न हो पाए। शायद हो जाए।

शायद मेरी डायरी मिले मेरे बैग में — जो मैं जान-बूझ कर रख रही थी। जिसमें मैंने एक बात लिखी थी। बस एक।

"अगर कोई पढ़ रहा है ये — तो ये दुर्घटना थी। मैं बस थक गयी थी। किसी ने कुछ नहीं किया। कोई किसी का ज़िम्मेदार नहीं है।

माँ, मुझे माफ़ कर दीजिएगा। मैं ज़्यादा नहीं रुक पायी आपके बिना।"

मैंने लिखा था "कोई किसी का ज़िम्मेदार नहीं है।"

ये मैंने पापा के लिए लिखा था।

तीस मार्च की सुबह, पच्चीस साल की एक लड़की, पंद्रह बरस बाद भी — उस आदमी को बचा रही थी जिसने उसे बचने लायक़ नहीं छोड़ा।

लोग कहते हैं बेटियाँ बाप की जान होती हैं।

सच ये है कि कुछ बेटियाँ बाप की ज़िंदगी से अपनी जान देकर मुआवज़ा भरती हैं।

स्टेशन पहुँची ग्यारह बजे।

गाड़ी साढ़े बारह की थी।

प्लेटफ़ॉर्म नंबर छह।

इलाहाबाद जंक्शन को आप नहीं जानतीं ज़ोया जी — वो एक पुराना स्टेशन है। सीलन की गंध। पीले-भूरे खंबे। एक पुरानी घड़ी जो कभी सही, कभी ग़लत वक़्त बताती है। जैसे वो भी दुविधा में हो।

मैं एक बेंच पर बैठी।

बैग में डायरी सबसे ऊपर रखी थी। ताकि मिल जाए जल्दी।

मोबाइल बंद कर दिया था। बैटरी पूरी ख़त्म।

आस-पास लोग थे। एक बुज़ुर्ग जोड़ा — जो चाय की चुस्कियाँ ले रहा था। एक माँ अपने बच्चे को डाँट रही थी क्योंकि वो रेल की पटरी की तरफ़ झुक रहा था। एक कुली अपने भार से हिलता हुआ गुज़रा।

मैंने सब को देखा।

और सोचा — ये सब लोग नहीं जानते कि आज एक लड़की मरने वाली है। उनके लिए आज एक साधारण बुधवार है।

और ये अच्छी बात है।

मैं नहीं चाहती थी कि लोग जानें। मैं नहीं चाहती थी कि कोई रोके।

सबसे बड़ा डर था — अगर कोई रोक ले, तो फिर क्या? फिर वापस उस घर में? फिर उन कमरों में जिनमें पापा की आहट, पापा की बू...

नहीं।

आज नहीं तो कब।

गाड़ी लेट हो गयी।

शुरू में दस मिनट। फिर तीस। फिर एक घंटा। फिर दो।

मैं बैठी रही।

आज मरने का दिन है। लेट होने से क्या।

बैग से किताब निकाली।

किताब — वो — मोहल्ले की लाइब्रेरी से ली हुई थी। पुरानी। "गुनाहों का देवता।" धर्मवीर भारती। मैंने पहले पढ़ी थी — बचपन में। तब चंदर और सुधा मेरे भाई-बहन जैसे लगे थे। अब — पच्चीस की उम्र में — वो कुछ और लग रहे थे।

किसी ने पेंसिल से एक लाइन अंडरलाइन की थी। बहुत पहले की लगती थी — पेंसिल फीकी पड़ चुकी थी। पर पढ़ी जा सकती थी।

वो पंक्ति वो थी — जिसमें चंदर सुधा को अपनी कविता, अपनी आत्मा, अपना जीवन कहता है।

मैंने पढ़ा।

और अचानक आँखें भर आयीं।

क्यों? मुझे नहीं पता।

शायद इसलिए कि मुझे कभी किसी ने मेरी कविता नहीं कहा।

शायद इसलिए कि माँ के बाद किसी ने मुझे मेरा जीवन नहीं माना।

शायद इसलिए कि मैं एक घंटे में मरने वाली थी, और पूरी ज़िंदगी में किसी ने मुझे ये नहीं कहा था।

आँसू गिरने लगे। चुप-चाप। मैं किसी को दिखाना नहीं चाहती थी। इसलिए सिर नीचे कर लिया, किताब के पन्ने पर। लोग समझेंगे कि पढ़ रही है ध्यान से।

पर पन्ना धुंधला हो गया। मुझे दिखना बंद हो गया।

मैंने फिर भी पन्ना पकड़े रखा।

मैंने सोचा — ये आख़िरी चीज़ है जो मैं पढ़ रही हूँ। ज़िंदगी में। कुछ तो पढ़ लूँ।

पर मुझे शब्द नहीं दिख रहे थे।

तभी एक आवाज़ आयी।

'एक बात बोलूँ? बुरा मत मानिएगा।"

मैंने ऊपर देखा।

एक लड़का था।

पहली बात जो मुझे उसमें दिखी — उसके नाख़ून साफ़ थे।

अजीब है न, ज़ोया जी? दुनिया किसी लड़के को पहले चेहरे से, कपड़ों से, बालों से देखती है। मैंने उसके नाख़ून देखे।

क्योंकि पापा के नाख़ून हमेशा गंदे होते थे। पीले। थोड़े बढ़े हुए।

और नाख़ून — अगर आप जानती हैं कि मैं क्या बोल रही हूँ, ज़ोया जी — नाख़ून याद रह जाते हैं। क्योंकि वो चीज़ आख़िरी तक आपके साथ रहती है। चेहरा भूल सकता है। आवाज़ धीमी पड़ सकती है। पर कुछ चीज़ें — कुछ ब्योरे — वो आँख बंद करने पर भी दिखते हैं।

इस लड़के के नाख़ून साफ़ थे। ठीक से कटे हुए। हल्के गुलाबी।

दूसरी बात — उसके हाथ।

हाथ पतले थे। लड़कियों जैसे। और काँप रहे थे — बहुत हल्के-से।

मैंने देखा — वो घबरा रहा था। मुझसे बात करने में।

एक लड़का, चौबीस-पच्चीस का, एक अजनबी लड़की से बात करते हुए घबरा रहा था।

मैंने पहले ऐसे लड़के नहीं देखे थे।

"जी?" मैंने आँसू छुपाए।

"किताब उल्टी है।" उसने कहा। बहुत धीरे। जैसे डर रहा हो कि कहीं मैं नाराज़ न हो जाऊँ।

मैंने किताब की तरफ़ देखा।

वाक़ई उल्टी थी।

मुझे हँसी आनी चाहिए थी। पर रोना और ज़्यादा आया।

सोचिए ज़रा — मरने जा रही एक लड़की, स्टेशन पर बैठी, रो रही है, और एक अजनबी लड़का उसे बता रहा है कि उसकी किताब उल्टी है।

ज़िंदगी कभी-कभी ऐसी मज़ाक़ करती है। जब आप रोने को तैयार हों, तो वो कुछ ऐसा कर देती है जो रोने और हँसने के बीच में हो।

और उस बीच में कुछ फँस जाता है — जो रोकता है मुझे। थोड़ी देर के लिए।

वो थोड़ा घबरा गया। "नहीं, मेरा मतलब था — शायद ध्यान नहीं गया आपका — छोड़िए, माफ़ी चाहता हूँ।"

वो पलटने लगा।

अजीब बात है, ज़ोया जी। अगर मुझे कोई कहे — उस वक़्त, अगर कोई भी लड़का अजनबी आ कर मुझसे बात करता, तो मैं क्या करती? मैं उठ कर चली जाती। मैं उसे गाली देती। मैं उसकी परछाई से भी नफ़रत करती।

पर इस लड़के से नहीं।

क्यों?

मुझे नहीं पता।

शायद इसलिए कि वो मुझसे ज़्यादा डरा हुआ था।

शायद इसलिए कि उसके नाख़ून साफ़ थे।

शायद इसलिए कि जब वो "माफ़ी चाहता हूँ" बोला, तो उसकी आवाज़ में कोई बात नहीं थी — बस माफ़ी थी।

मर्दों की माफ़ी में हमेशा कुछ और होता है। बहस होती है। तर्क होता है। वो माफ़ी माँगते हैं जैसे किसी को एहसान कर रहे हों।

इसकी माफ़ी में — बस माफ़ी थी।

"रुकिए।" मैंने कहा। पता नहीं क्यों।

वो रुक गया।

ज़ोया जी, इस एक शब्द में — "रुकिए" — मेरी पूरी ज़िंदगी बदल गयी।

क्योंकि वो रुक गया।

मैंने अपनी ज़िंदगी में कभी किसी से रुकने को नहीं कहा था। और जिनसे कहती — वो कभी रुकते नहीं।

माँ नहीं रुकीं। उनसे मैंने नहीं कहा — पर वो जानती थीं मैं क्या चाहती हूँ। फिर भी वो चली गयीं।

पापा को मैं रोकना चाहती थी, दस साल की उम्र से — नहीं, रुकिए, मत कीजिए। पर मैं बोल नहीं पायी।

और ये लड़का, एक अजनबी — मैंने कहा "रुकिए" और ये रुक गया।

शायद इसी लम्हे में, बिना जाने, मेरे अंदर कोई चीज़ मुड़ गयी।

मरने का फ़ैसला नहीं बदला था। पर वक़्त थोड़ा सा आगे खिसक गया था।

"आपका नाम क्या है?" मैंने पूछा।

उसने एक पल सोचा। फिर मुस्कुराया।

"कोई फ़र्क़ पड़ता है?"

"थोड़ा तो पड़ता है।" मैंने कहा, अपनी आँखें पोंछते हुए।

"फिर बताऊँगा।" उसने कहा। "जब किताब सीधी करके पढ़ेंगी आप।"

मैंने किताब सीधी की।

बहुत धीरे।

और ये एक छोटा सा काम था — किताब को घुमा देना। दुनिया का सबसे आसान काम। पर मुझे नहीं लगा आसान।

लगा — कोई बहुत भारी चीज़ उठा रही हूँ।

क्योंकि जब मैंने किताब सीधी की, तो कुछ और भी सीधा हो गया।

उस दिन की, कुछ देर के लिए, मौत की दिशा थोड़ी टेढ़ी हो गयी।

मैं किताब पढ़ने लगी। अब शब्द दिख रहे थे।

एक पंक्ति आयी — जिसमें सुधा कहती है कि किसी को इतना चाह लो, तो उससे बिछड़ने का भय भी नहीं रहता।

मैंने पढ़ा। फिर रुकी।

सोचा — माँ को पढ़ाऊँगी। फिर याद आया — माँ नहीं हैं।

फिर सोचा — किसी और को पढ़ाऊँगी।

"पढ़ा आपने?" मैंने पूछा, बिना देखे।

"क्या?"

"गुनाहों का देवता।"

"हाँ।" उसने कहा। "बचपन में।"

"क्या लगा?"

वो रुका। बेंच के पास खड़ा था अब भी। बैठा नहीं था।

"लगा — चंदर कमज़ोर था।"

"कमज़ोर?" मैंने सर उठाया।

"हाँ। वो सुधा से प्यार करता था पर बोल नहीं पाया। उसने प्यार को समझाया ग़लत तरीक़े से। भाई-बहन की तरह। पवित्रता के नाम पर। पर असल में वो डरता था। अपनी माँ से। अपने गुरू से। अपने समाज से।"

"तो?"

"तो उसका प्यार टिका नहीं।" उसने कहा। "सुधा की शादी हो गयी। चंदर पीछे रह गया। और सुधा — सुधा चली गयी। मर गयी। और चंदर बाद में सोचता ही रह गया — अगर मैं बोल देता तब... अगर मैं रोक लेता... अगर..."

"अगर क्या?"

"अगर वो बोलना सीख लेता।"

मैं चुप हो गयी।

क्योंकि मैं भी बोलना नहीं सीख पायी थी।

"बैठिए।" मैंने कहा।

वो बैठ गया। मेरे बग़ल में। पर थोड़ा हट कर। शिष्टाचार से। एक पूरी हाथ की दूरी।

मुझे वो हाथ की दूरी — उस एक हाथ का फ़ासला — आज भी याद है।

क्योंकि वो हाथ का फ़ासला तय था। वो कैल्कुलेटेड था। वो कहता था — "मैं यहाँ हूँ, पर आपकी सीमा में नहीं।"

और मैं — जिसने सीमाएँ कभी सीखी नहीं थीं — पहली बार देख रही थी कि सीमाएँ कैसी होती हैं। दूसरों की तरफ़ से। प्यार से। डर से नहीं।

"आप कहाँ जा रही हैं?" उसने पूछा।

"लखनऊ। बुआ के घर। शादी में।"

"अच्छा।"

"आप?"

"कानपुर। पर पहले कुछ घंटे यहाँ रुकूँगा। मेरी मासी इलाहाबाद में हैं — सिविल लाइंस में। वहाँ जा कर आराम करूँगा।"

"तो वहाँ क्यों नहीं गए?" मैंने पूछा।

उसने मेरी तरफ़ देखा। एक पल।

फिर कहा — "पता नहीं।"

बस।

"पता नहीं।"

बहुत बाद में — महीनों बाद — जब हम दोस्त बन गए थे, मैंने उससे पूछा था, "उस दिन, जब मेरी किताब उल्टी थी, तुमने टोका क्यों?"

उसने कहा था, "तुम रो रही थीं। पर बिना आवाज़। मुझे लगा — अगर बात नहीं की, तो कुछ हो जाएगा।"

"क्या हो जाएगा?"

उसने मेरी तरफ़ नहीं देखा।

"पता नहीं।" उसने कहा। "बस लगा।"

ज़ोया जी, कुछ लोग ऐसे होते हैं। जिन्हें बिना बताए पता चलता है।

ज़रूरी नहीं कि वो जानें क्या बचा रहे हैं।

बस वो बचा लेते हैं।

हम बैठे रहे। चुप।

कुछ मिनट।

पर वो चुप्पी बोझिल नहीं थी। वो नरम थी। जैसे कोई पुराना कंबल — जो आप ओढ़ लें और उसे याद न रहे कि वो पहले किसका था।

फिर उसने पूछा — "आप चाय पिएँगी?"

मैंने उसे देखा।

और पहली बार, उस पूरी सुबह में, मैं मुस्कुरायी।

बहुत हल्की सी।

"आप मँगाएँगी?"

उसने सर हिलाया — न। फिर बोला —

"नहीं। हम जा कर लाएँगे। साथ।"

मैं उठी।

बैग उठाया — जिसमें डायरी थी।

डायरी जिसमें लिखा था — "कोई किसी का ज़िम्मेदार नहीं है।"

मैं उस बैग के साथ उठी और चाय लाने चली, एक लड़के के साथ, जिसका नाम मुझे नहीं पता था।

उस एक पल में — एक बैग, एक डायरी, और एक अजनबी लड़का — मेरे तीन कदम मौत से पीछे हट गए।

मुझे पता नहीं था तब।

मुझे लगा मैं बस चाय लाने जा रही हूँ।

कभी-कभी ज़िंदगी छोटी-छोटी बहानों से बचायी जाती है।

* * *

नाम मत पूछना उसका

अध्याय चार

जो लोग लौटते हैं

"हर कोई लौटने का वादा करता है। कुछ लोग सच में लौटते हैं। ये फ़र्क़ छोटा नहीं होता।"

ट्रेन चार घंटे लेट हुई।

चार घंटे — ज़ोया जी — चार घंटे जो मेरी पूरी ज़िंदगी से लंबे थे।

उन चार घंटों में हमने बातें कीं। असल बातें नहीं। बेकार की बातें। ऐसी बातें जो आप याद रखने के लिए नहीं करते — बस करते हैं, कि आवाज़ों के बीच चुप्पी न रह जाए।

पर कुछ बेकार की बातें — बाद में पता चलता है — वही ज़िंदगी की सबसे असली बातें थीं।

उसने बताया कि बनारस से आ रहा है। बनारस? मुझे लगा मज़ाक़ कर रहा है। "बनारस से लखनऊ जाना हो तो आप कहाँ से चढ़ते हैं? सीधा बनारस से चढ़ते हैं।" मैंने कहा।

"मैं लखनऊ नहीं जा रहा।"

"तो?"

"कानपुर।"

"अच्छा।" मैंने कहा। फिर सोचा। "और कानपुर की ट्रेन से बीच में — इलाहाबाद में — उतर कर?"

वो मुस्कुराया।

"मासी यहाँ हैं। उनसे मिल कर जाता हूँ।"

"हर बार?"

"जब वक़्त हो।"

"और आज वक़्त था?"

वो रुका।

"आज वक़्त नहीं था।" उसने कहा। "आज वक़्त था पर..."

"पर?"

"पर घर से निकलना था।"

मैंने उसकी तरफ़ देखा।

उस वक़्त मुझे नहीं पता था उसके घर में क्या था। किसने क्या कहा था। वो क्यों भाग कर निकल आया था अपनी यूनिवर्सिटी से, बनारस से, बीच सेशन में।

मुझे तो ये भी नहीं पता था कि वो भाग रहा था।

पर मैंने पूछा नहीं।

क्योंकि कुछ लोग भाग कर मिलते हैं। और कुछ लोगों के भागने में ही मिलना बनता है।

अगर हम दोनों न भाग रहे होते उस दिन — अगर मैं मरने न जा रही होती, अगर वो अपने घर से निकल कर न आया होता — तो शायद हम कभी न मिलते।

कुछ दो लोगों का मिलना दोनों की अधूरी ज़िंदगियों की मोहताज होती है।

वो MA कर रहा था — हिंदी साहित्य। बनारस हिंदू यूनिवर्सिटी। आख़िरी सेमेस्टर।

मैंने सोचा — दोनों हिंदी। एक इलाहाबाद यूनिवर्सिटी। एक BHU। एक ही विषय। एक ही भाषा। एक ही दर्द शायद।

"क्या पढ़ रहे हैं?" मैंने पूछा।

"अभी निर्मला।"

"प्रेमचंद की?"

"हाँ।"

"मुझे अच्छी नहीं लगी वो किताब।" मैंने कहा।

वो हँसा।

"हाँ, मुझे भी।"

ज़ोया जी, सुनिए एक बात। निर्मला — उस किताब में — एक लड़की होती है जिसकी शादी एक बूढ़े आदमी से कर दी जाती है। क्योंकि परिवार मजबूर हो जाता है। क्योंकि दहेज नहीं जुट पाता। और फिर वो लड़की — वो धीरे-धीरे मरती है। सास के तानों से। पति की ग़ैर-मौजूदगी से। अपने आप के अकेलेपन से।

वो किताब मुझे इसलिए अच्छी नहीं लगी थी कि उसमें कुछ नहीं होता। कोई चीख़ नहीं। कोई बग़ावत नहीं। बस एक औरत का धीरे-धीरे ख़त्म होना।

मैंने उसे नापसंद किया था क्योंकि मुझे डर लगता था — कि मेरी ज़िंदगी भी वैसी ही होने वाली है। निर्मला जैसी।

पर उसे नापसंद करने की उसकी वजह कुछ और थी।

"आपको क्यों नहीं लगी अच्छी?" मैंने पूछा।

उसने सोचा।

"क्योंकि..." उसने धीरे कहा, "उस किताब में कोई बचाने नहीं आता।"

मेरे अंदर कुछ रुक गया।

"कहीं बचाने वाला क्यों नहीं आया निर्मला को?" वो बोला। "उसका बाप क्यों नहीं लौटा? उसका भाई क्यों नहीं आया? उसके मायके की कोई औरत क्यों नहीं आयी? पूरी किताब में — पूरी किताब में — एक भी इंसान नहीं। जो उसे बचा ले।"

"तो?"

"तो मुझे लगा — प्रेमचंद सच्चे थे। बहुत ज़्यादा सच्चे। शायद दुनिया ऐसी ही है।"

"ऐसी ही है।" मैंने कहा।

वो रुका।

"मुझे नहीं मानना था।" उसने कहा। "मुझे लगा — एक भी इंसान तो होना चाहिए।"

"क्यों?"

"पता नहीं।"

वो अक्सर "पता नहीं" बोलता था।

पर उसके "पता नहीं" में एक चीज़ थी — जो मुझे पसंद आयी उसी पहले दिन।

वो "पता नहीं" में ईमानदार था।

मर्द अक्सर "पता नहीं" नहीं बोलते। उन्हें सिखाया जाता है कि जवाब देना। हर बात का जवाब। हर पल कुछ कहना। क्योंकि न जानना कमज़ोरी है।

पर वो लड़का न जानने को स्वीकार करता था। बिना शर्म।

और इससे — उससे — मुझे पहली बार लगा कि मैं भी कह सकती हूँ, "पता नहीं।"

"आप किसलिए रो रही थीं?"

"पता नहीं।"

"आप मरना क्यों चाहती थीं?"

"पता नहीं।"

"आप अब क्यों नहीं मरना चाहतीं?"

"पता नहीं।"

कभी-कभी "पता नहीं" सबसे सच्चा जवाब होता है।

और जो इंसान आपको "पता नहीं" बोलने देता है — उसके पास रुका जा सकता है।

चार घंटे यूँ ही बीत गए।

मैंने उसे अपनी माँ के बारे में बताया। थोड़ा सा। कैंसर। दो साल पहले। कुछ और नहीं।

उसने अपने परिवार के बारे में कुछ नहीं बताया। बस इतना — "पहाड़ों में रहते हैं।"

"कहाँ पहाड़ों में?"

"पिथौरागढ़। उसके पास एक छोटा कस्बा है।"

पहाड़।

मेरी नज़र उस एक शब्द पर अटक गयी — पहाड़।

दस साल की उम्र में, एक साल के लिए, मैं भी पहाड़ों में थी। पापा के साथ। एक कमरा जिसकी खिड़की से देवदार का पेड़ दिखता था।

उस एक साल के बाद से — पहाड़ नाम सुनते ही मेरे पैर काँपने लगते थे।

पहाड़ मेरे लिए ज़िंदगी का सबसे काला शब्द था।

पर वो लड़का कह रहा था पहाड़ — और उसकी आवाज़ में वो कालापन नहीं था। उसकी आवाज़ में कुछ और था। जैसे कोई अपने घर के बारे में बता रहा हो। एक घर जो सच में घर हो।

मैंने पहली बार सोचा — क्या पहाड़ कुछ और भी हो सकते हैं? उस कमरे के बाहर, उस खिड़की के बाहर — क्या कहीं कोई पहाड़ हैं जो डरावने नहीं हैं?

शायद। शायद नहीं।

पर उस एक पल में, पहले पहाड़ों का एक दूसरा नाम — एक और रूप — मुझे दिखा।

"सुंदर होंगे।" मैंने कहा। आवाज़ दबी हुई।

"हाँ।"

"कभी आना होगा।"

उसने मुझे देखा।

"आप भी आइए।" उसने कहा। बहुत नर्मी से।

मैं हँसी।

"आप सबको बुला लेते हैं?"

"नहीं।"

"तो मुझे क्यों?"

"पता नहीं।"

हम दोनों हँस पड़े।

ट्रेन आयी।

साढ़े चार बजे। चार घंटे देर से।

मैंने अपना बैग उठाया।

उसने मेरी तरफ़ देखा। और एक पल के लिए मुझे लगा वो कुछ कहेगा।

पर उसने नहीं कहा।

मैं डिब्बे में चढ़ गयी। खिड़की से देखा। वो वहीं खड़ा था। हाथ नहीं हिलाया उसने। बस देखा।

जैसे वो मुझे विदा नहीं कर रहा था। जैसे वो कुछ याद कर रहा था, जो अभी हुआ नहीं था।

ट्रेन चली।

और जब प्लेटफ़ॉर्म छूटने लगा, तब मुझे एहसास हुआ —

मैंने उससे उसका नंबर नहीं लिया था।

उसने भी मेरा नहीं लिया था।

नाम भी नहीं बताया उसने।

और फिर भी — मुझे पक्का यक़ीन था कि वो फिर मिलेगा।

ज़ोया जी, अब एक बात सुनिए जो मैं आज भी समझ नहीं पायी।

ट्रेन जब निकली, मेरा बैग मेरी गोद में था।

और उस बैग में डायरी थी।

और उस डायरी में वो चिट्ठी थी — "कोई किसी का ज़िम्मेदार नहीं है। मैं बस थक गयी थी।"

ट्रेन चली। स्टेशन गया। गाँव निकले। पुल आए। पेड़ पीछे भागे।

पर मैं — मैं उस बेंच पर बैठी ही रही।

मतलब — शरीर ट्रेन में था। पर दिमाग़ वहीं था। उस बेंच पर, जहाँ एक अजनबी लड़का चाय लाने में मेरा साथ दे रहा था।

मुझे पता है मैंने सोचा था — कहीं बीच रास्ते में, कोई सुनसान स्टेशन, कोई झटका।

पर मुझे वो याद नहीं आया उस वक़्त।

मुझे सिर्फ़ एक बात याद आ रही थी — "चंदर कमज़ोर था। उसने बोलना नहीं सीखा।"

और उससे मुझे एक सवाल उठा।

अगर मैं आज मर गयी, तो क्या मैं भी चंदर जैसी हुई?

जिसने बोलना नहीं सीखा?

जो चुप-चुप ख़त्म हो गयी?

जिसका कोई ज़िम्मेदार नहीं?

नहीं।

नहीं। एक बार — एक बार — मैं बोलना सीख लूँ। एक बार। किसी से। कुछ भी।

फिर मर जाऊँगी।

पर उससे पहले — एक बार — किसी को अपनी आवाज़ सुनाऊँगी।

लखनऊ आया।

मैं उतरी।

बुआ के घर गयी।

तीन दिन शादी में थी।

किसी को नहीं बताया कि मैं उस दिन मरने जा रही थी।

किसी को नहीं बताया कि एक लड़का मिला था, जिसने मुझे बताया कि मेरी किताब उल्टी है।

ये बात मेरी थी। सिर्फ़ मेरी।

पहली बार मेरी ज़िंदगी में कोई बात थी — जो मेरी थी। जिसके बारे में किसी को कुछ नहीं पता था। और ये अच्छा लगा।

क्योंकि मेरी ज़िंदगी में सब कुछ — सब कुछ — पापा की थी। पापा को मालूम थी। पापा ने छू ली थी।

पर ये एक बात। ये एक मुलाक़ात। एक किताब की उल्टी तस्वीर। एक लड़के के साफ़ नाख़ून। एक "पता नहीं।"

ये सब मेरा था।

मैं वापस आयी।

ज़िंदगी चली।

पर कुछ बदला हुआ था।

मैं अब सुबह उठ जाती थी।

पहले नहीं उठती थी। माँ के बाद, सुबह मेरे लिए सबसे मुश्किल वक़्त था। क्योंकि सुबह ज़िंदगी का सबूत होती है — कि हाँ, आप अभी भी हैं, अभी भी उठ रहे हैं, अभी भी कुछ करना है।

मैं सुबहों से भागती थी।

पर अब — अब मैं उठने लगी।

पहले तो मुझे भी समझ नहीं आया क्यों।

फिर एक दिन — एक सुबह, नहाते वक़्त — मुझे समझ आया।

मैं उठती थी क्योंकि शायद — शायद — वो लौटेगा।

कहाँ? कैसे? मुझे नहीं पता था।

पर मुझे लगता था।

और अगर वो लौटे, तो मैं उसे सोयी हुई नहीं मिलना चाहती थी।

सत्रह अप्रैल की बात है।

मेरी डायरी में तारीख़ है। मैं ज़ोया जी को बाद में दिखाऊँगी। मैंने उस दिन लिखा था — "वो लौट आया।"

वो इतवार था।

मैं मम्मी — माफ़ कीजिए, पुरानी आदत — मैं आदर्श के साथ सब्ज़ी मंडी गयी थी। पापा ने पैसे दिए थे। कहा था — "सब्ज़ी ले आओ। और फल। और आदर्श के जूते का पर्चा देख कर साइज़ ले आना।"

पापा हमारी तरफ़ अब कम आते थे। सावित्री आंटी अब पूरे दिन घर पर रहने लगी थीं। वो खाना बनाती थीं। वो कपड़े धोती थीं। वो मेरी माँ की जगह बिल्कुल नहीं लेती थीं — पर वो उस जगह को ख़ाली नहीं रहने देती थीं। दोनों चीज़ें अलग हैं।

और पापा — पापा उनके साथ अब ज़्यादा रहते थे। दूसरे कमरे में।

अच्छा था।

क्योंकि जब पापा किसी और औरत के साथ थे, तो मेरे कमरे तक नहीं आते थे।

माँ के मरने के कुछ महीने पहले तक आते थे। फिर माँ बीमार हो गयीं तो रुक गया। बीमारी ने मुझे बचा लिया। शर्म आ गयी थी शायद। या शायद वक़्त नहीं था। मरती हुई पत्नी, बीमार बच्ची — सब एक साथ सँभालना मुश्किल है।

और माँ के मरने के बाद — माँ के मरने के बाद सावित्री आंटी आयीं। और सावित्री आंटी की वजह से, उस आदमी ने मुझसे दूरी बनायी।

एक आदमी जिसने अपनी बेटी को बरसों तक गंदा किया था — उसे दूसरी औरत मिली, और उसने अपनी बेटी को मुक्त कर दिया।

सोचिए ज़रा। एक ग़लत औरत ने मुझे बचाया।

और मैं उस औरत से नफ़रत करती थी। क्योंकि वो माँ की जगह ले रही थी।

मैं नहीं जानती थी कि वो असल में मेरी जान बचा रही थीं।

सब्ज़ी मंडी इलाहाबाद की कटरा मोहल्ले के पास थी। छोटी सी। आठ-दस दुकानें। आवाज़ें। एक खटिया पर बैठा टमाटर वाला — टपोरी सा। एक बुज़ुर्ग जो मेथी की दुकान लगाते थे। उनकी मेथी सबसे अच्छी होती थी।

मैं मेथी ले रही थी।

आदर्श बग़ल में खड़ा था — फ़ोन में।

तभी —

एक आवाज़।

"आप मेथी पसंद करती हैं?"

मेरा हाथ रुक गया।

मैंने सुना। पर विश्वास नहीं हुआ। आवाज़ें वो होती हैं जिन्हें आप पहचान लेते हैं, पर पहली बार सुनने पर नहीं। पहले तो लगता है — कहीं और से आ रही है।

मैंने ऊपर नहीं देखा।

"पसंद?" मैंने कहा, बिना देखे। "थोड़ी कड़वी होती है।"

"कड़वाहट भी ज़रूरी है।" उसने कहा।

अब मैंने देखा।

वो था।

वही लड़का।

साफ़ नाख़ून वाला।

उसी तरह की सफ़ेद शर्ट। शायद वही थी — धुली हुई। बाल वैसे ही बिखरे। एक कपड़े का बैग कंधे पर।

वो मेरे बग़ल में खड़ा था। सब्ज़ी मंडी में। कटरा मोहल्ले में। सत्रह अप्रैल को। सुबह साढ़े दस बजे।

मैं उसे देखती रही।

वो मुस्कुरा रहा था। पर आँखों में कुछ और था — जैसे वो ख़ुद यक़ीन नहीं कर पा रहा था कि मिल गयी मैं।

"आप..." मैंने शुरू किया।

'हाँ।"

"आप यहाँ..."

'हाँ।"

"कैसे?"

उसने कुछ नहीं कहा। बस देखता रहा।

तभी आदर्श ने सिर उठाया फ़ोन से।

"दीदी?"

"रुक, भैया। एक मिनट।"

आदर्श ने उस लड़के को देखा। फिर मुझे। फिर फिर लड़के को। फिर सिर झुका कर फ़ोन में लग गया।

मेरा भाई। पंद्रह साल का था। समझदार नहीं था। पर पंद्रह साल के लड़के समझ जाते हैं जब बात उनकी नहीं होती।

मेथी वाले अंकल ने पूछा — "लोगी, बेटी, कि रख दूँ?"

"लेती हूँ, अंकल। आधा किलो।"

वो तौलने लगे।

"आप यहाँ कैसे?" मैंने फिर पूछा। आवाज़ कांप रही थी।

"मैं आपको ढूँढ रहा था।"

तीन शब्द।

"मैं आपको ढूँढ रहा था।"

ज़ोया जी, आपको पता है — मेरी पूरी ज़िंदगी में, उस वक़्त तक, किसी ने मुझे नहीं ढूँढा था।

माँ ज़रूर ढूँढती थीं — जब मैं स्कूल से लौटने में देर करती। जब खेलने बाहर गयी होती। जब कहीं छुप जाती।

पर वो ढूँढना हर माँ करती है।

पापा ने एक बार ढूँढा था। दस साल की उम्र में। मैं घर में एक पेटी के पीछे छुप गयी थी — क्योंकि मुझे पता चल गया था वो कमरे में आने वाले हैं।

पापा ने मुझे ढूँढा। ढूँढ लिया।

और उसके बाद से — मैंने छुपना बंद कर दिया।

क्योंकि जो ढूँढ लेता है, उसके लिए छुपना और भी ख़तरनाक हो जाता है।

इसके बाद किसी ने मुझे ढूँढा नहीं।

क्योंकि मैं छुपती नहीं थी।

दीदी ने नहीं ढूँढा। शादी के बाद तो फ़ोन भी महीनों तक नहीं आता। "कैसी है, छोटी?" बस।

आदर्श ने नहीं ढूँढा। उसे कुछ दिखता ही नहीं था।

माँ चली गयीं तो और कोई नहीं बचा जो ढूँढे।

तीन साल, साढ़े तीन साल — कोई मुझे ढूँढने नहीं आया था।

और अब ये लड़का — एक अजनबी — कह रहा था, "मैं आपको ढूँढ रहा था।"

मैं कुछ नहीं बोली।

कहने को कुछ था नहीं।

मेथी वाले अंकल ने थैला पकड़ाया। "साठ रुपये, बेटी।"

मैंने पचास का नोट निकाला। फिर दस का और।

दिया। थैला लिया।

और फिर मेरा हाथ काँपा। थैला गिर गया। मेथी बिखर गयी ज़मीन पर।

उस लड़के ने झुक कर मेथी उठायी। एक-एक गुच्छा।

साफ़ नाख़ूनों से।

कटरा मोहल्ले की मिट्टी में।

"कैसे ढूँढा?" मैंने पूछा।

हम सब्ज़ी मंडी से निकल रहे थे। आदर्श आगे चल रहा था। मैं पीछे। लड़का मेरे बग़ल में।

"बहुत मुश्किल से।" उसने कहा।

"कैसे?"

"आपने उस दिन बताया था — कटरा मोहल्ला। कटरा में हिंदी पढ़ती हूँ। इलाहाबाद यूनिवर्सिटी। और ये कि आपकी माँ दो साल पहले गुज़रीं।"

"तो?"

"तो मैं कटरा आया। पूछा — एक लड़की, पच्चीस की, जिसकी माँ दो साल पहले कैंसर से गुज़रीं, जिसका भाई पंद्रह का है।"

"इतने लोग होंगे?"

"होंगे।" उसने कहा। "पर मैंने एक और चीज़ बतायी।"

"क्या?"

"कि उस लड़की के पास गुनाहों का देवता की एक पुरानी कॉपी है।"

मैं रुक गयी।

"किसी ने मुझे मेथी वाले अंकल के पास भेजा। किसी ने मिठाई की दुकान पर। किसी ने लाइब्रेरी पर — क्योंकि आप वहाँ से किताबें लेती हैं न?"

मैंने सर हिलाया।

"लाइब्रेरी वाले चाचा ने कहा — हाँ, एक लड़की है। जान्वी। सोमवार-बुधवार आती है।'"

"आपने नाम बोला?"

"नहीं। उन्होंने बोला।"

"आप कब से ढूँढ रहे हैं?"

उसने रुक कर देखा।

"दस दिन से।"

दस दिन।

दस दिन तक एक लड़का मुझे ढूँढ रहा था। इलाहाबाद में। जो उसका शहर नहीं था। जहाँ वो बस उस दिन रुका था क्योंकि... क्योंकि उस दिन वो रुका था।

वो वापस गया बनारस। फिर लौटा। फिर रुका। फिर पूछता फिरा। फिर लाइब्रेरी तक पहुँचा। फिर इंतज़ार करने लगा — कि कब मैं सब्ज़ी मंडी आऊँ।

दस दिन।

एक आदमी को एक लड़की को ढूँढने में दस दिन लगाने हैं क्योंकि उसे लगता है कि वो लड़की पास नहीं रही तो शायद वो कभी नहीं होगी।

और कुछ नहीं, ज़ोया जी। बस ये — दस दिन।

ये दस दिन मेरी पूरी ज़िंदगी की सबसे बड़ी तारीफ़ हैं।

क्योंकि मेरे बाप ने — एक बार भी — दस दिन में एक बार मुझसे ये नहीं पूछा था कि मुझे क्या पसंद है।

और ये लड़का — ये लड़का दस दिन से मुझे ढूँढ रहा था। बिना ये जाने कि मैं चाहती भी हूँ उसका मिलना।

"मुझे जाना चाहिए।" मैंने कहा। "आदर्श के साथ।"

"हाँ।"

"आप..."

"जी।"

"आप कहाँ रुके हैं?"

"मासी के घर।"

"ओह।"

"पर..."

"पर?"

"पर ज़्यादा दिन नहीं रुक सकता। परसों जाना है। यूनिवर्सिटी में क्लासेज़ हैं।"

"परसों?" मेरा दिल डूबा।

"हाँ।"

हम एक मोड़ पर खड़े थे। मेरा घर वहाँ से दस मिनट की दूरी पर था। आदर्श रुक गया था आगे — मुझे देख रहा था।

"मुझे अभी जाना होगा।" मैंने कहा। "छोटा भाई है।"

"हाँ।"

"पर..."

"जी?"

मैं रुकी।

पहली बार, ज़िंदगी में, मैं किसी लड़के से कुछ माँगने वाली थी।

"आप मुझसे फिर मिलेंगे?" मैंने पूछा।

"कब?"

"कल?"

"कहाँ?"

"लाइब्रेरी।" मैंने कहा। "चार बजे। मैं वहीं होती हूँ।"

"आऊँगा।"

बस इतना।

"आऊँगा।"

एक शब्द।

पर इस एक शब्द में वो था — जो मेरी पूरी ज़िंदगी में मैंने किसी से नहीं सुना था।

एक अधिकार। एक वादा। एक आश्वासन।

"आऊँगा।"

यानी मैं रहूँगा। यानी मैं यहाँ हूँ। यानी मुझ पर भरोसा करो।

माँ ने जाते वक़्त कहा था — "छोटी, रो मत, मैं तेरी रूह में रहूँगी।"

वो रूह में रहीं। पर ये अलग बात है।

ये लड़का कल दिखेगा। पाँच बजे नहीं। चार बजे। लाइब्रेरी पर। मेरे सामने।

इस लड़के का "आऊँगा" देखने वाला होगा।

रूह वाला नहीं।

शरीर वाला।

और मुझे एक शरीर चाहिए था — अपनी ज़िंदगी में।

माँ के बाद मेरी ज़िंदगी से सारे शरीर निकल गए थे। बस एक ग़लत शरीर रह गया था — पापा का।

अब एक सही शरीर आ रहा था।

चार बजे। कल। लाइब्रेरी।

मैं उस रात सोयी नहीं।

मतलब सोयी — पर जैसे कोई इम्तिहान से पहले सोता है।

आँख बंद करो, खुलती है। करवट लो, पीछे पड़ जाती है। कंबल उड़ा दो, सर्दी लगती है। ओढ़ लो, गर्मी लगती है।

और बीच में वो एक शब्द — "आऊँगा।"

उस रात मैं पहली बार सोच रही थी — अगर कल सच में वो आ गया, तो मैं क्या करूँगी?

मरने का प्लान तो रद्द हो चुका था, कब का।

पर जीने का प्लान भी नहीं था।

मैं बस एक सुबह से दूसरी सुबह तक पहुँच रही थी।

अब कोई मुझसे पूछेगा — "आप क्या करना चाहती हैं?" — तो मैं क्या कहूँगी?

"पता नहीं" तो बहुत बार बोल लिया था।

कुछ तो सोचना होगा।

कुछ तो।

कुछ तो चाहना होगा।

पहली बार ये लगा था कि मुझे कुछ चाहने का हक़ है। कि मेरी कोई ख़्वाहिश हो सकती है। कि मैं कुछ सोच सकती हूँ जो आज से आगे की बात हो।

"कल"।

ये शब्द उस रात — सत्रह अप्रैल की रात — पहली बार मेरे दिमाग़ में एक नए रंग से आया।

पहले "कल" एक डर था।

अब "कल" चार बजे का इंतज़ार था।

उस रात की एक बात और बताऊँ?

जो मैंने अब तक किसी को नहीं बतायी।

मैंने एक नयी डायरी निकाली। पुरानी वाली में वो चिट्ठी थी। "कोई किसी का ज़िम्मेदार नहीं है।"

उस डायरी को मैंने ऊपर की शेल्फ़ पर रख दिया। बहुत ऊँची शेल्फ़ पर। जहाँ मेरा हाथ आराम से नहीं पहुँचता।

जैसे कह रही हो — तुम वहीं रहो। मैं अभी तुम्हें ज़रूरत नहीं रखती।

और मैंने एक नयी डायरी ली।

खाली।

उसके पहले पन्ने पर मैंने लिखा —

"सत्रह अप्रैल, दो हज़ार सोलह। उसने मुझे ढूँढ लिया।"

कोई नाम नहीं। उसका तो मैं जानती भी नहीं थी।

पर 'उसने' काफ़ी था।

दुनिया में बहुत से 'उसने' होते हैं। सबका अपना-अपना।

मेरे पास पहली बार एक 'उसने' आया था।

जिसने ढूँढा था।

जिसने पाया था।

और जिसने कहा था — 'कल। चार बजे। आऊँगा।'

* * *

भाग दो

जुड़ाव

"मोहब्बत एक साथ नहीं होती।

वो रोज़ थोड़ी-थोड़ी होती है।

जैसे बारिश नदी बनाती है — बूँद-बूँद।"

अध्याय पाँच

रोज़ की बातें

"मोहब्बत एक साथ नहीं होती। वो रोज़ थोड़ी-थोड़ी होती है। जैसे बारिश नदी बनाती है — बूँद-बूँद।"

लाइब्रेरी।

चार बजे।

अठारह अप्रैल।

मैं तीन बजे पहुँच गयी थी।

हँसिए मत, ज़ोया जी। मैं जानती हूँ ये बेवक़ूफ़ी लगती है। पर पच्चीस साल की लड़की, जिसने पहली बार किसी का इंतज़ार करना सीखा हो, वो एक घंटा पहले पहुँचती है। क्योंकि उसे डर होता है — क्या पता रास्ते में कुछ हो जाए। ट्रैफ़िक। पंक्चर। माँ का फ़ोन। कोई बहाना।

इसलिए एक घंटा पहले।

ताकि अगर कोई बहाना आए भी, तो वो चार बजे तक टल जाए।

लाइब्रेरी एक पुरानी इमारत थी। अंग्रेज़ों के ज़माने की। ऊँची छत। लकड़ी की अलमारियाँ। एक ठंडी — सी गंध जो सिर्फ़ लाइब्रेरियों में होती है — कागज़, दीमक, और उन लोगों के पसीने की जो यहाँ पचास-साठ साल से आते रहे।

मुझे ये गंध अच्छी लगती थी।

क्योंकि इस गंध में किसी एक इंसान की महक नहीं थी।

कुछ जगहें अच्छी इसलिए लगती हैं कि वहाँ कोई एक चेहरा नहीं होता।

मैंने एक कोने की मेज़ ली। खिड़की के पास। जहाँ से गेट दिखता था।

एक किताब निकाली — कोई भी। पढ़ रही थी तो नहीं। पन्ने पलट रही थी।

तीन बज कर दस।

तीन बज कर बीस।

तीन बज कर पैंतीस।

हर मिनट पर मैंने सोचा — अगर नहीं आया तो?

नहीं। आएगा।

क्यों आएगा? कल तो बस मिला था। कोई वादा नहीं। कोई रिश्ता नहीं।

नहीं, वादा था। "आऊँगा।"

वादा था कि नहीं?

आदमियों के वादे। कोई पक्के नहीं होते।

माँ को पापा ने क्या-क्या वादे नहीं किये थे? "तू ठीक हो जाएगी।" "हम हिल स्टेशन जाएँगे।" "बच्चों को अच्छा जीवन देंगे।"

और माँ मर गयीं। हिल स्टेशन नहीं गयीं। और बच्चे — बच्चे...

छोड़िए।

पर सब आदमी पापा नहीं होते। ये लड़का पापा नहीं है।

पर आप कैसे जानती हो, जान्वी? तुमने एक बार उसे देखा है। चार घंटे। क्या तुम जानती हो उसका पूरा नाम? नहीं। क्या तुम उसका पेशा ठीक से जानती हो? बस इतना कि वो पढ़ाई कर रहा है। क्या तुम जानती हो उसके माँ-बाप कैसे हैं? नहीं। उसके दोस्त कैसे हैं? उसकी आदतें? नहीं। कुछ नहीं।

फिर तुम क्यों उसका इंतज़ार कर रही हो?

पता नहीं।

एक घंटे से पता नहीं बोल रही हूँ मैं ख़ुद को।

तीन पैंतालीस।

तीन पचपन।

मैंने सर उठाया।

चार बज रहे थे — दीवार की बड़ी घड़ी पर। वो पुरानी घड़ी। जिसकी सेकंड की सुई ज़ोर से टिकटिक करती थी।

टिक।

टिक।

टिक।

मैं उस घड़ी को गिन रही थी।

चार सेकंड।

पाँच सेकंड।

फिर मैंने आँख गेट की तरफ़ की।

वो आया।

गेट पर रुका। एक पल। पहले लाइब्रेरी के अंदर देखा — पूरी लंबी। जैसे ढूँढ रहा हो।

मेरा दिल — ज़ोया जी — मेरा दिल कुछ ऐसा धड़का जैसे उसे ख़ुद भी याद नहीं था वो धड़कना जानता है।

ये बात आज भी मेरे अंदर एक ताज़ा ज़ख़्म की तरह है।

क्योंकि पच्चीस की उम्र तक मेरा दिल सिर्फ़ डर से धड़कता था।

पहली बार उस दिन — वो इंतज़ार से धड़का।

डर और इंतज़ार के बीच एक दूरी होती है, ज़ोया जी। बहुत बड़ी। डर आप से पीछे धकेलता है। इंतज़ार आप को आगे खींचता है।

मैं सालों से पीछे धकेली जा रही थी।

पहली बार खींची गयी।

उसने मुझे देखा।

उसकी आँखें चमकीं।

वो आया मेज़ तक। चलते हुए कुछ बुज़ुर्गों ने — जो पढ़ रहे थे — उसे देखा। मैंने सोचा, शायद वो सब सोच रहे हैं — "एक लड़का, एक लड़की, लाइब्रेरी में..."

पर फिर सोचा — उन्हें क्या पता। उन्हें लग रहा होगा हम क्लासमेट हैं। नोट्स बाँटने आए हैं।

दुनिया जो सोचे। मुझे फ़र्क़ नहीं पड़ता था।

जिस लड़की को कमरे में बंद हो कर अपनी देह देह नहीं लगती थी — उसे दुनिया क्या सोच सकती है, क्या कहती है, इससे कभी फ़र्क़ नहीं पड़ा।

डर तो मुझे अकेले में लगता था।

भीड़ मुझे बचा लेती थी। हमेशा।

"आ गए ?" मैंने कहा।

'हाँ।"

वो बैठा। मेज़ के उस पार। सामने।

कल से आज में एक बात बदल गयी थी।

कल मंडी में था। चार फुट की दूरी। लोगों की भीड़ के बीच। मेरा भाई पास में।

आज — बस वो और मैं और एक मेज़।

और मेज़ के नीचे उसके पैर मेरे पैरों से एक फुट दूर।

एक फुट की दूरी।

ये ज़िंदगी का सबसे अजीब पैमाना है, ज़ोया जी।

बचपन में — तीस साल की उम्र तक — किसी मर्द से कम से कम दो फुट की दूरी मेरे लिए सुरक्षित थी।

पर अब एक फुट था। और मुझे असहज नहीं लग रहा था।

पहली बार मुझे एक फुट भी सुरक्षित लगा।

"मैं पहले आ गयी थी।" मैंने कहा।

"कब?"

"तीन बजे।"

वो मुस्कुराया।

"मुझे पता है।"

"कैसे?"

"मैं साढ़े तीन बजे से बाहर था।"

मैंने उसे देखा।

"तो आए क्यों नहीं?"

"आप एक घंटा पहले आयी थीं।" उसने कहा। "तो मुझे लगा — आपकी बात पक्की है। मैं आधा घंटा पहले आ गया। आप से जल्दी नहीं।"

"फिर चार बजे क्यों आए?"

"क्योंकि आपने चार बजे कहा था।"

उसने चार बजे कहा था — और वो चार बजे आया था।

ठीक चार बजे।

तीन पचास नहीं। चार दस नहीं। चार।

जब कोई आपसे कहे "चार बजे" और वो ठीक चार बजे आए — तो इसका मतलब है कि वो आपकी बात को गंभीरता से लेता है।

मेरी ज़िंदगी में पहले किसी ने मेरी बात को गंभीरता से नहीं लिया था।

मैंने कहा था दस साल की उम्र में — "पापा, कृपया।"

उन्होंने नहीं सुना।

मैंने कहा था दीदी से — "पापा..."

उन्होंने नहीं सुना।

मैंने माँ से इशारा किया था — बिस्तर पर बीमार थीं — पर उनकी आँखें बंद हो रही थीं।

एक भी बात — एक भी — गंभीरता से नहीं ली गयी थी।

और अब ये लड़का एक रात पहले की बात — "चार बजे" — को इतनी गंभीरता से ले रहा था कि ठीक चार बजे आया था। न एक सेकंड पहले, न बाद।

छोटी बात लगती है, ज़ोया जी।

पर उस वक़्त मुझे लगा — शायद मुझे जीना है।

"नाम बताओगे?" मैंने पूछा।

उसने एक सेकंड सोचा।

फिर एक काग़ज़ निकाला। पेन से लिखा। मुझे पकड़ाया।

मैंने देखा।

ज़ोया जी, ये वो जगह है जहाँ मैं रुक जाऊँगी। आप रुक जाइए।

मुझे उसका नाम इस किताब में नहीं लिखाना।

आप ये पन्ना छोड़ दीजिए — ख़ाली।

या कोई और नाम लिख दीजिए।

मैं अपनी ज़िंदगी का सबसे अच्छा शब्द, इस दुनिया में, अनजान लोगों के हाथों में नहीं देना चाहती।

समझ रही हैं न?

मैंने काग़ज़ पढ़ा। और एक पल के लिए — ज़ोया जी — एक पल के लिए मेरे अंदर कोई चीज़ खुल गयी। जैसे कोई लंबा बंद दरवाज़ा।

क्योंकि उसका नाम — उसका नाम मेरी ज़िंदगी से जुड़ा हुआ था।

ये कैसे हुआ, मैं नहीं जानती।

पर उसके नाम में मेरा बचपन था।

एक शब्द जो मैंने बहुत बार सुना था।

माँ के मुँह से।

मैंने उसे देखा।

"ये — ये तो..." मैंने कहा।

"क्या?" वो परेशान हो गया।

"माँ का पसंदीदा..."

मैं रुकी।

इससे पहले कि मैं आगे बढ़ूँ — ज़ोया जी — ये सुनिए।

हर नाम के कुछ अर्थ होते हैं। हर नाम के कुछ रंग होते हैं। कुछ यादें होती हैं।

और जब एक नाम आपकी माँ से जुड़ा हो — उनके पसंदीदा शब्द से — और वो नाम आपके सामने बैठे एक लड़के का हो जो आपको ढूँढता आया है — तो आपको लगता है कि शायद माँ ही भेज रही हैं उसे। ऊपर से।

मैं नहीं मानती थी देवी-देवताओं में। पापा ने मेरे लिए ऊपर वाले को भी गंदा कर दिया था। अगर ऊपर कोई होता — तो वो उस कमरे में क्यों होने देता? उस देवदार के पेड़ के पास? उस खिड़की के नीचे?

पर उस दिन, लाइब्रेरी में, लगा — शायद कोई है।

शायद माँ हैं।

शायद उन्होंने ये लड़का भेजा।

शायद ये लड़का उनका आख़िरी उपहार है — अपनी बेटी को।

"क्या हुआ?" उसने पूछा।

मैंने कागज़ मोड़ा। अपने हाथ में रखा।

"कुछ नहीं।" मैंने कहा। "अच्छा नाम है।"

उसने मुस्कुराया। थोड़ा शर्मीले ढंग से।

"आपका?"

"जान्वी।"

उसने दोहराया — बहुत धीरे।

"जान्वी।"

मेरे अंदर कुछ काँपा।

कोई नाम लिया तो लिया — क्या हो गया।

पर कुछ नाम लिए जाते हैं, और कुछ नाम — कुछ लोग — उन नामों को पहले से जानते थे। बस अभी बोल रहे हैं।

जब उसने 'जान्वी' कहा — तो लगा जैसे वो ये नाम पहले से जानता था। बहुत पहले से।

जैसे हम दोनों पहले भी मिले थे।

पर मैं ये कैसे कहती?

मैं कैसे कहती कि 'जान्वी' मेरा असली नाम नहीं है? कि असली नाम कुछ और है — जिसे मैं बचा कर रखना चाहती हूँ?

उसे जान्वी नाम पसंद था।

मुझे भी — उस वक़्त — जान्वी होना पसंद आया।

जान्वी नहीं रूही। क्योंकि रूही के पास बहुत भारी यादें थीं।

जान्वी के पास कुछ नहीं था।

जान्वी की किताब उल्टी थी। जान्वी ने किसी से 'रुकिए' कहा था। जान्वी को ढूँढा गया था।

ये सब जान्वी को हुआ था। रूही को नहीं।

तो जान्वी ही रहूँगी — उसके सामने। जब तक उसके सामने हूँ।

उस दिन लाइब्रेरी में हम दो घंटे बैठे।

बातें क्या कीं — अब मुझे पूरी याद नहीं।

कुछ बातें तो याद हैं।

उसने मुझे बताया — उसकी माँ स्कूल टीचर हैं। उसके पापा एक छोटी सी दुकान चलाते हैं — दवाइयों की। पहाड़ों में।

उसके दो भाई हैं — बड़े दोनों। एक शादीशुदा। एक कुँवारा। दोनों बनारस में कोई काम करते हैं।

वो सबसे छोटा है।

"लाड़ला ?" मैंने पूछा।

उसने सर हिलाया।

"थोड़ा। पर सबसे छोटा होने की एक परेशानी है।"

"क्या?"

"आप सबके काम के हो जाते हो।" उसने कहा। "हर फ़ैसला कोई और ले लेता है। माँ कहती हैं कहाँ पढ़ो। पापा कहते हैं क्या पढ़ो। बड़े भैया कहते हैं किस तरह पढ़ो। छोटे भैया — जो मुझसे बस पाँच साल बड़े हैं — वो तय करते हैं किस दोस्त से मिलो, किस से नहीं।"

"और आप?"

"मैं?" वो हँसा। "मैं बीच में रहता हूँ। सब की बातें सुन लेता हूँ। कभी-कभी अपनी भी कर लेता हूँ। ज़्यादातर नहीं।"

ज़ोया जी, ये था।

ये एक वाक्य — "ज़्यादातर नहीं" — इस पूरी कहानी का अंत लिखा हुआ था।

पर उस दिन मैंने ध्यान नहीं दिया।

मैंने सोचा — लाड़ला है। नाज़ुक है। प्यारा है।

मुझे नहीं पता था — जो लड़का अपने परिवार के सामने अपनी बात नहीं रखता, वो जब फँसेगा — सच में फँसेगा — तो वो अपना प्यार भी नहीं बचा पाएगा।

ये सच मुझे बहुत बाद में समझ आया।

बहुत बाद में।

जब सब कुछ ख़त्म हो गया।

मैंने उसे बताया कि मैं M.A. के पहले साल में हूँ।

कि अगले साल पढ़ाई ख़त्म हो जाएगी।

कि उसके बाद क्या करूँगी — मुझे नहीं पता।

"नौकरी?" उसने पूछा।

"नहीं। शायद नहीं।"

"फिर?"

मैं रुकी।

लोगों ने मुझसे बहुत बार ये पूछा था। शिक्षकों ने। रिश्तेदारों ने। दीदी ने। पापा ने भी एक बार।

और हर बार मेरे पास जवाब नहीं था।

क्योंकि मेरी पूरी ज़िंदगी का एक ही प्लान था — कैसे निकलूँ यहाँ से।

यहाँ से। इस घर से। इस शहर से। इस देह से।

"कैसे निकलूँ" का जवाब "मर कर निकलूँ" था, ज़्यादातर वक़्त।

पर किसी ने ज़िंदगी से मुझसे नहीं पूछा — "जान्वी, तुम क्या चाहती हो? बिना डर के, बिना पापा के, बिना इस दुनिया के ख़्याल के — तुम क्या चाहती हो?"

किसी ने नहीं पूछा।

और अब — इस लड़के ने — पूछा।

"शादी?" उसने पूछा।

मैंने सर हिलाया — ज़ोर से। न।

"ज़रूर नहीं?"

"ज़रूर नहीं।"

"क्यों?"

क्यों? क्यों, ज़ोया जी?

क्योंकि मुझे शरीर से डर लगता था। अपने शरीर से। दूसरे के शरीर से।

क्योंकि मुझे रात से डर लगता था। किसी भी रात से। किसी भी आदमी के साथ।

क्योंकि मुझे लगता था — शादी एक और ज़बरदस्ती है। बस इस बार क़ानून के साथ।

क्योंकि मैंने माँ को देखा था। पापा को देखा था। उनकी शादी को देखा था।

शादी में क्या बचा था माँ के लिए? बीमारी? पति की बेवफ़ाई? पति की — दूसरी बातें?

मैं शादी नहीं कर सकती थी। कभी।

"बस नहीं।" मैंने कहा।

उसने आगे नहीं पूछा।

यहीं एक और बात थी — जिसने मुझे उससे बाँधा।

वो आगे नहीं पूछता था।

जब आप कहते थे — "बस नहीं" — वो कहता था, "ठीक है।"

मर्द ऐसे नहीं होते। मर्द पूछते हैं — "पर क्यों? पर क्यों? पर क्यों?"

पर वो नहीं। वो बस रुक जाता था।

जैसे जानता था — कुछ सवाल जवाब के लिए नहीं होते।

कुछ सवाल बस आगे न पूछने के लिए होते हैं।

"लिखती हैं?" उसने पूछा। विषय बदल कर।

"क्या?"

"कविताएँ। कहानियाँ।"

"नहीं।"

"क्यों नहीं?"

"कुछ अच्छा नहीं आता।"

"अच्छा-बुरा कौन तय करता है?"

मैं रुकी।

"लिखना शुरू कीजिए। अच्छा-बुरा बाद में।"

वो एक दिन रुका इलाहाबाद में। फिर एक दिन और। फिर कहा — "परसों जा रहा हूँ।"

फिर एक दिन और रुका।

फिर एक और।

आख़िर में, पाँच दिन रहा।

हर दिन हम मिले।

कभी लाइब्रेरी। कभी खुसरो बाग़। कभी गंगा के किनारे — जहाँ एक पुराना घाट है, जहाँ शाम को चिराग़ जलाए जाते हैं।

आप पूछेंगी — ये सब कैसे हुआ? पापा ने कुछ नहीं पूछा? सावित्री आंटी? आदर्श?

पापा ने कुछ नहीं पूछा — क्योंकि पापा को पता ही नहीं था मैं कहाँ जाती हूँ।

सावित्री आंटी — वो पूछती थीं। मैं कहती थी — "क्लास। अंकल से ट्यूशन।"

वो हँसती थीं। "चलो, ले जाओ किताबें। कुछ बन जाओ तुम।"

मुझे हमेशा लगता था — अगर सावित्री आंटी को सब सच पता होता। कि उनका आशीर्वाद एक झूठ पर है। कि मैं पढ़ने नहीं, मिलने जा रही हूँ। एक लड़के से।

फिर सोचती — सावित्री आंटी जानती थीं पापा शादीशुदा थे जब वो आयीं। फिर भी आयीं।

शायद सावित्री आंटी भी एक बार — बीस साल की रही होंगी। शायद उन्होंने भी कभी किसी से छुप कर मिलने गयी होंगी।

शायद हर औरत ने, एक बार, कुछ छुपा कर जिया है।

क्योंकि समाज ने उन्हें जीने की इजाज़त नहीं दी, पूरी तरह।

और आदर्श — आदर्श को समझ आ गया था।

पर उसने किसी से नहीं कहा।

क्योंकि — शायद — वो भी चाहता था कि मैं कहीं जाऊँ। कहीं। उस घर से बाहर। कहीं भी।

पंद्रह साल के बच्चे जानते हैं कब उनकी दीदी अंदर से बँधी हुई है।

उसने कभी कुछ पूछा नहीं। पर एक बार मुझसे कहा था, बहुत छोटा सा — "दीदी, अच्छा लग रहा है आपको देख कर। मुस्कुराती रहो।"

पंद्रह साल के बच्चे ने मुझसे ये कहा।

पच्चीस साल तक किसी बड़े ने नहीं।

मेरा फ़र्ज़ था आदर्श को बचाना। पर सच ये है — उसने मुझे बचाया।

उन पाँच दिनों में कुछ नहीं हुआ।

मतलब — कुछ नहीं। उसने मेरा हाथ नहीं पकड़ा। उसने मेरे क़रीब नहीं आने की कोशिश की। उसने कुछ गंदा नहीं कहा। मेरे बालों की तारीफ़ भी नहीं की।

लोग समझते हैं मोहब्बत तेज़ होती है। नहीं।

जो तेज़ होती है वो ज़रूरत होती है।

मोहब्बत धीमी होती है।

उसने बस बातें कीं।

कभी कविता सुनायी। कभी कोई कहानी। कभी मुझे पूछा — "आपका पसंदीदा मौसम?" "पसंदीदा खाना?" "पसंदीदा रंग?"

लाल, मैंने कहा।

"क्यों?"

"माँ का पसंदीदा था।"

"और आपका?"

"पता नहीं। शायद वो भी लाल ही हो। मुझे कभी सोचने का मौक़ा नहीं मिला।"

उसने कुछ नहीं कहा।

पर अगले दिन — वो एक छोटा सा गुलाब ले कर आया। लाल।

"लीजिए।"

मैंने लिया।

"सबसे पहले, ये मेरा नहीं है। रास्ते में मिला था। तोड़ लिया।"

"चुराया?"

"नहीं। टूटा हुआ था पहले से।"

मैंने उस गुलाब को देखा।

और पहली बार — पच्चीस की उम्र में — मुझे एक चीज़ समझ आयी।

कुछ उपहार क़ीमत के नहीं होते।

वो इरादे के होते हैं।

ज़ोया जी, ये एक बात मुझे पापा ने कभी नहीं समझाई। किसी ने नहीं समझाई।

कि मोहब्बत में कीमत नहीं। इरादा होता है।

कि एक चुराया हुआ टूटा हुआ गुलाब — अगर याद से दिया जाए — सोने के हार से ज़्यादा क़ीमती है।

और सोने का हार — अगर बेमन से दिया जाए — राख से कम।

दुनिया ये फ़र्क़ नहीं समझाती।

क्योंकि दुनिया खुद नहीं समझती।

दुनिया क़ीमतें जोड़ती है। इरादे नहीं।

पर वो लड़का — वो समझता था।

उसने मुझे सिखाया — बिना सिखाए।

मैंने गुलाब अपनी डायरी में रख लिया।

नयी वाली डायरी। जिसमें लिखा था — "उसने मुझे ढूँढ लिया।"

अगले पन्ने पर लिखा — "लाल गुलाब। टूटा हुआ। ज़मीन से उठाया गया। मेरे लिए।"

फिर लिखा — "आज से एक नया रंग पसंद है। लाल।"

फिर जोड़ा — "माँ का रंग। मेरा भी।"

पाँचवें दिन — जाने से पहले — हम खुसरो बाग़ में थे।

शाम हो रही थी।

खुसरो बाग़ में एक पुरानी मज़ार है। उसके चारों तरफ़ बेंचें हैं। शाम को एक ठंडी हवा चलती है। बगीचे में लोग कम होते हैं। कुछ बुज़ुर्ग। कुछ जोड़े। कुछ बच्चे।

हम एक बेंच पर बैठे थे।

इस बार — पहली बार — हाथ की दूरी नहीं थी। हमारे कंधे छू रहे थे।

मैंने हटाया नहीं।

उसने भी नहीं।

पर कुछ किया भी नहीं। बस बैठे रहे।

उस शाम मुझे लगा — अगर मोहब्बत कुछ है, तो ये है।

कंधे छूना। हटाना नहीं। कुछ करना भी नहीं।

बस साथ होना।

"कल जा रहा हूँ।" उसने कहा।

मुझे पता था। पर उस पल तक — मैं इस बात से भाग रही थी।

"हाँ।"

"वापस आऊँगा।"

"कब?"

"पता नहीं।"

फिर ये शब्द।

पर इस बार — मुझे चुभा।

"ऐसे कब तक?" मैंने कहा।

"कब तक क्या?"

"ऐसे आना-जाना। इलाहाबाद-बनारस।"

वो चुप रहा।

"और फिर — आप जाने के बाद, एक हफ़्ता, दो हफ़्ते, तीन हफ़्ते... कुछ नहीं। और फिर अचानक कोई दिन — आप आ जाते हैं।"

"तो?"

"तो..." मेरी आवाज़ काँपी। "तो इसमें कोई नियम नहीं।"

"नियम होना चाहिए?"

मुझे क्या कहना था, ज़ोया जी? मुझे क्या कहना था?

मुझे कहना था — हाँ, नियम होना चाहिए। क्योंकि बिना नियम के मैं नहीं जी सकती। बिना पता लगे आप कब आ रहे हैं, कब जा रहे हैं, कब मिलेंगे — मैं नहीं जी सकती।

क्योंकि पच्चीस साल मैंने बेनियम ज़िंदगी जी है। कब पापा मेरे कमरे में आते, कब नहीं — कोई पता नहीं। कब माँ हँसतीं, कब रोतीं — कोई पता नहीं। कब मौत आती, कब टलती — कोई पता नहीं।

मैं पच्चीस साल से बिना नियम की ज़िंदगी से थकी हुई थी।

मुझे एक चीज़ चाहिए थी — जिसका नियम हो।

एक चीज़ जो पक्की हो।

पर मैं ये कैसे कहती?

उसे नहीं मालूम था क्या हुआ था मेरे साथ।

उसे लग रहा होगा — एक नाज़ुक लड़की है, जो ज़्यादा माँग रही है।

तो मैंने पीछे खींच लिया।

"नहीं।" मैंने कहा। "नियम की ज़रूरत नहीं। बस — जब आएँ, तो कहें कब आएँगे। बस इतना।"

उसने मेरी तरफ़ देखा।

फिर बहुत धीरे — बहुत धीरे — उसने अपना हाथ आगे बढ़ाया।

मेरे हाथ की तरफ़।

रुका। बीच रास्ते में।

"पकड़ सकता हूँ?" उसने पूछा।

मैंने सर हिलाया।

उसने मेरा हाथ पकड़ा।

बहुत नर्म। बहुत हल्का। जैसे कोई कागज़ की पंखुडी पकड़ रहा हो — डर रहा हो कि कहीं फट न जाए।

ज़ोया जी।

ज़ोया जी, मेरा हाथ किसी मर्द ने पहले पकड़ा था। कई बार।

पर ऐसे नहीं।

उस वक़्त मेरे हाथ को कोई "पकड़" नहीं रहा था।

वो मेरा हाथ "सँभाल" रहा था।

ये फ़र्क़ बहुत बड़ा है।

पकड़ना — यानी ज़ब्त करना। अपने क़ब्ज़े में लेना। जैसे कोई चीज़ हो जो किसी की है।

सँभालना — यानी सुरक्षित करना। जैसे कोई फूल हो जो अपने आप का है, पर जिसे बचाना है।

पच्चीस साल में — उस शाम — पहली बार मुझे किसी ने सँभाला।

और उस एक पल में — मैं रो पड़ी।

पर आँसू गिरे नहीं।

अंदर ही रह गए।

वो शायद समझ गया।

क्योंकि उसने मेरा हाथ थोड़ा और कस के पकड़ा।

फिर बोला — "मैं बीस मई को आऊँगा। अगले महीने।"

"पक्का?"

"पक्का।"

"कौन सी ट्रेन?"

उसने मुझे देखा। फिर हँसा।

"सच में?"

"हाँ।"

"बनारस-प्रयागराज एक्सप्रेस। सुबह सवा ग्यारह बजे।"

"तब तक?"

"तब तक रोज़ बात करेंगे।"

"फ़ोन पर?"

"हाँ। नंबर?"

मैंने नंबर बताया।

उसने मुझसे मेरे नंबर को तीन बार दोहराया।

फिर अपना दिया।

मैंने उसे लिखा नहीं।

उसने देखा।

"याद कर लोगी?"

"नहीं।"

"तो?"

"कुछ चीज़ें याद रखनी होती हैं। कुछ भूलनी होती हैं।"

"और मेरा नंबर?"

"मेरे अंदर रहेगा।" मैंने कहा। "लिखने की ज़रूरत नहीं।"

ये सच था।

मैंने उसका नंबर दस बार मन में दोहराया।

अगले दस साल तक — आज भी, ज़ोया जी — वो नंबर मेरे अंदर है।

लोग कहते हैं मोबाइल में नंबर रखो।

पर कुछ नंबर मोबाइल में नहीं रहते।

कुछ नंबर दिल में रहते हैं।

मोबाइल टूटते हैं, बदलते हैं, खोते हैं।

दिल — दिल ऐसे नहीं खोता।

अगले दिन वो गया।

स्टेशन पर मैं नहीं आयी।

वो चाहता था मैं आऊँ। पर मैंने कहा — "नहीं।"

क्योंकि विदा करना मुश्किल होता है।

और मुझे — उस वक़्त — मुश्किल सह नहीं रही थी।

उसने समझा।

वो चला गया।

मेरे पास उसका नंबर था। पर मैं जानती थी — पहले दो दिन उसे नहीं फ़ोन करूँगी।

क्योंकि अगर मैंने फ़ोन किया — और उसने नहीं उठाया — तो मेरा दिल टूट जाएगा।

और मेरा दिल — उस वक़्त — बहुत नरम था।

टूटने के लिए नहीं बना था।

उस रात मेरा फ़ोन बजा।

रात के नौ बजे।

एक unknown number।

मैंने देखा।

वो था।

ज़ोया जी, मैं क्या बताऊँ आपको।

उस एक रिंग पर — मेरी पूरी ज़िंदगी एक रिंगटोन में बदल गयी।

मैंने उठाया।

उसने कहा — "बनारस पहुँच गया। आप ठीक हैं?"

मैंने कहा — "हाँ।"

चार सेकंड की चुप्पी।

फिर उसने कहा — "शुभ रात्रि।"

मैंने कहा — "शुभ रात्रि।"

फ़ोन रख दिया।

बस।

बीस सेकंड की कॉल।

पर उन बीस सेकंड ने मुझे एक बात सिखायी —

कोई है, इस दुनिया में, जो पहुँच कर मुझे बताने लायक़ समझता है कि वो पहुँच गया।

पच्चीस साल की उम्र तक, ज़ोया जी — कोई नहीं था जो मेरी सलामती की ख़बर मुझे देने के क़ाबिल मानता।

अब एक था।

और ये एक — एक रात नौ बजे — एक रिंग के बाद — मेरा हो गया था।

या मैं उसकी।

दोनों एक ही बात है।

डायरी में उस रात मैंने लिखा —

"बीस सेकंड। एक कॉल। सारी ज़िंदगी भरी।"

अगले पन्ने पर —

"मुझे लगता है — मैं जीना सीख रही हूँ।"

* * *

अध्याय छह

पहाड़ों का लड़का

"कुछ लोग अपने शहर साथ ले कर चलते हैं। उनकी आवाज़ में, उनकी चुप्पी में, उनकी हँसी में। उनसे मिलने का मतलब — उनके शहर से मिलना।"

एक महीना।

बीस मई तक।

एक महीने में क्या होता है, ज़ोया जी?

कुछ नहीं। और सब कुछ।

तीस दिन। सात सौ बीस घंटे। तेरह सौ बयालीस फ़ोन कॉल्स।

मैंने गिने थे।

पागल लगती हूँ न? पागल थी। उस वक़्त।

पर ज़िंदगी में एक वक़्त आता है, ज़ोया जी — जब कोई चीज़ आपकी ज़िंदगी में पहली बार आती है — और आप उसे गिनने लगते हैं। जैसे आपको यक़ीन न हो। जैसे गिन कर ही आप उसे सच मान पाओगे।

एक बच्ची अपने पहले जूते गिनती है।

एक माँ अपने बच्चे के पहले क़दम।

एक प्रेमिका अपने पहले प्यार की फ़ोन कॉल्स।

तेरह सौ बयालीस।

तीस दिन में।

एक दिन में पैंतालीस से पचास बार।

पर ये नहीं था कि हम पैंतालीस बार बात करते थे।

एक कॉल कट होता। फिर फिर मिलाना। फिर कट। फिर मिलाना।

ख़राब सिग्नल। मेरा फ़ोन कैम्पस में कभी-कभी नहीं चलता था। उसके होस्टल में नेटवर्क का झगड़ा रहता था।

पर कोई बहाना नहीं था। सिर्फ़ ये कि हम दोनों चाहते थे — आवाज़ बिना टूटे पहुँचे।

क्योंकि एक बार की टूटी आवाज़ — अच्छी नहीं लगती थी।

"क्या कर रही हो?"

"कुछ नहीं।"

"क्या कर रहे हो?"

"कुछ नहीं।"

"फिर?"

"फिर क्या?"

"बताओ कुछ।"

"तुम बताओ।"

"मुझे नहीं आ रहा।"

"मुझे भी नहीं।"

हँसी।

दोनों तरफ़।

फिर चुप्पी।

पाँच मिनट।

कोई नहीं बोल रहा।

पर कोई रख भी नहीं रहा।

ज़ोया जी, पहला प्यार ऐसा होता है।

बेवक़ूफ़ियों से भरा। बेमतलब। कुछ नहीं बोलने के बावजूद घंटों बात।

फ़ोन पर पाँच मिनट की चुप्पी — कोई नहीं सह सकता।

ख़ास कर तब जब कोई पहले फ़ोन नहीं रख रहा।

क्योंकि दोनों को एक सुख मिल रहा है — एक-दूसरे के साँस लेने की आवाज़ का।

दूसरे के साँस लेने की आवाज़ सुनना — ये मोहब्बत का सबसे पहला इम्तिहान है।

आप उसकी साँसों से परेशान नहीं हो रहे — मतलब आप उसके पास रहने को तैयार हैं।

सुबह सात बजे पहला फ़ोन आता।

"जाग गयी?"

"जागी थी।"

"इतनी जल्दी?"

"तुम्हारे फ़ोन का इंतज़ार था।"

"झूठ।"

"हाँ, झूठ।" हँसी। "असल में नहाने जा रही थी।"

"तो अब?"

"अब तुम्हारे से बात करने के बाद नहाऊँगी।"

"पानी गर्म है?"

"नहीं।"

"तो गर्म कर लो।"

"बीस मिनट लगेंगे।"

"लगा लो।"

"अच्छा।"

"कुछ नहीं।"

"क्या?"

"बस — आवाज़ अच्छी लग रही है सुबह-सुबह।"

"मेरी?"

"हाँ।"

ज़ोया जी, एक लड़का आपकी आवाज़ की तारीफ़ करे — ये कोई बड़ी बात नहीं।

पर एक लड़का आपको कहे — "सुबह-सुबह आपकी आवाज़ अच्छी लगती है" — इसमें जो छुपा है — वो ये है —

"मुझे सुबहें अच्छी लगती हैं — क्योंकि आप उसमें हैं।"

पच्चीस बरस तक मुझे सुबहें अच्छी नहीं लगी थीं।

उसकी वजह से — मेरी सुबहें बदल गयीं।

और पापा के घर में — मेरी सुबहें बदलती देख, सावित्री आंटी तक ने पूछा — "क्या बात है, जान्वी? आजकल हँसती रहती हो।"

मैंने कहा — "कुछ नहीं, आंटी।"

वो मुस्कुरायीं। "किसी के आने की उम्मीद है क्या?"

मैं झेंप गयी। कुछ नहीं कहा।

वो चली गयीं रसोई में।

पर उस सवाल ने मुझे कुछ सोचने पर मजबूर किया।

सावित्री आंटी — जिन्हें मैंने अपनी माँ की जगह लेती देख कर नफ़रत की थी — वो मेरी ख़ुशी पहचान रही थीं।

और पापा — जो मेरे असली पिता थे — वो मेरे उदास होने पर भी कुछ नहीं पूछते थे।

किसे अपनाएँ हम, ज़ोया जी? जिनसे ख़ून का रिश्ता है, या जिनकी आँखें सच देखती हैं?

उसने मुझे अपने पहाड़ों के बारे में बताया — धीरे-धीरे।

छब्बीस दिन।

हर दिन एक नयी चीज़।

"हमारे घर के पीछे एक झरना है। उसमें बारह महीने पानी नहीं रहता। पर मार्च से जून तक — बर्फ़ पिघलती है पहाड़ की, तो पूरा झरना ज़िंदा हो जाता है।"

"मैं कभी नहीं देखी बर्फ़।"

"कभी आओ।"

"कब?"

"जब मर्ज़ी।"

मैंने हँस कर टाला।

मैं पहाड़ नहीं जा सकती थी। कभी नहीं। पहाड़ — पहाड़ तो मेरे लिए क़ब्रिस्तान थे।

पर उसकी आवाज़ में पहाड़ — मेरे दिमाग़ में एक दूसरा रंग लेने लगे थे। बहुत धीरे।

झरना। बर्फ़। चीड़ के पेड़। लाल छत वाले घर। चीनी मिट्टी की चायदानी। गाँव का एक बूढ़ा जो रोज़ सुबह अख़बार लाता। एक कुत्ता जिसका नाम कालू। एक बूढ़ी दादी जो उसे पहले कम्बल से ढँकती, फिर कहतीं — "अब तू खुद को ढँक।"

ये उसके पहाड़ थे।

मेरे पहाड़ कुछ और थे।

मेरे पहाड़ एक खिड़की के बाहर एक देवदार का पेड़ थे। एक लकड़ी के दरवाज़े की चरमराहट। सुबह पाँच बजे का अंधेरा। और बीच में — कुछ ऐसा जो मैं आज भी एक वाक्य में नहीं कह सकती।

पर मेरे पहाड़ उसके पहाड़ों से इतने दूर थे — मानो दो अलग देश हों।

मैंने उसे कभी नहीं बताया कि मेरी पहाड़ों से कोई याद जुड़ी है।

क्योंकि अगर बताती — तो उसे पूछना पड़ता। और पूछता तो मुझे बताना पड़ता।

और मुझे बताना नहीं था।

अभी नहीं।

शायद कभी नहीं।

पर मुझे सुनना था।

उसके पहाड़।

उसकी आवाज़ में।

ताकि — शायद — कभी — मेरे पहाड़ भी थोड़ा बदलें।

एक रात उसने कहा —

"एक बात बताऊँ?"

"हाँ।"

"मेरी माँ का नाम — जानती हो?"

मैं रुक गयी। इस सवाल के पीछे कुछ था।

"क्या?"

"उसी से जुडा हुआ एक नाम — जो आपकी माँ का पसंदीदा था।"

मैंने फ़ोन कान से हटाया। फिर लगाया।

"क्या?"

"हाँ।"

"सच में?"

"सच में।"

मैं चुप हो गयी।

ज़ोया जी, ये इत्तेफ़ाक़ था।

या नहीं था।

मैं मानती नहीं हूँ ऊपर वाले को।

पर कुछ इत्तेफ़ाक़ — इतने बड़े होते हैं — कि इनका जवाब सिर्फ़ "संयोग" कहना नाइंसाफ़ी है।

उसकी माँ का नाम मेरी माँ के पसंदीदा नाम से जुडा हुआ था।

और उसका नाम — मेरी माँ के पसंदीदा नाम से जुडा हुआ था।

दो पीढ़ियों के बीच — एक ही नाम — तीन रूपों में।

शायद माँ — जहाँ भी हैं — सच में उसे मेरे लिए चुनती थीं।

या शायद मैं अब जो भी इत्तेफ़ाक़ पाती थी, उसे माँ की मर्ज़ी समझने लगी थी। क्योंकि ज़िंदगी में एक बार ख़ुशी आए — तो आप उसके पीछे कोई न कोई बड़ी वजह ढूँढते हैं। क्योंकि आपको यक़ीन नहीं होता — कि आप भी ख़ुशी के क़ाबिल हैं।

तो आप माँ को भेज देते हैं ऊपर — पीछे से।

उन तीस दिनों में — पहली बार — मेरी ज़िंदगी का एक अलग दौर शुरू हुआ।

मैं खाना खाने लगी।

हँसिए नहीं। ये छोटी बात लगती है।

पर मैं — वो जान्वी जो पच्चीस बरस से कम खाना खाती थी, जिसका पेट कभी पूरा नहीं भरता था क्योंकि "पूरा भरना" सुरक्षित नहीं लगता था — मैं खाना खाने लगी।

कभी-कभी दोपहर में वो पूछता — "क्या खाया?"

मैंने कहा — "दाल-रोटी।"

"कितनी रोटी?"

"दो।"

"दो? और?"

"बस।"

"सुबह क्या खाया था?"

"चाय।"

"बस?"

"हाँ।"

"ये नहीं चलेगा।" उसने कहा। "दो रोटी दोपहर में कम हैं।"

"तुम्हें क्यों मतलब?"

"मतलब है।"

"क्यों?"

"क्योंकि — क्योंकि तुम मेरी हो।"

रुक गयी।

पहली बार उसने कहा था।

"तुम मेरी हो।"

चार शब्द।

और इन चार शब्दों में पच्चीस बरस की अकेलेपन की किश्तें चुक गयीं।

मैं किसी की थी।

पता है, ज़ोया जी — "किसी का होना" एक अलग एहसास है।

मैं माँ की थी। मैं माँ के जाने के बाद किसी की नहीं थी।

"पापा की हो।" "दीदी की हो।" "आदर्श की हो।" — ये सब कहने को था।

पर किसी का होना — उसका मतलब है — कोई है जो अपनी ज़िंदगी में मेरी जगह बनाता है। अपने दिन में। अपनी रात में। अपने सपनों में।

मैं पापा की ज़िंदगी में सिर्फ़ एक कमरा थी — जहाँ वो कभी-कभी आते थे। फिर दूसरा कमरा आया — सावित्री आंटी का। वो कमरा मेरे कमरे से ज़्यादा बड़ा था। ज़्यादा ज़रूरी था।

मैं आदर्श के जीवन में सिर्फ़ एक दीदी थी। एक ज़िम्मेदारी। पर उसकी नहीं — दुनिया की ज़िम्मेदारी उस पर कि दीदी की शादी कहाँ होगी।

मैं दीदी के जीवन में एक फ़ोन कॉल थी। महीने में एक बार।

पर अब मैं इस लड़के के जीवन में क्या थी?

मैं पता नहीं थी क्या। पर मैं थी।

मैं थी — और ये मायने रखता था।

"खाना खाओ। तुम मेरी हो।"

पहली बार ये कहा गया मुझसे।

और पहली बार — मैंने दो रोटियाँ नहीं — तीन खायीं।

क्योंकि अब मेरा पेट किसी और का था।

और अगर मेरा पेट उसका था — तो उसे भरना ज़रूरी था।

उन तीस दिनों में एक बात और हुई।

मैं लिखने लगी।

नहीं — कविताएँ नहीं। कहानियाँ नहीं। बस छोटी-छोटी बातें।

एक डायरी।

"आज उसने कहा — मैं उसकी हूँ।"

"आज माँ के पसंदीदा नाम का ज़िक्र आया।"

"आज पहली बार — पच्चीस बरस में — मुझे सुबह की धूप अच्छी लगी।"

"आज सावित्री आंटी ने अपनी बेटी को फ़ोन किया। उन्होंने बेटी को कहा — हम ज़िम्मेदार हैं अपनी ख़ुशी के। अगर तू ख़ुश नहीं — तो कोई नहीं तुझे ख़ुश करेगा।' मुझे लगा — ये बात मुझसे भी थी।"

"आज आदर्श ने मुझसे पूछा — दीदी, उस लड़के का नाम क्या है?' मैंने कहा नहीं। बोला — 'ठीक है। जब बताना चाहें, बताइए।' मुझे लगा — मेरा भाई मुझसे बड़ा हो रहा है।"

"आज लाल स्कार्फ़ पहना। नया। अपने पैसों से ख़रीदा।"

डायरी भरती जा रही थी।

ज़ोया जी, जब कोई लड़की अपनी ज़िंदगी लिखने लगे — तो इसका मतलब है कि उसे उम्मीद है कि वो ज़िंदगी कहीं पढ़ी जाएगी।

पहले मैं डायरी इसलिए लिखती थी — ताकि अगर मैं मर जाऊँ, तो लोगों को पता चले क्यों।

अब मैं डायरी इसलिए लिखती थी — ताकि अगर मैं ज़िंदा रहूँ, तो मुझे याद रहे कैसे।

ये फ़र्क़ बहुत बड़ा है।

पर तीस दिनों में एक दिन ऐसा भी था।

उन्नीस मई।

अजीब दिन था।

मैं लाइब्रेरी गयी थी। वहाँ से निकलते वक़्त — पाँच बजे — मैंने देखा एक आदमी लाइब्रेरी की सीढ़ियों पर बैठा था।

एक अधेड़ उम्र का आदमी।

पीले दाँत।

गंदे नाख़ून।

और मेरी माँ की उम्र की एक औरत के साथ था।

औरत उसे डांट रही थी — "और कितना? और कितना पी कर आओगे? अब तो आज शाम बेटी का फ़ंक्शन है। नहीं चलेगी तुम्हारी ये सब।"

आदमी ने कुछ कहा। पर मुझे नहीं सुनाई दिया।

क्योंकि मैं रुक गयी थी।

सीढ़ियों के ऊपर।

लाइब्रेरी के दरवाज़े के पास।

मेरे पैर हिल नहीं रहे थे।

मेरी साँस — मेरी साँस अचानक बहुत तेज़ हो गयी थी।

मेरी आँखों के सामने धुंधला होने लगा।

ज़ोया जी — मुझे उस आदमी से कुछ लेना नहीं था।

वो कोई भी था। मैं नहीं जानती थी उसे।

पर उसके नाख़ून। पीले। गंदे। बढ़े हुए।

और उसकी बग़ल में एक औरत — जो डांट रही थी।

और उसके पीछे — दीवार पर — एक खिड़की।

खिड़की के बाहर एक पेड़।

लाइब्रेरी का पेड़ देवदार नहीं था। पर मेरी आँखों को उस वक़्त देवदार दिखा।

और दीवार — लाइब्रेरी की दीवार बुलाक़ी पत्थर की थी। पर मेरी आँखों को लकड़ी दिखी।

और कहीं — बहुत दूर — एक चरमराहट।

एक लकड़ी के दरवाज़े की।

मेरे पैर हिल नहीं रहे थे।

मेरी साँस — बहुत तेज़।

मुझे लगा — मैं गिर जाऊँगी।

एक सेकंड के लिए — बस एक सेकंड के लिए — मैं वापस उस कमरे में थी।

दस साल की।

खिड़की के बाहर देवदार।

दरवाज़े की चरमराहट।

पापा के जूते।

पापा...

पर तभी — फ़ोन बजा।

उसकी रिंगटोन।

मैंने अपना फ़ोन निकाला।

उसकी कॉल।

मैंने उठायी।

"हेलो?"

"जान्वी?"

उसकी आवाज़।

"हाँ।"

"क्या हुआ?"

"कुछ नहीं।"

"तुम्हारी आवाज़..."

"कुछ नहीं।" मैंने फिर कहा।

रुकी।

"लाइब्रेरी से निकल रही हूँ।"

"अच्छा।"

"घर जा रही हूँ।"

"अच्छा।"

एक सेकंड की चुप्पी।

फिर उसने कहा — "तुम बस चलते रहो। मैं फ़ोन पर हूँ। कुछ मत बोलो। बस चलो।"

ज़ोया जी।

ज़ोया जी, आपको बताती हूँ।

उस एक पल में — उसने सब कुछ समझ लिया।

वो अभी तक नहीं जानता था कि मेरे साथ क्या हुआ था। कहाँ हुआ था। कब हुआ था।

पर उसने ये समझ लिया कि — कुछ है। कुछ पुराना। कुछ दर्द जो अचानक आता है। और उस दर्द से निकलने के लिए मुझे सिर्फ़ एक आवाज़ चाहिए — जिसे सुन कर मैं फिर से वर्तमान में आ जाऊँ।

उसने पूछा नहीं।

उसने नाम नहीं पूछा।

उसने जगह नहीं पूछी।

उसने कुछ नहीं पूछा।

बस कहा — "चलते रहो। मैं फ़ोन पर हूँ।"

मैंने चलना शुरू किया।

सीढ़ियाँ उतरीं। उस आदमी की बग़ल से गुज़री। आँखें नीचे। साँस अभी भी तेज़।

पर उसकी आवाज़ कान में थी।

बस एक फ़ोन था मेरे हाथ में।

बस एक आवाज़।

और कुछ भी नहीं।

पर वो आवाज़ उस पूरी दुनिया से बड़ी थी — जो मुझे उस पल वापस खींच रही थी।

मैं चली। दो मोड़ तक।

तब तक वो फ़ोन पर ही था। कुछ बोल नहीं रहा था।

फिर धीरे से बोला — "अब बेहतर?"

"हाँ।"

"रुको वहाँ। बैठो कहीं। एक रिक्शा ले लो।"

"हाँ।"

रिक्शा लिया। बैठी। फ़ोन कान से नहीं हटा।

दस मिनट — रिक्शे में — वो फ़ोन पर रहा।

एक शब्द नहीं बोला।

मैं भी नहीं बोली।

बस हम दोनों — एक फ़ोन की लाइन पर — एक-दूसरे की साँसें सुन रहे थे।

घर पहुँची।

रिक्शा रुका।

मैंने पैसे दिए।

अंदर आयी।

कमरे में बैठी।

फिर उसने पूछा — "अब ठीक?"

"हाँ।"

"कुछ बताना चाहोगी?"

"नहीं।"

"ठीक है।"

"कुछ नहीं पूछोगे?"

"नहीं।"

"क्यों?"

"क्योंकि जो तुम बताना चाहोगी, तुम बताओगी। जो नहीं बताना चाहोगी, मुझे पूछने का हक़ नहीं।"

ज़ोया जी।

ये वो पल था।

ये वो पल था जब मैंने उससे प्यार किया।

सच में।

पहले तक बस अच्छा लगता था। कभी ख़ुशी होती थी। कभी डर। पर प्यार — असली प्यार — वो तब होता है जब कोई आपकी हद को इज़्ज़त दे। बिना पूछे।

प्यार यही है — "तुम्हें पूछने का हक़ नहीं।"

बाक़ी सब तो बस ज़रूरत है।

उस रात मैं रोयी।

बहुत देर तक।

पहले डर के मारे।

फिर राहत के मारे।

फिर कृतज्ञता के मारे।

डायरी में मैंने लिखा — "आज एक आदमी दिखा। नाख़ून पीले थे। मैं काँप गयी। उसने फ़ोन किया। बिना जाने — जाना। बिना पूछे — पूछा। बिना देखे — देखा।"

"आज — मुझे लगा — शायद मैं ठीक हो जाऊँगी।"

फिर थोड़ा नीचे —

"शायद।"

फिर एक और पंक्ति —

"कभी-कभी हम टूटे हुए इंसान से नहीं, पूरे इंसान से प्यार करते हैं।"

"और पूरा इंसान वो होता है — जो जानता है कि टूट जाने का एहसास क्या है।"

उसने कभी बताया नहीं कि वो कैसे जानता था। कैसे समझता था। कैसे पहचानता था।

पर मैं जानती हूँ — वो जानता था।

क्योंकि कोई इंसान — जो ख़ुद कभी न टूटा हो — वो इतनी नर्मी से किसी को नहीं सँभाल सकता।

कुछ तो था उसके पीछे।

शायद पहाड़ों में — उसके पहाड़ों में — कुछ दर्द था जो उसने भी देखा था।

शायद नहीं।

मैंने उससे कभी नहीं पूछा।

क्योंकि उसने मुझसे कभी नहीं पूछा।

हम दोनों की एक *unwritten deal* थी — हम एक-दूसरे के अतीत को नहीं छूएँगे। जब तक ख़ुद न बताएँगे।

और एक वक़्त तक — ये *deal* ठीक रही।

फिर एक दिन — ये टूट गयी।

पर वो कहानी बाद में आएगी, ज़ोया जी।

अभी — अभी बस ये कहानी थी।

उन्नीस मई की।

एक आदमी। पीले नाख़ून। और एक फ़ोन कॉल।

बीस मई आयी — और गयी।

वो नहीं आ पाया।

किसी काम से। माँ की तबीयत। पापा ने उसे एक ज़रूरी काम सौंपा था।

"अगले हफ़्ते आऊँगा।"

"सच में?"

"पक्का।"

पर अगले हफ़्ते भी नहीं आया।

और एक बात थी।

रोज़ फ़ोन तो आता था — पर धीरे-धीरे बातें कम होने लगीं।

पहले घंटों की बातें।

अब आधे घंटे।

फिर बीस मिनट।

फिर दस।

कभी-कभी पाँच।

"क्या हुआ?" मैंने पूछा।

"कुछ नहीं।"

"कुछ तो है।"

"माँ की तबीयत।"

"क्या हुआ है?"

"कुछ नहीं।" उसने कहा। "बस — घर में थोड़ी परेशानी है।"

ज़ोया जी, ये पहली बार था जब उसने मुझसे कुछ छुपाया।

और मैंने — पहली बार — जानते हुए भी — आगे नहीं पूछा।

क्योंकि हमारी *deal* थी।

पर उस रात — डायरी में मैंने लिखा —

"कुछ है। कुछ उसके पीछे है। जो वो मुझे नहीं बता रहा।"

"पर मैं पूछूँगी नहीं।"

"क्योंकि वो भी मुझसे नहीं पूछता।"

"पर एक बात सच है — जब किसी को कुछ तकलीफ़ होती है, तो वो अकेला होना चाहता है। पर जब किसी के पास कोई है — तो वो अकेला नहीं रहना चाहता।"

"उसके पास मैं हूँ।"

"फिर वो क्यों अकेला है अभी?"

"शायद इसलिए कि उसे लगता है — कि मैं उसकी हद में नहीं जा सकती। क्योंकि वो मेरी हद में नहीं आया अभी तक।"

"हदें — हदें कभी-कभी इज़्ज़त नहीं, दूरी बनती हैं।"

उस रात मैंने पहली बार सोचा — शायद हमारी *deal* ग़लत थी।

शायद मुझे उससे पूछना चाहिए था — क्या है घर में?

शायद मुझे उसे बताना चाहिए था — मेरे घर में क्या था।

पर नहीं।

मैं नहीं बता सकती थी।

क्योंकि अगर मैं बताती — तो वो हमेशा मुझे "वो लड़की" समझता — जिसके साथ कुछ हुआ था।

और मैं नहीं चाहती थी वो ऐसा समझे।

मैं चाहती थी — वो मुझे "जान्वी" समझे।

एक साधारण लड़की। इलाहाबाद की। जो हिंदी पढ़ रही है। जो डायरी लिखती है। जो उसकी है।

"वो लड़की" मेरे लिए पहले से एक बोझ थी।

मुझे एक नयी लड़की बनना था।

और वो लड़की — जान्वी — उसे मैं उससे मिल कर सच में बन सकती थी।

बशर्ते मैं अपना सच कभी उसे न बताऊँ।

पर सच कभी छुपता नहीं, ज़ोया जी।

सच — अगर आप उसे बाहर न निकालें — तो वो अंदर रहने पर आपको चाटता रहता है।

और अंदर चाटता हुआ सच — एक दिन — मुँह तक आ जाता है।

उस दिन — जब आप कम से कम उम्मीद कर रही हों।

पर वो दिन अभी नहीं आया था।

अभी मई का आख़िरी हफ़्ता था।

अभी वो आने वाला था।

पाँच जून को।

पक्का।

ये उसने तीन बार कहा।

"पाँच जून। पक्का। पाँच जून।"

और मैंने तीन बार कहा — "हाँ।"

मेरी डायरी में — मई के आख़िरी पन्ने पर — एक छोटा सा कैलेंडर था।

पाँच जून के ख़ाने पर — मैंने एक लाल रंग का तारा बनाया था।

हर रोज़ मैं उस तारे को देखती।

और गिनती —

चौदह दिन।

तेरह दिन।

बारह।

जब आप किसी का इंतज़ार करते हैं — और दिन गिनते हैं — तो हर दिन छोटा-छोटा लगता है।

पर जब कोई आता है — तो आप पाते हैं — वो हफ़्ते कितने लंबे थे।

पाँच जून बहुत दूर थी।

पर मैं रुक सकती थी।

क्योंकि अब — मेरे पास रुकने की एक वजह थी।

वजह — एक फ़ोन कॉल। सुबह सात बजे।

और एक फ़ोन कॉल — रात दस बजे।

और बीच में — तेरह सौ बयालीस और कॉल्स।

जो मुझे — तीस दिनों में — ज़िंदा रखती थीं।

* * *

अध्याय सात

एक रात जब वो रोयी

"कुछ रातें उम्र भर नहीं भूलतीं। कुछ रातें आप को बदल देती हैं। और कुछ रातें — आप के अंदर बैठ जाती हैं। फिर हर रात — थोड़ी सी — वो भी होती है।"

तीस मई।

रात के ग्यारह बज कर सत्रह मिनट।

मैं आज भी वो वक़्त याद कर सकती हूँ, ज़ोया जी।

क्योंकि कुछ वक़्त — जब आप अपनी ज़िंदगी में किसी के सामने पहली बार पूरी तरह टूटते हैं — वो वक़्त घड़ी की सुई पर चिपक जाता है। आप उसे भूल नहीं सकते।

उस रात — जो हुआ — वो ऐसे नहीं हुआ कि मैंने सोचा हो।

एक छोटी सी बात से शुरू हुआ।

बहुत छोटी।

इतनी छोटी कि — अगर बाहर से देखा जाए — तो कोई हँसेगा।

"इसके लिए रोयी?" कहेगा।

हाँ, इसके लिए।

क्योंकि — ज़ोया जी — जो टूटते हैं, वो बड़ी चीज़ों से नहीं टूटते।

बड़ी चीज़ें आप सह लेते हैं। बड़ी चीज़ों के लिए आप तैयार होते हैं।

छोटी चीज़ें — वो छुपी हुई आती हैं।

एक शब्द। एक गंध। एक गाना। एक तारीख़।

और वो — वो बहुत बड़ी चीज़ों को अंदर से हिला देती हैं।

उस शाम सावित्री आंटी आदर्श को मार्केट ले गयी थीं — स्कूल की कोई ज़रूरत थी।

पापा घर पर नहीं थे।

दीदी का फ़ोन आया था दोपहर में। उन्होंने कहा था — "छोटी, रात को फ़ोन करूँगी। कुछ बात करनी है।"

मैंने कहा — "हाँ, दीदी।"

रात आठ बजे — दीदी का फ़ोन आया।

"छोटी।"

"हाँ, दीदी।"

"एक बात बतानी थी।"

"क्या?"

दीदी ने कुछ देर चुप्पी ली।

फिर बोलीं —

"मैं — मैं — मैं माँ बनने वाली हूँ।"

मेरे अंदर कोई चीज़ पिघली।

"दीदी?"

"हाँ।" वो हँस पड़ीं। "सच में।"

"कितना?"

"तीन महीने।"

"कब पता चला?"

"दस दिन पहले।"

"और अभी बता रही हो?"

"हाँ।" वो रुकीं। "पहले — पहले ठीक से पक्का करना था। डॉक्टर से। सब कुछ।"

मैंने मुस्कुराने की कोशिश की। फ़ोन पर।

पर मुझे नहीं पता — मेरी मुस्कुराहट फ़ोन तक पहुँची या नहीं।

"बधाई हो, दीदी।"

"छोटी?"

"जी।"

"माँ को याद है?"

मैं रुक गयी।

ज़ोया जी, क्या सवाल था। "माँ को याद है?"

माँ को याद न होगी क्या? वो मरी थीं। कैंसर से। एक ऐसी मौत जो धीरे-धीरे होती है। जिसमें इंसान अपनी ही आँखों के सामने गलता है। जिसमें वो देखता है कि उसके लोग उसे मरते देख रहे हैं।

माँ को याद न होगी क्या?

पर मुझे पता था दीदी क्यों पूछ रही थीं।

क्योंकि एक बेटी जो माँ बनने वाली है — वो अपनी माँ को याद करती है। उस माँ को — जो उसे ये सिखाती — बच्चा कैसे पालना है। जो उसके पास होतीं। जो नज़र उतारती।

हमारी माँ नहीं थी।

और दीदी — जो पूरी ज़िंदगी संभली हुई थीं, सारे आँसू अंदर रखती थीं — उनकी आवाज़ में आज कुछ टूट रहा था।

पर दीदी ने टूटने नहीं दिया।

दीदियाँ टूटने नहीं देतीं। छोटी बहनों के सामने कभी नहीं।

ये अलग कहानी है कि — कितनी छोटी बहनों को पता नहीं होता कि उनकी दीदियाँ अंदर क्या-क्या समेटे होती हैं।

"याद है, दीदी।" मैंने कहा।

"तू आएगी ना? यहाँ?"

"कब?"

"जब भी।"

"हाँ।"

फिर चुप्पी।

फिर दीदी ने कहा — "छोटी।"

"जी।"

"तू ख़ुश है?"

ये सवाल।

ये सवाल — जो मेरे पूरे बचपन से मुझसे किसी ने नहीं पूछा था।

आज क्यों आया?

क्या दीदी को कुछ पता चला था? सावित्री आंटी ने कुछ बताया था? उन्हें लगा था मैं बदल रही हूँ — इसलिए?

या ये बस संयोग था?

एक बहन जो माँ बनने वाली है — उसके अंदर कुछ नरम हुआ था। उसने पहली बार अपनी छोटी बहन की तरफ़ देखा था — ठीक से।

बहनें तब तक एक-दूसरे को ठीक से नहीं देखतीं — जब तक उनमें से एक माँ नहीं बन जाती।

फिर अचानक — उन्हें अपनी माँ से पहले — अपनी बहनें दिखती हैं।

"हाँ, दीदी।" मैंने कहा।

"सच में?"

"हाँ।"

"क्योंकि..." दीदी रुकीं।

"क्योंकि क्या?"

"बेटी के अंदर एक लड़की आती है। डॉक्टर ने कहा है। और मुझे अचानक — तेरा ख़्याल आया।"

"क्यों?"

"पता नहीं।"

"अच्छा।"

"छोटी, तू ठीक से रहना। ख़ुश रहना।"

"हाँ।"

"कुछ परेशानी हो तो बताना।"

"हाँ, दीदी।"

"अच्छा, रखती हूँ। दामाद जी आ रहे हैं।"

"अच्छा।"

फ़ोन रख दिया।

मैं बिस्तर पर बैठी रही।

ज़ोया जी, क्या हुआ उस पल — मुझे आज भी पूरा नहीं पता।

बाहर से देखें — एक बहन ख़ुशख़बरी दे रही थी।

मुझे ख़ुश होना चाहिए था।

शायद थोड़ा थी।

पर अंदर से — कुछ और हो रहा था।

मेरी आँखें भरने लगीं।

क्यों?

क्योंकि दीदी को एक बेटी होने वाली थी।

और उस बेटी के एक नानी होंगी — माँ की माँ। पर हमारी माँ नहीं होगी।

और उस बेटी के एक नाना होंगे — पापा।

मेरे पापा।

और पापा — पापा उस बच्ची को देखेंगे।

और पापा उस बच्ची को गोद में लेंगे।

और पापा उसका नाम रखेंगे — जैसे उन्होंने मेरा रखा था।

और वो बच्ची दस साल की होगी — किसी दिन।

और फिर — फिर क्या?

ज़ोया जी।

ज़ोया जी, मेरे अंदर एक डर उठा जो मैंने अपनी पूरी ज़िंदगी में नहीं उठाया था।

वो डर मेरा नहीं था।

वो डर — एक ऐसी बच्ची का था — जो अभी पैदा भी नहीं हुई थी।

"दीदी, सुनिए।" मैं उन्हें कहना चाहती थी। "ये बच्ची — इसे पापा के पास कभी मत छोड़ना। कभी। अकेले। पहाड़ों में नहीं। शहर में भी नहीं। कहीं नहीं। बस मत छोड़ना।"

"क्यों?" दीदी पूछतीं।

और फिर?

फिर क्या कहती मैं?

क्या कहती — "दीदी, क्योंकि जब मैं दस साल की थी — उन्होंने..."

नहीं।

मैं नहीं कह सकती थी।

मैं पंद्रह साल से नहीं कह पायी थी। आज कैसे कहती?

पर अगर मैं नहीं कहती — तो —

तो क्या दीदी की बच्ची के साथ भी —

नहीं। नहीं। नहीं।

ज़ोया जी, वो रात मैंने — पहली बार — एक नया डर महसूस किया।

पंद्रह साल से जो डर मैंने अपने आप के लिए रखा था — वो अचानक एक ऐसी बच्ची के लिए हो गया जो अभी पैदा भी नहीं हुई थी।

और ये डर मुझसे बर्दाश्त नहीं हुआ।

क्योंकि मुझे पता चला — मेरी चुप्पी — जो मैंने अपनी माँ को बचाने के लिए की थी, जो मैंने परिवार को बचाने के लिए की थी, जो मैंने अपने आप को बचाने के लिए की थी — वो चुप्पी अब किसी और को मार सकती थी।

एक ऐसी बच्ची को जो मेरी भतीजी होगी।

जिसे मैं प्यार करूँगी।

जिसका नाम — शायद — माँ के नाम पर रखा जाएगा।

और जो पंद्रह साल बाद — शायद — मेरे जैसी हो जाए।

और मैं — उसकी बुआ, जो उसे जानती थी, जो एक बार दस साल की थी उसी जगह पर — मैं उसे बचा नहीं पायी।

क्योंकि मैं एक चुप्पी थी।

और चुप्पियाँ कभी किसी को नहीं बचातीं।

मैंने फ़ोन उठाया।

उसे मिलाया।

रात के ग्यारह बज कर सात मिनट।

वो सो चुका होगा — सोचा।

पर पहली घंटी पर ही — उसने उठाया।

'हाँ।"

"सोए नहीं थे?"

"नहीं।"

"क्या कर रहे थे?"

'पढ़ रहा था।"

"क्या?"

'निराला।"

"अच्छा।"

"तुम्हारी आवाज़..."

वो रुक गया।

मैं भी रुक गयी।

कुछ बोला नहीं।

फिर उसने पूछा — "क्या हुआ?"

"कुछ नहीं।"

"जान्वी।"

मेरे नाम पर रुका।

"हाँ।"

"क्या हुआ?"

मेरे आँसू निकलने लगे।

चुप-चुप।

ज़ोया जी, आपको एक बात बताऊँ?

मैंने अपनी ज़िंदगी में — पच्चीस बरस में — सिर्फ़ एक इंसान के सामने ठीक से रोयी थी।

माँ के सामने।

और वो भी — माँ के जाते वक़्त नहीं।

उससे पहले के बरसों में।

जब माँ ज़िंदा थीं।

माँ की गोद में — मैं थोड़ा-थोड़ा रोती। माँ पूछतीं — "क्या हुआ, गुड़िया?" मैं कहती — "कुछ नहीं, माँ।"

माँ ज़्यादा नहीं पूछतीं।

वो बस मेरे बाल सहलातीं।

और मैं रोती।

पर उनके सामने भी — मैंने कभी ज़ोर से नहीं रोया। बस आँसू। आवाज़ नहीं।

क्योंकि ज़ोर से रोना — वो एक हक़ है। और मुझे लगता था — मुझे ये हक़ नहीं।

किसी और के साथ तो — रोने का सवाल ही नहीं था।

आदर्श के सामने — मुझे मज़बूत होना था।

दीदी के सामने — मुझे "ठीक" होना था।

पापा के सामने — मैं होना भी नहीं चाहती थी।

और दुनिया के सामने — मैं एक साधारण लड़की थी।

जान्वी।

जो हिंदी पढ़ती है। जो डायरी लिखती है। जो मुस्कुराती है।

जान्वी रोती नहीं।

पर उस रात — उसने पूछा — "क्या हुआ?" — और पहली बार — मेरे अंदर कुछ टूट गया।

"जान्वी।" उसने फिर बुलाया।

मेरी रुलाई अब ज़ोर से थी।

मैं फ़ोन कान से हटा नहीं पायी।

पर मुँह से कुछ निकल नहीं रहा था।

बस साँसें।

और रोना।

वो दूसरी तरफ़ चुप था।

पर रख नहीं रहा था।

"जान्वी।" उसने तीसरी बार बुलाया।

"हाँ।" मेरी आवाज़ निकली। रुंधी हुई।

"रोओ।"

बस।

"रोओ।"

ज़ोया जी।

ज़ोया जी, मुझे कभी किसी ने ये नहीं कहा था।

"रोओ।"

हम सब को कहा जाता है — "मत रो।" "रोना नहीं है।" "बच्चों की तरह क्यों रो रही है?" "रोने से क्या होगा?" "चुप हो जा।"

पूरी ज़िंदगी एक ही गीत सुना था — "मत रो।"

और यहाँ — ये लड़का — कह रहा था "रोओ।"

एक शब्द में मुझे इजाज़त दे दी — मेरे अपने आँसुओं की।

मैंने रोया।

पहली बार — ज़ोर से।

पच्चीस बरस का रोना। एक रात में।

फ़ोन कान से कस कर लगाए। उसे पकड़े।

उधर वो भी चुप।

सिर्फ़ कभी-कभी — "हूँ।"

या "मैं यहाँ हूँ।"

या "रोओ।"

बाक़ी — बस मेरी आवाज़ और उसकी साँस।

कितनी देर? मुझे नहीं पता।

मुझे लगा आधा घंटा।

बाद में मैंने फ़ोन देखा — चालीस मिनट।

चालीस मिनट।

मैं चालीस मिनट रोयी — एक लड़के के सामने — जिसका नाम मैंने आज तक किसी को नहीं बताया।

जिसका नाम अब भी — आपकी इस किताब में — नहीं आएगा।

क्योंकि उस रात — उस एक रात में — उसने वो काम किया जो कोई नहीं कर सकता था।

उसने मुझे रोने दिया।

और एक औरत के लिए — उसकी पूरी ज़िंदगी में — जो सबसे बड़ा उपहार हो सकता है — वो यही है।

कि कोई उसे रोने दे।

बिना पूछे। बिना समझाए। बिना "ये कर लो, वो कर लो" के।

बस — रोने दे।

रोना कम हुआ।

मैं हिचकी ले रही थी।

"पानी पियो।" उसने कहा।

"हाँ।"

मैंने पानी नहीं पिया।

"पियो।" उसने दोहराया। "अभी।"

मैं उठी। किचन में गयी। पानी पिया।

वापस आयी।

"पिया?"

"हाँ।"

"अब बैठो।"

मैं बैठी।

"लंबी साँस लो।"

मैंने ली।

"एक और।"

ली।

"एक और।"

ली।

"अच्छा।" उसने कहा। "अब — अब बताओ, अगर बताना चाहो। नहीं बताना चाहो — मत बताओ। दोनों ठीक हैं।"

मैंने कुछ देर सोचा।

मैं क्या बताती?

कि दीदी माँ बनने वाली हैं?

कि अगर उनकी बेटी होगी — तो मुझे डर है?

कि ये डर मेरा नहीं — एक ऐसी बच्ची का है जो अभी पैदा भी नहीं हुई?

कि ये डर — ये डर — इसलिए है — क्योंकि मैंने — क्योंकि मेरे साथ —

नहीं।

मैं नहीं कह सकती।

पर कुछ तो कहना था।

एक आदमी के आगे चालीस मिनट रोयी — कुछ नहीं बताया — ये इंसानी नहीं।

तो मैंने वो बताया जो बता सकती थी।

"दीदी माँ बनने वाली हैं।"

"अच्छा।"

"तीन महीने हो गए।"

"बहुत अच्छा।"

"हाँ।"

चुप्पी।

"और?" उसने पूछा। नरम। बहुत नरम।

"और — और उनका फ़ोन आया।"

"हाँ।"

"उन्होंने पूछा — माँ को याद है।"

वो चुप।

"और उन्होंने पूछा — मैं ख़ुश हूँ।"

वो अब भी चुप।

"और..."

मैं रुकी।

ज़ोया जी, ये जगह थी जहाँ मुझे रुकना था।

आगे का सच मैं उसे नहीं बता सकती थी।

पर अगर मैंने सिर्फ़ इतना बताया — "दीदी ने पूछा क्या मैं ख़ुश हूँ" — तो वो कहेगा — "तो इसमें रोने की क्या बात?"

मुझे कुछ बताना था।

जो सच हो। पर पूरा सच नहीं।

आधा सच।

औरतें आधे सच में माहिर होती हैं, ज़ोया जी।

क्योंकि हमें पूरा सच बोलने की इजाज़त कम ही मिलती है।

"और — और मुझे याद आया। माँ। बचपन। वो सब।"

"हूँ।"

"बचपन में — मैं दस साल की थी — एक साल मैं पापा के साथ अकेली रही थी। पहाड़ों में। माँ गाँव में थीं — दादी के साथ। बाक़ी सब।"

मेरी आवाज़ फिर काँपने लगी।

"उस एक साल में..."

मैं रुकी।

ज़ोया जी, मुझे पता नहीं था क्या कहूँ। पर कुछ तो कहना था। मैं रुकी रही। उसने बीच में नहीं बोला।

"उस एक साल में — बहुत अकेलापन था।" मैंने आख़िर कहा। "और पापा — पापा उस वक़्त — कुछ अच्छे नहीं थे।"

मैंने कुछ और नहीं कहा।

बस इतना।

मैंने — मैंने पच्चीस बरस में पहली बार — किसी से — कुछ — कहा था।

अधूरा था।

"अच्छे नहीं थे।"

पूरा सच नहीं।

पर था।

एक तरफ़ा दरवाज़ा जो मैंने थोड़ा खोला था।

बस थोड़ा।

इतना कि अगर वो चाहता — वो पूरा धक्का दे सकता था। खोल सकता था।

पूछ सकता था — "क्या मतलब 'अच्छे नहीं थे'?"

पर वो नहीं पूछा।

क्योंकि हमारी *deal* थी।

"तुम्हें पूछने का हक़ नहीं।"

और उसने *deal* तोड़ी नहीं।

भले मैं चाहती थी कि वो तोड़ दे।

भले मैं डर रही थी कि वो तोड़ दे।

भले मैं जानती थी — कि अगर वो तोड़ता — तो मैं बोलती।

और अगर मैं बोलती — तो शायद ये गाँठ खुल जाती।

पर वो नहीं तोड़ा।

क्योंकि वो मेरी इज़्ज़त करता था।

और कभी-कभी — इज़्ज़त — प्यार से भी भारी होती है।

कभी-कभी — इज़्ज़त एक ज़ंजीर बन जाती है।

क्योंकि जो बात छुप जाती है — वो किसी दिन — छुपी नहीं रहती।

उसने सिर्फ़ इतना कहा —

"सब पापा अच्छे नहीं होते।"

बस।

"सब पापा अच्छे नहीं होते।"

पाँच शब्द।

और इन पाँच शब्दों ने मुझे — मेरी ज़िंदगी की एक बहुत बड़ी लड़ाई से आज़ाद किया।

ज़ोया जी, आपको पता है — पूरी ज़िंदगी मैंने एक बात से लड़ाई लड़ी थी।

कि पापा अच्छे होते हैं।

स्कूल में हमें सिखाया गया — पापा सब अच्छे होते हैं।

फ़िल्मों में दिखाया गया — पापा बेटियों की जान होते हैं।

किताबों में पढ़ा — पिताजी की चरणों में स्वर्ग है।

पड़ोस में देखा — सहेलियों के पापा उन्हें ऑफ़िस से फ़ोन करते थे।

"बेटा, कैसी हो? खाना खाया?"

मैं सोचती — मेरे पापा भी अच्छे होंगे। ज़रूर होंगे। बस मैं समझ नहीं पा रही।

शायद मेरी ही कुछ ग़लती है।

शायद मैं ही बेकार हूँ।

शायद मेरी याद ग़लत है।

शायद वो था ही नहीं जो मुझे लगता था।

शायद मैंने ख़ुद को बनाया है ये सब।

पंद्रह साल से ये सब अपने आप से कह रही थी।

और एक लड़के ने — एक रात — पाँच शब्दों में — सब बदल दिया।

"सब पापा अच्छे नहीं होते।"

इसमें क्या था?

इसमें ये था — कि मेरी याद ग़लत नहीं थी।

मेरा दिमाग़ ख़राब नहीं था।

मैं बेकार नहीं थी।

कुछ पापा — सच में — ख़राब होते हैं।

और जो उनकी बेटियाँ होती हैं — वो भी सच हैं।

उनका दर्द भी सच है।

उनकी चुप्पी भी सच है।

उनकी डायरी भी सच है — जिसमें लिखा है "कोई किसी का ज़िम्मेदार नहीं।"

सब सच है।

और पहली बार — पच्चीस बरस में — मुझे अपने सच पर विश्वास हुआ।

क्योंकि एक इंसान — एक बाहर का इंसान — जिसे कुछ पता नहीं था — उसने मुझसे कहा था — "सब पापा अच्छे नहीं होते।"

इसमें कुछ क़ानून नहीं था।

इसमें कुछ इल्ज़ाम नहीं था।

इसमें कोई फ़ैसला नहीं था।

बस एक बात थी — जो मैंने पूरी ज़िंदगी में नहीं सुनी थी।

"हाँ, तुम सही हो। तुम जानती हो। तुम पागल नहीं हो।"

पाँच शब्दों में।

मैं फिर रोयी।

पर अब — अब रोना अलग था।

पहला रोना डर था।

ये रोना — ये रोना राहत थी।

एक बोझ — जो पंद्रह साल से कंधे पर था — उसका एक सिरा — बस एक सिरा — नीचे उतर गया था।

पूरा बोझ नहीं।

पूरा कभी नहीं उतरता।

पर एक सिरा।

और एक सिरा भी — जब नीचे उतरे — तो आप कुछ हल्के होते हैं।

"सुनो।" मैंने कहा।

"हाँ।"

"एक दिन — एक दिन तुम्हें पता चलेगा — मेरे साथ क्या हुआ है।"

"हाँ।"

"और उस दिन — तुम मुझसे यही मत पूछना — कि 'अब तक ज़िंदा कैसे हो।'"

"नहीं पूछूँगा।"

"पक्का?"

"पक्का।"

"और भागोगे नहीं।"

वो रुका।

"नहीं भागूँगा।"

"पक्का?"

"पक्का।"

और उसने अपना वादा निभाया।

एक दिन — सच में — मैंने उसे बताया।

और वो नहीं भागा।

पर उसके भागने और न भागने के बीच — सालों थे।

और उन सालों में — मेरी ज़िंदगी बदल गयी।

उन सालों में — मैं रूही से जान्वी हुई। और फिर — जान्वी से एक और कोई।

पर इसकी बात बाद में।

अभी — अभी मुझे ये बताना है — कि उस रात — तीस मई की उस रात — ग्यारह बज कर सत्रह मिनट से शुरू हो कर दो बज कर आठ मिनट तक — हम दोनों फ़ोन पर थे।

तीन घंटे से ज़्यादा।

और उन तीन घंटों में — मेरी ज़िंदगी की सबसे बड़ी दीवार — थोड़ी सी — बस थोड़ी सी — हिली।

हिली — गिरी नहीं।

गिरती तो — कुछ और हो गया होता।

बस हिली।

पर दीवार हिलने का मतलब है — अब वो पहले जैसी नहीं रहेगी।

दीवारें जब हिलती हैं — तो उनमें दरारें पड़ जाती हैं।

और दरारें — कभी-कभी — रोशनी का रास्ता बनती हैं।

हम उस रात देर तक बातें करते रहे।

कुछ देर रोने के बाद — हम दोनों हँसने लगे।

अजीब बात है न, ज़ोया जी?

एक इंसान से आप तीन घंटे पहले रो रहे थे।

तीन घंटे बाद — उसी इंसान के साथ हँस रहे हैं।

पर ये सच है।

क्योंकि जब आप ज़ोर से रोते हैं — कोई और आपके साथ — तो आपके अंदर का जो कड़ा हुआ पानी होता है — वो पिघल जाता है।

और पिघले हुए पानी से एक हल्कापन आता है।

और उस हल्केपन में हँसी आती है।

उसने मुझे बेवक़ूफ़ियाँ सुनाईं।

उसके होस्टल की बातें।

उसके एक रूममेट का नाम बंटी था — जो सोते हुए बड़बड़ाता था। "बंटी कहता है — 'पापा, पैसे दो!' नींद में।"

मैं हँस पड़ी।

"रोज़?"

"रोज़।"

"बेचारा।"

"हाँ। पर मज़ा आता है। हम वीडियो बनाते हैं। उसे दिखाते हैं सुबह।"

"क्रूर हो तुम लोग।"

"हाँ।"

हम हँसे।

फिर वो चुप हुआ।

"जान्वी।"

"हाँ।"

"एक बात बताऊँ?"

"हाँ।"

"आज — तुम्हें रोते हुए सुन कर — मुझे लगा — मुझे तुम से — कुछ और है।"

मैं रुक गयी।

"क्या?"

"कुछ और।"

"कुछ और क्या?"

वो चुप रहा।

"बोलो।"

"अभी नहीं।"

"क्यों?"

"क्योंकि जब कहूँगा — मुँह से कहूँगा। आमने-सामने।"

"कब?"

"पाँच जून।"

"पाँच जून तक — रुक सकोगे?"

"नहीं।"

"तो?"

"तो हर रोज़ — थोड़ा-थोड़ा — हिंट दूँगा।"

मैं हँसी।

"तुम बेवक़ूफ़ हो।"

"हाँ।"

"बहुत बेवक़ूफ़।"

"मुझे पता है।"

ज़ोया जी।

ज़ोया जी, उस रात — दो बज कर आठ मिनट पर — जब फ़ोन रखा — मुझे लगा — कोई पुरानी दीवार टूटी है। कोई नयी बनी है।

पुरानी — मेरी चुप्पी की दीवार।

नयी — मेरी उम्मीद की।

और उम्मीद की दीवार पर — एक तारीख़ लिखी थी।

पाँच जून।

इतवार।

छह दिन बाद।

छह दिन।

जिसमें — उसने कहा — "कुछ और" बताएगा।

और मैं — पच्चीस बरस की एक टूटी-फूटी लड़की — मैं समझ रही थी — क्या बताने वाला है।

पर मैं चाहती थी — वो ख़ुद कहे।

क्योंकि कुछ शब्द — कुछ वाक्य — हम सब को अपनी ज़िंदगी में कम से कम एक बार सुनने चाहिए।

और जिनको ये शब्द नहीं सुनाई देते — वो ज़िंदगी भर अधूरे रह जाते हैं।

मैं अधूरी नहीं रहना चाहती थी।

मैं — छह दिन बाद — पूरी होने वाली थी।

या कम से कम — मुझे ऐसा लगा था।

उस रात डायरी में मैंने लिखा —

"तीस मई, दो हज़ार सोलह।"

"आज मैं रोयी।"

"पहली बार किसी के सामने।"

"उसने मुझे रोने दिया।"

"और उसने कहा — 'सब पापा अच्छे नहीं होते।'"

"पंद्रह साल की लड़ाई ख़त्म हुई।"

"मैं पागल नहीं हूँ। मेरी याद ग़लत नहीं। मैं बेकार नहीं।"

"और एक बात — वो मुझसे कुछ कहने वाला है।"

"पाँच जून को।"

"मुझे लगता है क्या कहने वाला है।"

"मुझे पहले से पता है।"

"पर मुझे उसके मुँह से सुनना है।"

"क्योंकि कुछ बातें — सुनने से पहले — आपको नहीं होतीं।"

"प्यार भी एक ऐसी बात है।"

"प्यार — जब तक ज़बान पर नहीं आता — दिल में भी पूरा नहीं उतरता।"

"पाँच जून।"

"छह दिन।"

"रुक सकती हूँ।"

* * *

अध्याय आठ

पाँच जून

"कुछ दिन आप जीते हैं। कुछ दिन आप याद करते हैं। और कुछ दिन — आप बार-बार जीते हैं। याद में। जब तक कि वो आपकी ज़िंदगी से बड़े नहीं हो जाते।"

छह दिन — बीत गए, ज़ोया जी।

बीत गए तो ये कहना ग़लत है।

मैंने उन्हें बिताया।

एक-एक मिनट।

क्या आप जानती हैं — जब आप किसी के आने की तारीख़ पक्की जानती हैं, और अब कुछ दिन बाक़ी हैं — तो उन दिनों में क्या होता है?

इंतज़ार।

बस इंतज़ार।

लेकिन इंतज़ार इतना साधारण नहीं होता जितना दिखता है।

इंतज़ार एक पूरा मौसम होता है।

पहले दो दिन बस नीले होते हैं — जैसे साफ़ आसमान।

तीसरे दिन थोड़े बादल आते हैं — "अगर न आया तो?"

चौथे दिन बादल पूरे घिर आते हैं — "अगर आ कर पछताया तो?"

पाँचवें दिन बिजली गिरती है — "मैं तैयार हूँ भी या नहीं?"

और आख़िरी दिन — आख़िरी दिन आप पूरी तरह खाली होते हैं। क्योंकि छह दिनों में आपने बहुत कुछ सोच कर ख़ुद को निचोड़ लिया होता है।

और एक खाली इंसान — जब कोई उसके पास आता है — तो उसके पास देने को कुछ नहीं होता।

सिवा अपने आप के।

और अपने आप से बड़ा क्या दिया जा सकता है?

उन छह दिनों में एक अजीब बात हुई।

पहली बार — पच्चीस बरस में — मैंने अपने शरीर के बारे में सोचा।

हँसिए मत, ज़ोया जी।

मेरे पास अपना शरीर था। पच्चीस बरस से। हाथ। पैर। कंधे। छाती। कमर। कूल्हे।

पर ये सब मेरे नहीं थे।

ये मेरे बाप के छुए हुए थे। और जो चीज़ किसी के गंदे हाथों से छुई जाए — वो अपनी नहीं लगती।

मैं अपने शरीर को एक कमरा समझती थी। जहाँ मैं नहीं रहती। जो मेरे पास था — पर जिसका ताला किसी और ने खोला था।

मैंने पच्चीस बरस में कभी आईने के सामने नंगी नहीं खड़ी हुई।

मैंने पच्चीस बरस में कभी अपने शरीर को छुआ नहीं — कोमलता से। बस ज़रूरत से।

नहाना। कपड़े बदलना। बाल बनाना।

बाक़ी — बाक़ी मेरा शरीर एक अजनबी था।

पर उन छह दिनों में — पहली बार — मैंने सोचा —

कल वो मेरे सामने होगा।

और शायद — शायद — वो मुझे छुएगा।

हाथ — उसने पकड़ा है। वो मुझे पता है।

पर और?

गले लगाएगा?

गाल छुएगा?

बाल?

और — और अगर उसने होंठ...

नहीं।

नहीं — उसके बारे में मत सोचो अभी।

पर अगर उसने...

क्या होगा?

क्या मुझे अच्छा लगेगा? बुरा लगेगा? डर?

क्या मैं भाग जाऊँगी? रोऊँगी? जम जाऊँगी?

जम जाऊँगी — मुझे पता है।

मैं हमेशा जमती हूँ।

पापा के कमरे में — दस साल की — मैं जमती थी। एक लकड़ी की गुड़िया। साँस लेती। पर हिलती नहीं।

और पंद्रह बरस बाद — मेरे अंदर वो गुड़िया अभी भी बैठी है।

क्या करूँ?

अगर वो छुए — और गुड़िया जम जाए — तो वो क्या सोचेगा?

वो सोचेगा — ये लड़की ठंडी है। पत्थर है। इसे मुझसे प्यार नहीं।

और वो जाएगा।

और मैं — मैं उसे नहीं खो सकती।

तो क्या करूँ?

ख़ुद को तैयार करना होगा।

पर कैसे?

एक शाम — पहली बार — मैंने अपना कमरा बंद किया।

अंदर से।

दरवाज़ा लगाया।

हुक लगाया।

खिड़की का पर्दा खींचा।

और आईने के सामने खड़ी हुई।

कपड़े पहने हुए।

ज़ोया जी, मैं पच्चीस बरस की थी। और मैं — पहली बार — अपने आप को देख रही थी।

आँखें।

गाल।

गर्दन।

कंधे।

धीरे-धीरे — नीचे।

मुझे अजीब लगा। बुरा लगा। शर्म आयी।

मुझे ख़ुद से शर्म आती थी।

पंद्रह बरस से।

जब भी कपड़े बदलती — मैं अपनी तरफ़ नहीं देखती।

जब भी नहाती — जल्दी से निपटाती।

अपने बालों को मैंने कभी नहीं गिन कर संवारा।

अपनी उँगलियों को नहीं देखा।

अपनी कमर की गहराई नहीं मापी।

क्योंकि जब आप अपने शरीर को नफ़रत करते हैं — आप उसे देखना बंद कर देते हैं।

पर उस शाम — मैंने देखा।

धीरे-धीरे।

और मैंने सोचा — क्या ये मैं हूँ?

क्या ये वो लड़की है जिसे कल वो मिलेगा?

क्या इसमें कुछ है — जो देखने लायक़ है?

जवाब नहीं मिला।

पर एक बात हुई।

मैंने अपने कंधे को छुआ।

अपने हाथ से।

बहुत नर्म।

और पहली बार — पहली बार मैंने अपना छूना एक गंदगी नहीं समझा।

पहली बार मुझे लगा — ये मेरा कंधा है। मेरा अपना। कोई और नहीं छू सकता — जब तक मैं न कहूँ।

और कल — कल अगर मैं कहूँ — तो वो छू सकता है।

पहली बार — पच्चीस बरस में — मुझे लगा — मेरे पास "हाँ" कहने का हक़ है।

पहले सिर्फ़ "नहीं" कह सकती थी — या "नहीं" भी नहीं कह पाती थी।

अब शायद — शायद — "हाँ" भी कह सकती हूँ।

अगर किसी को।

अगर वो सही हो।

और वो — वो सही था।

पाँच जून।

इतवार।

सुबह सवा ग्यारह बजे — उसकी ट्रेन।

मैं इस बार स्टेशन गयी।

पहले — अप्रैल में — जब वो गया था — मैंने कहा था "नहीं आऊँगी।"

आज — मैं गयी।

क्योंकि विदा करना मुश्किल था।

पर स्वागत करना — स्वागत करना — मुझे आज चाहिए था।

मुझे चाहिए था वो पहला पल — जब वो ट्रेन से उतरे — और सबसे पहले मुझे देखे।

क्योंकि पच्चीस बरस में — किसी ने मुझे पहले नहीं देखा।

जब पापा घर आते — वो पहले सावित्री आंटी को देखते।

पहले माँ को देखते — जब ज़िंदा थीं — और फिर भी ज़्यादातर बग़ल वाली कुर्सी पर अख़बार।

मैं हमेशा — हमेशा — किसी और के बाद देखी जाती।

पहली बार — कोई मुझे पहले देखने वाला था।

मुझे ये देखना था।

स्टेशन पर मैं ग्यारह बजे ही पहुँच गयी।

पीला सलवार-कमीज़। वही जो मैंने उस दिन — तीस मार्च को — मरने के लिए पहना था।

पर आज वही कपड़े नए लग रहे थे।

क्योंकि कपड़े — कभी-कभी — कपड़ों के ऊपर वाले इंसान से अपना रंग लेते हैं।

कमर वाला दाग़ अब भी वहीं था। माँ के हाथों का सिला हुआ सूट। मैंने उस दाग़ पर अपनी उँगली रखी।

माँ, आज मैं एक लड़के से मिलने आयी हूँ।

आप को बुरा लगेगा?

पर आप को पता है माँ — वो अच्छा है।

आप मिलतीं तो पसंद करतीं।

आप बस — बस — आप दिखती।

और मैं कहती — "माँ, ये है।"

बस।

पर आप नहीं हैं।

तो मैं — मैं अपने अंदर आप को ले कर गयी हूँ स्टेशन।

ताकि आप भी देखें।

आँखें कर के — मेरी आँखों से।

आदर्श स्कूल गया था। सावित्री आंटी मायके।

पापा? पापा ने नहीं पूछा मैं कहाँ जा रही हूँ।

मैंने सावित्री आंटी से कहा था — "मेरी एक सहेली आ रही है। लखनऊ से। उसे receive करने जाना है।"

आंटी ने कहा — "जाओ। अच्छे से मिल के आओ।"

मेरी आँखों में एक पल के लिए कुछ आया।

सावित्री आंटी जानती थीं। मुझे यक़ीन है।

पर उन्होंने मेरे झूठ को ढाल बनाया।

कुछ औरतें — अपनी कहानी से आगे बढ़ कर — दूसरी औरतों की कहानी को बचाती हैं।

वो उन औरतों में से थीं।

ट्रेन आयी।

ग्यारह बज कर इकतीस मिनट।

सोलह मिनट लेट।

पर मुझे याद है — जैसे अभी हो।

मैंने प्लेटफ़ॉर्म पर बीस क़दम ऊपर-नीचे किए होंगे। पाँच बार अपनी चोटी ठीक की। तीन बार दुपट्टा।

डिब्बे नीचे उतरे। एक-एक।

मैंने हर डिब्बे की खिड़की में देखा।

वो नहीं था।

फिर अगला डिब्बा।

नहीं।

एक बूढ़ी औरत उतरी। एक परिवार — दो बच्चों के साथ। एक अकेला आदमी — जो किसी को ढूँढ रहा था।

वो नहीं।

मैंने सोचा — "आया ही नहीं। ज़रूर कुछ हो गया होगा।"

दिल बैठने लगा।

फिर — दूर — पाँच डिब्बे आगे — मुझे उसकी पीठ दिखी।

मैं पहचान गयी।

पीठ से।

बिना देखे।

ज़ोया जी, जब आप किसी को पहचानते हैं — सच में पहचानते हैं — तो आप उसकी पीठ से भी पहचान लेते हैं।

उसके चलने से।

उसके बैग के कंधे पर गिरने के तरीक़े से।

उसकी शर्ट की झुर्रियों से।

पच्चीस बरस में — मैंने किसी की पीठ से किसी को नहीं पहचाना था।

पापा की पीठ को पहचानती थी — पर वो पहचान डर की थी। प्यार की नहीं।

पहली बार — किसी को देख कर — मेरे अंदर डर नहीं — इंतज़ार खिला।

उसने पलट कर देखा।

मुझे देखा।

रुक गया।

और फिर — उसकी हँसी। पूरी।

ऐसी हँसी मैंने पहले नहीं देखी थी उसमें। फ़ोन पर सुनी थी। पर देखी नहीं थी।

उसकी हँसी में उस दिन — कुछ अलग था।

जैसे वो इतना इंतज़ार कर चुका था कि अब विश्वास नहीं कर पा रहा था — कि मैं सच में खड़ी हूँ सामने।

वो चला मेरी तरफ़।

कंधे पर बैग। एक छोटा सा। पुराना।

मैं आगे बढ़ी — दो क़दम।

फिर रुक गयी।

वो आया।

हाथ भर की दूरी।

वो रुका।

हम दोनों चुप।

ज़ोया जी, सुनिए। प्लेटफ़ॉर्म पर हज़ार लोग थे। एक घोषणा चल रही थी — किसी ट्रेन की। एक बच्चा रो रहा था। दो कुली गाली-गलौज कर रहे थे।

पर उस एक पल में — मेरे लिए — पूरा स्टेशन चुप था।

बस एक लड़का। और एक लड़की। और एक हाथ भर की दूरी।

और उस दूरी में — एक तय नहीं हुई बात।

क्या करना है।

"आए?" मैंने कहा।

आवाज़ काँप रही थी।

"आया।"

"ठीक से?"

"हाँ।"

"ट्रेन देर से।"

"हाँ।"

फिर वो रुका।

फिर पूछा — "गले लगूँ?"

पूछा।

पूछा।

आप समझ रही हैं ना, ज़ोया जी?

एक लड़का — चौबीस-पच्चीस साल का — प्लेटफ़ॉर्म पर — एक लड़की से — पूछ रहा था।

पूछ नहीं रहा था।

इजाज़त माँग रहा था।

सोचिए।

डेढ़ महीने पहले एक अजनबी लड़का मेरे पास आया था — सब्ज़ी मंडी में। और मेरे मेथी गिरने पर — उसने खुद उठायी। बिना पूछे।

आज वो — मेरा जानना हुआ लड़का — मेरा प्यार — पूछ रहा था।

क्योंकि वो समझता था।

बिना जाने।

बिना मेरे बताए।

वो समझता था — कि कुछ औरतें हैं — जिनसे आप गले मिलने से पहले पूछते हैं।

और पूछना एक बड़ी बात है।

क्योंकि बिना पूछे छूने वाला आदमी — वो आदमी मेरा बाप था।

मुझे एक ऐसा आदमी चाहिए था जो पूछे।

मैंने सर हिलाया — हाँ।

उसने अपने हाथ फैलाए।

मैं झुकी।

थोड़ी।

फिर पूरी तरह से।

और उसके कंधे पर सर रख दिया।

ज़ोया जी — अब मुझे रुकना पड़ेगा।

आप चाय पी लीजिए।

क्योंकि आगे — आगे जो होता है — उसे लिखने के लिए आपको थोड़ा धीरे जाना होगा।

उसने कहा था — "कुछ बातें जल्दी लिख दी जाएँ तो सस्ती हो जाती हैं।"

मैं नहीं चाहती — ये सस्ती हो।

उसका कंधा — उसकी शर्ट — उसकी गर्दन की गंध —

सब कुछ मेरे लिए नया था।

पच्चीस बरस में — मैंने कभी किसी लड़के का कंधा नहीं छुआ था।

मर्दों की गंध — मेरे लिए एक ही गंध थी।

पापा की।

पसीने की। शराब की। तंबाकू की।

और उस गंध से मैं पूरी ज़िंदगी डरती थी।

पर उसकी गंध — उसकी गंध अलग थी।

एक साफ़ साबुन। एक हल्का सा इत्र — बहुत हल्का — जैसे वो नहीं चाहता था लोगों को पता चले कि उसने लगाया है। कपड़ों की — जो ट्रेन से आए हों। एक बहुत ही हल्की सी पसीने की।

मर्दों के पसीने की गंध — मेरे लिए डर थी।

उसके पसीने की गंध — मेरे लिए घर।

पहली बार मैंने समझा — पसीने में भी गंधों का फ़र्क़ होता है।

कुछ पसीने काम के होते हैं।

कुछ डर के।

कुछ — प्यार के।

उसके पसीने में काम था। सफ़र था। इंतज़ार था।

और मैं — मैं उसे साँस भर गयी।

पर फिर —

फिर एक सेकंड के लिए —

मुझे एक और गंध आयी।

कहीं नहीं थी। सच में नहीं थी।

पर मेरे दिमाग़ में — हाँ।

पापा के कमरे की गंध।

लकड़ी की। पुराने कंबल की। जूतों की मिट्टी।

और मैं — मैं एक सेकंड के लिए — उसके कंधे से पीछे हटी।

एक क़दम।

वो रुका।

मेरी तरफ़ देखा।

कुछ नहीं बोला।

एक सेकंड।

दो सेकंड।

फिर उसने बस इतना कहा — "पानी पिओगी?"

'हाँ।"

उसने प्लेटफ़ॉर्म पर एक स्टॉल से पानी लिया।

हम दोनों बैठे एक बेंच पर। वही बेंच — नहीं, वही नहीं — पर उसी प्लेटफ़ॉर्म पर।

ज़ोया जी, वही प्लेटफ़ॉर्म।

जहाँ दो महीने पहले — मैं मरने बैठी थी।

और आज मैं — जीने बैठी थी।

एक ही जगह।

एक ही बेंच।

एक ही वक़्त — सुबह का।

पर एक दूसरी लड़की।

"माफ़ करना।" मैंने कहा।

"किस बात के लिए?"

"हट गयी।"

उसने मेरी तरफ़ देखा।

"पानी पियो पहले।"

मैंने पानी पिया।

फिर उसने कहा — "जान्वी।"

"हाँ।"

"तुम्हें जब चाहिए — गले लगाओ। जब न चाहिए — हट जाओ। दोनों ठीक है।"

"पर — पर मैंने..."

"कुछ नहीं किया।"

"मुझे तुम्हें गले लगाना था।"

"लगाया।"

"पर..."

"पर क्या?"

मैं रुकी।

कैसे बताती कि बीच में मुझे पापा के कमरे की गंध आयी।

कैसे बताती कि दो महीने का इंतज़ार — एक सेकंड में — एक पुरानी यादों के झोंके से टूट गया।

कैसे बताती कि मेरा शरीर — मेरा नहीं है।

"कुछ नहीं।" मैंने कहा।

वो चुप रहा।

फिर बोला — "घर चलो। रास्ते में बात करेंगे।"

"नहीं।"

"क्यों?"

"अभी नहीं। थोड़ी देर यहाँ बैठते हैं।"

वो मान गया।

हम बैठे।

पंद्रह मिनट।

कुछ नहीं बोले।

पर उसका हाथ — मेरा हाथ — हमारे बीच की बेंच पर।

बस दो इंच की दूरी।

उसने छुआ नहीं।

पर वो हाथ वहाँ था।

उपलब्ध।

पूछता हुआ।

इंतज़ार करता हुआ।

धीरे-धीरे — मैंने अपना हाथ आगे बढ़ाया।

छुआ।

उसकी उँगलियों को।

पीछे नहीं हटी।

और फिर — उसने मेरी उँगलियों के बीच अपनी उँगलियाँ बुन लीं।

मेरा हाथ — उसके हाथ में।

शांत।

पापा की गंध — गयी।

वापस लौट आयी — उस लड़के की। ट्रेन की। साफ़ साबुन की।

इसी को — इसी को शायद मोहब्बत कहते हैं।

कि जब आपके अंदर के डर उठते हैं — तो दूसरे की मौजूदगी उन्हें धो देती है।

बिना कुछ पूछे।

बिना कुछ किए।

बस — होने से।

हमने रिक्शा लिया।

लेकिन घर की तरफ़ नहीं।

मैं घर नहीं जा सकती थी उसके साथ।

पापा थे दोपहर में।

हम गंगा के किनारे गए।

खुसरो बाग़ नहीं — वो आगे। जहाँ एक पुराना अखाड़ा है। उसके पीछे एक घाट।

गंगा का पानी धीरे बहता था वहाँ।

पीपल के पेड़।

कुछ बूढ़े लोग — जो पूजा कर रहे थे।

एक चाय की दुकान — पेड़ के नीचे।

हम चाय की दुकान पर बैठे।

प्लास्टिक की कुर्सियाँ।

छोटी सी मेज़।

दो कुल्हड़ — चाय।

"जान्वी।"

"हाँ।"

"एक बात कहनी है।"

"मुझे पता है।"

"क्या पता है?"

"जो कहनी है।"

वो मुस्कुराया।

"फिर भी — मुझे कहने दो।"

मैंने सर हिलाया।

उसने कुल्हड़ नीचे रखा।

मेरी आँखों में देखा।

"मैं तुमसे प्यार करता हूँ, जान्वी।"

बस।

छह शब्द।

ज़ोया जी।

मुझे पता था।

मैंने अनुमान लगाया था।

मैंने डायरी में लिखा भी था — "मुझे लगता है क्या कहने वाला है।"

पर जब वो कहे गए —

जब वो छह शब्द मेरे कानों में पड़े —

तब वो मेरे अनुमानों से बहुत बड़े थे।

पच्चीस बरस की कोई भी उम्मीद — अनुमान — कल्पना — उस पल में छोटी पड़ जाती है जब कोई आप से कहे — "मैं तुमसे प्यार करता हूँ।"

क्योंकि छह शब्द एक वाक्य होते हैं।

पर वो छह शब्द — अलग-अलग वज़नों के होते हैं।

"मैं" — वो है।

"तुम" — मैं हूँ।

"से" — हमारे बीच की दूरी।

"प्यार" — जो उसमें है।

"करता" — जो वो करता है — चुन कर।

"हूँ" — जो है — अभी — इस वक़्त — और आगे भी।

हर शब्द एक पहाड़।

मैं उनके सामने बैठी थी।

पहाड़।

पर पहली बार — पहाड़ डरावने नहीं थे।

पहाड़ घर थे।

मेरी आँखें भीग गयीं।

"कुछ बोलोगी?" उसने पूछा।

"क्या बोलूँ?"

"जो बोलना है।"

"मैं — मैं —"

मैं रुक गयी।

ज़ोया जी, मैं कहना चाहती थी।

पर पच्चीस बरस तक "मैं" कहना सीखी नहीं थी।

"मैं" — बहुत बड़ा शब्द है।

"मुझे" — उससे भी बड़ा।

"मुझे तुमसे प्यार है।"

कहना था।

पर पहले — पहले मुझे "मैं" कहने का अधिकार हासिल करना था।

और ये अधिकार — एक पल में नहीं मिलता।

पर उसके लिए — उसके लिए — मैंने कोशिश की।

"मुझे..." मैंने शुरू किया।

"हाँ।"

"मुझे भी — मुझे भी तुमसे — वही है।"

बस।

"वही है।"

मैं "प्यार" नहीं बोल पायी।

पर उसने समझा।

उसने पूरा समझा।

क्योंकि "प्यार" ज़बान पर आने में वक़्त लेता है।

और जिसे वक़्त देना आता है — वो इंतज़ार कर सकता है।

वो मुस्कुराया।

मेरा हाथ पकड़ा।

फिर — बहुत धीरे — मेरे चेहरे की तरफ़ हाथ बढ़ाया।

रुका।

"छू सकता हूँ?"

मैंने सर हिलाया।

उसने मेरा चेहरा छुआ।

सिर्फ़ गाल।

उँगलियों से।

हल्के।

ज़ोया जी।

पंद्रह बरस।

पंद्रह बरस में — कोई आदमी मेरा चेहरा छूना चाहे — तो मैं जम जाती।

हर बार।

हर एक बार।

पंद्रह बरस पहले — एक आदमी ने मेरा चेहरा छुआ था। दस साल की उम्र में। पहाड़ों में। एक रात।

और उसके बाद — हर स्पर्श पर — मेरे दिमाग़ में वो ही चेहरा।

वो ही हाथ।

पीले नाख़ून।

पर उस दोपहर — गंगा के किनारे — इस लड़के ने मेरा चेहरा छुआ —

और मैं जमी नहीं।

पहली बार।

पंद्रह बरस में पहली बार।

मैंने आँखें बंद कीं।

और उसकी उँगलियाँ — मेरी त्वचा पर।

और मुझे — मुझे अच्छा लगा।

मुझे सच में अच्छा लगा।

ज़ोया जी — ये एक चमत्कार था।

छोटा।

साधारण दुनिया के लिए — बेकार।

पर मेरे लिए — मेरे लिए ये जंग जीतना था।

एक हाथ जो — हज़ारों बार — मुझे छुआ था। बुरे तरीक़े से।

उसकी जगह — एक नया हाथ।

अच्छे तरीक़े से।

और पहली बार — मेरे शरीर ने "हाँ" कहा।

पर — फिर — थोड़ी देर बाद — जब उसने अपना हाथ मेरी गर्दन की तरफ़ बढ़ाया —

बहुत धीरे।

सिर्फ़ गर्दन तक।

और नहीं।

पर गर्दन तक ही।

मैं — मैं फिर पीछे हटी।

जम गयी।

उसकी उँगलियाँ — मेरी गर्दन पर — एक सेकंड रुकीं। फिर हट गयीं।

वो रुक गया।

वापस — जैसे कुछ हुआ ही नहीं।

मेरी तरफ़ देखा।

मैं रोने लगी।

चुप-चुप।

"माफ़ करना।" मैंने कहा।

"किस बात के लिए?"

"मैं — मैं नहीं कर पा रही।"

"क्या नहीं कर पा रही?"

"तुम्हें — तुम्हें इजाज़त — पूरी।"

"जान्वी।"

"हाँ।"

"मैंने पूरी इजाज़त माँगी नहीं।"

मैंने रुक कर देखा।

"मैंने चेहरा छुआ। गर्दन तक गया। पर — पर मैंने तुम्हारे पीछे हटने को देखा। और रुक गया।"

"पर मैं — मैं तुम्हें निराश नहीं करना चाहती।"

"जान्वी।" उसने कहा। "तुम मुझे कभी निराश नहीं कर सकती।"

"पर..."

"सुनो।" वो रुका। "एक बात समझ लो। आज। अभी।"

"हाँ।"

"हम — हम किसी की दौड़ में नहीं हैं। कोई नहीं देख रहा। कोई नहीं कह रहा 'तुम इतने महीनों में यहाँ तक पहुँचो।'"

"हाँ।"

"तो हम — हम एक-एक क़दम लेंगे।"

"हाँ।"

"और अगर तुम कहो — रुको — तो रुकूँगा।"

"हाँ।"

"और अगर तुम कहो — पीछे जाओ — तो जाऊँगा।"

"हाँ।"

"और अगर तुम कहो — आगे — तो आगे जाऊँगा।"

"हाँ।"

"पर कभी — कभी — मैं ख़ुद से तय नहीं करूँगा।"

"हाँ।"

"तय तुम करोगी।"

मैं रोयी।

बहुत।

ज़ोया जी।

पंद्रह बरस।

पंद्रह बरस में — कभी किसी ने — मुझे ये नहीं कहा था।

"तय तुम करोगी।"

मेरे शरीर के बारे में।

मेरे चेहरे के बारे में।

मेरी त्वचा के बारे में।

"तय तुम करोगी।"

ये शब्द — पूरी ज़िंदगी — मुझसे छीने गए थे।

पहली बार — एक लड़के ने — मुझे ये शब्द वापस दिए।

"तय तुम करोगी।"

मैंने रो कर कहा — "धन्यवाद।"

"क्यों?"

"क्योंकि — क्योंकि मुझे पहले कभी ये नहीं मिला।"

वो चुप हो गया।

फिर बोला — "तो अब मिलेगा। हमेशा।"

"हमेशा?"

"हमेशा।"

ज़ोया जी — आज भी — जब मैं वो लफ़्ज़ याद करती हूँ — "तय तुम करोगी" — मेरी आँखें भीगती हैं।

क्योंकि एक लड़के ने — एक छोटे से लड़के ने — जो बनारस से आया था, जो घर की परेशानियाँ छुपा रहा था, जो बाद में टूट गया —

उसने मुझे — जिस चीज़ से पच्चीस बरस में मैं दूर रखी गयी थी — वो एक पल में वापस दी।

अपने शरीर पर अपना हक़।

अपनी मर्ज़ी।

अपना फ़ैसला।

"हाँ" कहने का हक़।

"नहीं" कहने का हक़।

"रुको" कहने का हक़।

मैंने उसे कहा — "मैं तुमसे प्यार करती हूँ।"

पहली बार।

"प्यार" शब्द — उस एक पल में — मेरी ज़बान पर आ गया।

क्योंकि जिसने मुझे मेरा "हाँ" वापस दिया — उससे कम तो मैं कुछ नहीं कह सकती थी।

उस दोपहर — गंगा के किनारे — चाय की दुकान पर — हम तीन घंटे बैठे।

हाथ पकड़ कर।

कुछ कर नहीं रहे।

कुछ कहना नहीं था।

बस साथ।

मुझे अब अच्छा लगा।

साथ होना अच्छा लगा।

किसी के हाथ में हाथ रख कर — शांति से — तीन घंटे बैठना — ये मेरी ज़िंदगी का सबसे बड़ा सुख था।

पंद्रह बरस — मैं हमेशा किसी से बच कर बैठती थी।

आज — पहली बार — मैं किसी के पास बैठी थी।

फ़र्क़ बहुत बड़ा है, ज़ोया जी।

"बचना" — यानी डरना।

"पास होना" — यानी चुनना।

मैंने आज — पहली बार — चुना।

जब शाम हुई — तो उसने कहा — "मुझे कानपुर जाना है। रात की ट्रेन। कल यूनिवर्सिटी में क्लास है।"

"अच्छा।"

"पर अगले हफ़्ते आऊँगा।"

"पक्का?"

"पक्का।"

"कितने दिन?"

"दो दिन।"

"फिर?"

"फिर हर दो हफ़्ते में।"

मैंने सर हिलाया।

उसने मुझे छोड़ा मेरे घर की तरफ़।

रिक्शे में बैठ कर।

आख़िरी मोड़ पर — उसने रोका।

"यहाँ से चली जाओ। पापा देख लेंगे।"

"हाँ।"

"बाय।"

"बाय।"

"जान्वी।"

"हाँ।"

"आज — आज एक सपना पूरा हुआ।"

"मेरा भी।"

मैं उतरी।

चलती गयी।

पीछे मुड कर नहीं देखा।

क्योंकि अगर पीछे मुडती — तो रुक जाती।

और रुकना नहीं था।

उसे — उसे कानपुर पहुँचना था।

मुझे — अपने घर।

पर — पर अपने घर पहुँच कर — मैंने एक काम किया जो पच्चीस बरस में नहीं किया था।

मैं आईने के सामने गयी।

और मुस्कुरायी।

अपने आप पर।

देखा।

और सोचा — "ये है जान्वी। ये है वो लड़की।"

"जिससे एक लड़का प्यार करता है।"

और — पहली बार — मुझे अपनी शक्ल बुरी नहीं लगी।

पहली बार — पच्चीस बरस में — मैंने अपना चेहरा स्वीकार किया।

जैसा था।

वैसा।

डायरी में उस रात मैंने लिखा —

"पाँच जून, दो हज़ार सोलह।"

"वो आया।"

"उसने कहा — मैं तुमसे प्यार करता हूँ।"

"मैंने कहा — मैं भी।"

"उसने मुझे छुआ। चेहरा। गाल।"

"मैं जमी नहीं।"

"पंद्रह बरस में पहली बार।"

"फिर गर्दन छूने लगा — मैं जमी।"

"उसने रोक दिया। बिना नाराज़ हुए।"

"उसने कहा — तय तुम करोगी।"

"मैंने अपने शरीर पर अपना हक़ — पंद्रह बरस बाद — वापस पाया।"

"उसी ने दिया।"

"पंद्रह साल पहले एक आदमी ने ये हक़ छीना था।"

"पंद्रह साल बाद एक लड़के ने वापस किया।"

"दोनों अलग थे।"

"बहुत अलग।"

"पहले ने कुछ नहीं पूछा।"

"इसने हर बार पूछा।"

"पूछना — मोहब्बत का सबसे नर्म रूप है।"

फिर — एक अलग पन्ने पर — मैंने बहुत छोटा लिखा —

"आज — आज मुझे एक बात समझ आयी।"

"ज़िंदगी में हम एक इंसान के लिए नहीं रुकते।"

"हम एक हक़ के लिए रुकते हैं।"

"अपने फ़ैसले के हक़।"

"अपनी मर्ज़ी के हक़।"

"अपनी 'हाँ' और 'नहीं' के हक़।"

"और जो इंसान हमें ये हक़ दे — वो इंसान नहीं होता।"

"वो हमारा एक पुनर्जन्म होता है।"

"और आज — पंद्रह बरस बाद — मेरा जन्म हुआ।"

"दूसरा जन्म।"

"जान्वी का।"

"रूही नहीं। जान्वी।"

"क्योंकि जान्वी — जान्वी अपनी 'हाँ' कह सकती है।"

"रूही नहीं कह पायी थी।"

* * *

भाग तीन

प्यार

"शरीर एक पुराना घर होता है।
उसमें कुछ कमरे बंद होते हैं।
उन कमरों की चाबियाँ — हम ख़ुद खोते हैं।
और ख़ुद ही — एक दिन — उन्हें ढूँढ लेते हैं।"

अध्याय नौ

पहला स्पर्श

"शरीर एक पुराना घर होता है। उसमें कुछ कमरे बंद होते हैं। उन कमरों की चाबियाँ — हम ख़ुद खोते हैं। और ख़ुद ही — एक दिन — उन्हें ढूँढ लेते हैं।"

तीन महीने, ज़ोया जी।

तीन महीने लगे हमें — पहली बार अकेले होने में।

एक कमरे में।

बिना दुनिया के।

बिना स्टेशन के।

बिना चाय की दुकान के।

बिना गंगा के किनारे के।

बिना बेंच पर बैठे।

बिना हाथ भर की दूरी के।

बस — वो और मैं — और एक दरवाज़ा।

सितंबर। दो हज़ार सोलह।

वो हर दो हफ़्ते में आता — जैसा कहा था।

कभी कानपुर के रास्ते। कभी सीधे बनारस से।

हर बार — हम मिलते कहीं बाहर। चाय की दुकान। घाट। बाग़। एक बार — एक पुराना मंदिर — जिसका पीछे का हिस्सा खुला था, और कोई नहीं आता था।

हर बार — वो मेरा हाथ पकड़ता। कभी गाल छूता। कभी माथा — जब मैं रोती।

पर हर बार — हर एक बार — दुनिया आस-पास थी।

और दुनिया — एक औरत को — कभी अकेले नहीं छोड़ती।

हमेशा कोई नज़र। कोई चाचा-चाची जो रास्ते से गुज़र रहे हों। कोई सहेली जो पीछे पड़ी हो। कोई रिक्शे वाला जो बातें करने के बहाने देखता रहे।

हम कभी अकेले नहीं थे।

और ज़ोया जी — मुझे सच बताऊँ — इसका एक हिस्सा मुझे चाहिए था।

दुनिया का होना।

दुनिया की नज़रें।

क्योंकि दुनिया की नज़रों में — मैं सुरक्षित थी।

एक औरत अकेले — एक मर्द के साथ — बंद कमरे में — ये मेरा सबसे बड़ा डर था।

पंद्रह बरस से।

तो जब तक दुनिया आस-पास थी — मैं ठीक थी।

पर फिर — फिर एक दिन — मैंने सोचा — "मुझे ठीक नहीं रहना। मुझे पूरा होना है।"

और पूरी होने के लिए — मुझे अपने डरों से — एक-एक करके — लड़ना था।

अकेलेपन का डर — सबसे बड़ा था।

अकेले — एक मर्द के साथ — एक बंद कमरे में।

ये डर था जो पापा के कमरे से शुरू हुआ था।

और जब तक ये डर था — तब तक मैं पूरी तरह से — उसकी नहीं हो सकती थी।

एक औरत जो अपनी 'हाँ' तक नहीं कह सकती — वो किसी की नहीं हो सकती।

वो बस — किसी के पास होती है।

मुझे पास नहीं होना था।

मुझे — उसकी होना था।

दस सितंबर।

शनिवार।

पापा किसी शादी में गए थे — लखनऊ। सावित्री आंटी के साथ। आदर्श भी। दो दिन के लिए।

मुझे — मुझे नहीं जाना पड़ा। मैंने कहा — "परीक्षा की तैयारी है। असाइनमेंट है।"

पापा ने नहीं पूछा।

बस इतना — "खाने का ध्यान रखना।"

वो निकले।

सुबह आठ बजे।

मैंने उसे फ़ोन किया।

"दो दिन — घर खाली है।"

वो चुप।

"आ सकते हो?"

एक पल की चुप्पी।

फिर — "पक्का?"

"पक्का।"

"आज शाम?"

"हाँ।"

"जान्वी।"

"हाँ?"

"सोच के बोल रही हो ना?"

मैंने आँखें बंद कीं।

'हाँ।"

और ज़ोया जी — हाँ — मैंने सोच कर कहा था।

सोचा तो था — पिछले एक महीने से।

हर रात।

मैं अपने कमरे में लेटती और सोचती — वो एक दिन मेरे पास होगा। इसी कमरे में। इसी बिस्तर पर।

और मैं क्या करूँगी?

क्या मैं तैयार हूँ?

क्या होगा अगर — अगर —

अगर पापा का चेहरा आए बीच में?

अगर मैं जम जाऊँ?

अगर मैं रो पड़ूँ?

अगर मैं उसे — बिना चाहे — धक्का दे दूँ?

अगर वो नाराज़ हो जाए?

नहीं — वो नहीं होगा।

पर अगर — अगर उसे लगे — कि मैं उसकी नहीं हो सकती — कभी?

और फिर वो चला जाए?

नहीं।

नहीं — ये डर उसका नहीं। ये डर मेरा है।

और डर हमेशा — हमेशा — मुझे पीछे रखते आए हैं।

आज — आज मुझे डर से आगे जाना है।

क्योंकि अगर मैं आज आगे नहीं गयी — तो कभी नहीं जाऊँगी।

और एक औरत जो कभी आगे न जाए — वो ज़िंदगी भर एक सीढ़ी के नीचे बैठी रहती है।

मैं — मैं सीढ़ी चढ़ना चाहती थी।

वो आया शाम को।

पाँच बजे।

छोटा बैग।

चिकनी शर्ट। नीली।

उसके बाल धुले हुए थे।

मुझे — ये याद है — क्योंकि जब वो पास आया, तो उसके बालों से एक ताज़ा गंध आयी।

उसने नहाया था, मुझसे मिलने से पहले।

ये छोटी बात थी।

पर मेरे लिए — बहुत बड़ी।

पापा — पापा कभी नहाते नहीं थे — उस वक़्त।

नहीं नहाते थे।

वो उठते — पसीने से — और आते मेरे कमरे में।

नहाना — वो दोपहर में करते। खा कर। सो कर। जब तक मैं स्कूल में थी।

पर नहाना — मुझसे मिलने से पहले — कभी नहीं।

इसलिए — पच्चीस बरस तक — मेरे दिमाग़ में एक बात गठ थी।

"मर्द नहाते नहीं — जब औरतों से मिलते हैं।"

पर इस लड़के ने — नहाया था।

साफ़ होकर आया था — एक औरत से मिलने के लिए।

ये इज़्ज़त थी।

शरीर की इज़्ज़त।

और उसकी गंध — वो ख़ुशबू जो साफ़ पानी के बाद आती है — मेरे दिमाग़ की पुरानी गठ को — थोड़ा सा — खोलने लगी।

मैंने दरवाज़ा खोला।

उसने अंदर क़दम रखा।

पहले झिझका।

"अंदर आओ।" मैंने कहा।

वो आया।

दरवाज़ा बंद हुआ।

और ज़ोया जी — उस एक "क्लिक" की आवाज़ पर —

मेरे अंदर कुछ काँप गया।

दरवाज़े बंद होने की आवाज़ — मेरे लिए — पंद्रह बरस की सबसे ज़हरीली आवाज़ थी।

पहाड़ों में उस एक साल — वो आवाज़ मैंने सैकड़ों बार सुनी थी।

"क्लिक।"

फिर आहट।

फिर — और सब कुछ।

"क्लिक" के बाद क्या होता है — मुझे दस साल से पता था।

मेरे कान — "क्लिक" सुनते ही — मेरे पूरे शरीर को एक ख़बर पहुँचा देते थे —

"तैयार हो जा।"

"जम जा।"

"चली जा अपने अंदर। दूर।"

और मैं चली जाती। अपने अंदर। एक कोना — दिमाग़ के अंदर — जहाँ कुछ नहीं होता था। जहाँ न शरीर था। न समय। न कुछ।

बस चुप्पी।

आज — आज "क्लिक" हुआ।

मेरे अपने कमरे में।

एक लड़के के साथ।

जिसे मैंने ख़ुद बुलाया था।

पर मेरा दिमाग़ — उसे नहीं पता था ये फ़र्क़।

दिमाग़ एक पुराना मुसाफ़िर है। वो पुराने रास्तों पर ही चलता है। नए रास्ते सीखने में वक़्त लगता है।

मैं काँपने लगी।

उसने मेरी तरफ़ देखा।

मेरी आँखों में।

और समझा।

वो बिस्तर पर नहीं बैठा। कुर्सी पर नहीं बैठा।

वो — मेरे कमरे के एक कोने में — ज़मीन पर बैठ गया।

नीचे।

पीठ दीवार से टिकी।

पैर मोड़ कर।

जैसे कोई छोटा बच्चा।

ज़ोया जी, सुनिए। ये छोटी बात नहीं।

एक मर्द — चौबीस-पच्चीस साल का — अपनी प्रेमिका के कमरे में — जहाँ उसे पहली बार बुलाया गया है — वो ज़मीन पर बैठ जाए।

कमरे के एक कोने में।

बिस्तर से दूर।

ये क्यों हुआ?

क्योंकि उसे समझ आया कि मैं — मेरा शरीर — "क्लिक" की आवाज़ से डर गया है।

और अगर वो बिस्तर पर बैठता — तो ये डर और बढ़ता।

अगर वो कुर्सी पर बैठता — तो मुझे उसकी तरफ़ देखना पड़ता — और वो दूरी कम रखता।

पर ज़मीन पर बैठ कर — वो मुझ से नीचे था।

कमरे में — सबसे छोटा।

सबसे निचले पर।

ताकि मैं — मैं ऊपर हूँ।

मैं खड़ी हूँ।

मैं — मैं तय करती हूँ।

"आओ।" उसने कहा।

बहुत धीरे।

"यहाँ। ज़मीन पर। मेरे पास।"

मैंने सोचा।

फिर — मैं भी ज़मीन पर बैठी।

उसके पास।

लेकिन एक हाथ की दूरी पर।

वो मुस्कुराया।

"तो अब हम क्या करें?" उसने पूछा।

"क्या करें?"

"पता नहीं। मुझे क्या करना है — मुझे नहीं पता।"

"तुम्हें पता क्यों नहीं?"

"क्योंकि — जान्वी — मुझे भी ये पहली बार है।"

मैंने उसे देखा।

"क्या?"

"हाँ।"

"तुमने — तुमने पहले कभी..."

"नहीं।"

"सच में?"

"सच में।"

ज़ोया जी।

ज़ोया जी, मुझे यक़ीन नहीं हुआ।

चौबीस साल का लड़का — जिसने किसी लड़की को — कभी — कभी — नहीं छुआ था?

ये कैसे?

आज कल के लड़के — वो कहते हैं — हर एक के साथ कुछ हुआ होता है।

पर वो — वो कह रहा था — कुछ नहीं हुआ था।

मैंने सोचा — क्या झूठ बोल रहा है?

पर उसकी आँखें — उसकी आँखें झूठ नहीं बोलतीं।

"क्यों?" मैंने पूछा।

उसने एक साँस ली।

"क्योंकि मुझे — मुझे ऐसा कोई नहीं मिला था।"

"कैसा?"

"जैसी तुम।"

मैंने चुप।

"और अगर कोई मिल गया था — बनारस में, पहले — तो मैंने नहीं सोचा था उसके साथ ये।"

"क्यों?"

"क्योंकि ये — ये एक बार की बात नहीं है। ये हमेशा की बात है। और मैं हमेशा के लिए — किसी को चुनूँगा।"

उसने "चुनूँगा" कहा।

"चुनूँगा" — यानी मेरी मर्ज़ी थी।

मेरी मर्ज़ी से।

ज़ोया जी — मर्दों की ज़िंदगियों में "चुनना" — ये शब्द कम होता है।

मर्द ज़्यादातर जीते हैं।

उन्हें लगता है — सब कुछ उनका है।

उनके अधिकार में है।

पर ये लड़का — ये कह रहा था — "मैं चुनूँगा।"

और उसने मुझे चुना था।

और मैं — मैंने उसे चुना था।

पहली बार — अपनी पूरी ज़िंदगी में — मैंने कुछ चुना था।

चुनाव।

"हाँ" या "नहीं" का अधिकार।

और आज — आज मैंने "हाँ" चुना था।

हम बैठे — ज़मीन पर — बहुत देर।

कुछ नहीं कर रहे।

बस।

"कुछ खाओगे?" मैंने पूछा।

"हाँ। भूख लगी है।"

मैंने उठ कर — किचन में कुछ बनाया।

साधारण। दाल। चावल। भिंडी।

हम दोनों बैठे — मेज़ पर — खाया।

खाते वक़्त — उसने बात की।

अपने बचपन की।

अपने भाइयों की।

एक पुरानी कहानी — अपनी माँ की — कि कैसे वो नयी शादीशुदा थीं, और उनकी सास ने उन्हें दो साल तक — बिना बताए — कुछ पुरानी चोरी का इल्ज़ाम लगाया था। और एक दिन — सच सामने आया — और उनकी सास ने कभी उनसे माफ़ी नहीं माँगी।

"पर वो उनके साथ रहीं।"

"माँ?"

"हाँ। मेरी माँ।"

"सास को माफ़ कर दिया?"

"नहीं।" उसने कहा। "माफ़ नहीं किया।"

"पर साथ रहीं।"

"हाँ।"

"क्यों?"

उसने रुका।

"क्योंकि — हमारे यहाँ — घर छोड़ा नहीं जाता।"

मेरे अंदर कुछ चुभा।

उस वक़्त मैंने इसका मतलब नहीं समझा।

बाद में समझा।

"हमारे यहाँ घर छोड़ा नहीं जाता।"

उसकी माँ ने उस ज़ुल्म को सहा।

क्योंकि घर छोड़ा नहीं जाता।

और वो — वो भी अपनी माँ का बेटा था।

उसे भी सिखाया गया था — "घर छोड़ा नहीं जाता।"

चाहे जो भी हो।

चाहे कोई कितनी भी ग़लत बात कहे।

चाहे कोई कितना भी रोक ले।

घर — घर छोड़ा नहीं जाता।

और मैं — मैं उसके घर से बाहर थी।

मैं उसका प्यार थी।

पर उसका घर नहीं।

और आख़िर में — जब ये लड़ाई आयी — घर बनाम प्यार — उसने क्या चुना होगा?

ज़ोया जी — ये कहानी मुझे बाद में समझ आयी।

उस वक़्त — मैंने सिर्फ़ सुना था।

और सोचा था — "क्या अच्छे बेटे हैं।"

अच्छे बेटे — कुछ प्रेमिकाओं के लिए सबसे ख़तरनाक होते हैं।

खाना ख़त्म हुआ।

हमने बर्तन धोए। एक साथ। वो धोता, मैं पोंछती।

ये बहुत ही छोटा काम था।

पर मेरे लिए — पच्चीस बरस में — पहली बार — किसी मर्द ने मेरे साथ बर्तन धोए थे।

पापा ने कभी नहीं।

दीदी के पति ने नहीं — जब वो हमारे घर आते थे।

आदर्श — अब तक नहीं करता था। क्योंकि वो "लड़का" था।

पर वो — वो लड़का नहीं था, मेरे लिए।

वो एक इंसान था।

जो मेरे साथ बर्तन धो रहा था।

मेरे कमरे में।

रात हुई।

आठ बजे।

नौ।

दस।

हम बैठे — बिस्तर पर — लेकिन सीधे। पीठ दीवार से।

बातें कर रहे।

कुछ फ़ालतू। कुछ असली।

उसने मेरा हाथ पकड़ा।

फिर — धीरे-धीरे — उसने मुझे क़रीब खींचा।

मैंने होने दिया।

मेरा सर उसके कंधे पर।

उसकी गंध — अभी भी साफ़।

उसकी साँस — शांत।

उसकी धड़कन — मेरे कान के पास।

पहली बार — किसी की धड़कन सुनी — पास से।

माँ की सुनी थी — बचपन में।

पर मर्द की — नहीं।

मर्दों की धड़कन मेरे लिए — डर थी।

पर ये — ये धड़कन — धीमी थी।

ठंडी।

जैसे कोई आराम कर रहा हो।

मैं उस धड़कन को सुनती रही।

बहुत देर।

"जान्वी।"

"हाँ।"

"मुझे एक बात करनी है।"

"हाँ।"

"हम — हम वो कर सकते हैं, जो तुम चाहती हो।"

"हाँ।"

"पर मैं कुछ शर्तें रखना चाहता हूँ।"

"शर्तें?"

"हाँ।"

"क्या?"

उसने मेरा सिर अपने कंधे से उठाया।

मुझे आँखों में देखा।

"एक — तुम जब चाहो, रुक जाओगी। एक शब्द — 'रुक।' बस। और मैं रुक जाऊँगा।"

"हाँ।"

"दो — तुम्हें अगर कुछ न पसंद हो — बीच में — तुम मुझे बताओगी। तुरंत।"

"हाँ।"

"तीन — अगर तुम्हारा मन न हो — हम अभी बंद कर सकते हैं। बस — मुझे तुम्हारे पास बैठना भी उतना ही अच्छा लगता है।"

मैंने सर हिलाया।

"और चार — सबसे ज़रूरी।"

"क्या?"

"आज — आज तुम्हें मुझे सिखाना होगा।"

"सिखाना?"

"हाँ।"

"क्या?"

"क्या अच्छा लगता है। क्या नहीं। कहाँ छुआ जा सकता है। कहाँ नहीं। क्या करूँ। क्या न करूँ।"

मैंने उसे देखा।

"पर — मुझे भी नहीं पता।"

"फिर हम दोनों सीखेंगे।" उसने कहा। "साथ।"

मैंने आँखें बंद कीं।

ज़ोया जी।

ज़ोया जी, ये एक अलग तरह का प्यार था।

जिसमें कोई "जानता" नहीं था।

जिसमें कोई "मालिक" नहीं था।

जिसमें — दो लोग — दोनों पहली बार — साथ सीख रहे थे।

मैं — पंद्रह बरस के *trauma* के साथ — एक अजनबी थी अपने ही शरीर से।

वो — चौबीस बरस की पाक ज़िंदगी के साथ — एक अजनबी था दूसरे के शरीर से।

हम दोनों बराबर थे।

और बराबर लोग ही — एक-दूसरे से असली प्यार कर सकते हैं।

मैंने उसकी आँखों में देखा।

"शुरू कैसे करें?" मैंने पूछा।

"सबसे आसान चीज़ से।"

"क्या?"

"चूमूँ?"

मेरा दिल धड़का।

चूमना।

पच्चीस बरस में — किसी ने मेरे होंठों को कभी नहीं छुआ।

पापा ने — नहीं। नहीं किया था।

एक तरह का बचाव बचा था मेरे पास।

मेरे होंठ — मेरे अपने थे।

कभी किसी ने नहीं छुए।

और पहली बार — आज — एक लड़का पूछ रहा था।

पूछ रहा था।

छीन नहीं रहा।

इस "पूछने" में — पंद्रह बरस का फ़र्क़ था।

"हाँ।" मैंने कहा।

बहुत धीरे।

वो क़रीब आया।

आँखें मेरी आँखों में।

मेरे चेहरे से दो इंच।

रुका।

"अब भी चाहो — तो रुक सकते हैं।"

"नहीं।"

"पक्का?"

"पक्का।"

और उसने — उसने अपने होंठ मेरे होंठों पर रखे।

बहुत नर्म।

बहुत धीरे।

बस एक सेकंड।

फिर पीछे हटा।

मेरी आँखों में देखा।

"ठीक?"

मैंने सर हिलाया।

ज़ोया जी।

ज़ोया जी, मैं क्या बताऊँ।

एक सेकंड।

एक सेकंड के स्पर्श ने — पंद्रह बरस की एक दीवार को — हिला दिया।

मुझे रोना आया।

पर रोना नहीं रोका।

क्योंकि आज का रोना — डर का नहीं था।

आज का रोना — राहत का था।

जैसे कोई बहुत लंबे सफ़र के बाद घर पहुँचे।

और दरवाज़ा खोल कर देखे — घर वही है।

अपना।

गर्म।

पास।

उसने मेरे आँसू पोंछे।

"कुछ हुआ?"

"नहीं।"

"बुरा लगा?"

"नहीं।"

"तो?"

"अच्छा लगा।"

"फिर क्यों रो रही हो?"

"क्योंकि — पच्चीस बरस में — पहली बार — कोई चीज़ मुझे अच्छी लगी।"

वो भी भीग गया।

उसने मुझे गले लगा लिया।

और मैं — मैं रोती रही।

उसके कंधे पर।

धीरे-धीरे — रात आगे बढ़ी।

एक-एक क़दम।

वो मुझसे पूछता।

मैं हाँ कहती।

या न कहती।

और वो — जो मैं न कहती — वो नहीं करता।

बिल्कुल नहीं करता।

कभी — कभी बीच में — मेरे अंदर वो पुराने झोंके आते।

एक छवि।

एक गंध।

एक स्पर्श की याद।

और मैं रुक जाती।

हर बार — हर एक बार — वो रुकता।

"क्या हुआ?"

"कुछ नहीं।"

"कुछ तो है।"

"हाँ।"

"क्या?"

"पुरानी बातें।"

"बताओ।"

"नहीं।"

"ठीक है।" वो मेरे पास लेट जाता। बिना छुए। "जब तुम तैयार हो — तब शुरू करेंगे।"

पंद्रह मिनट — कभी बीस — हम बस लेटते। छत की तरफ़ देखते। हाथ पकड़े।

फिर — मैं कहती — "अब ठीक है।"

और वो — वो वहीं से शुरू करता — जहाँ रुका था।

जल्दबाज़ी नहीं।

नाराज़ी नहीं।

सिर्फ़ — इंतज़ार।

एक बार — बीच में — मुझे पापा की आवाज़ सुनायी दी।

सच में सुनायी दी, ज़ोया जी।

नहीं। सच में नहीं।

मेरे दिमाग़ ने उसे बना दिया।

"क्लिक।"

फिर — "जान्वी।"

फिर — उनकी आहट।

और मेरा शरीर — एक पल में — पूरी तरह से जम गया।

मैं चीख़ पड़ी।

ज़ोर से।

"नहीं!"

वो पीछे हटा।

पूरी तरह से।

एक पल में।

"जान्वी। जान्वी। मैं हूँ। देखो। मुझे देखो।"

मैंने आँखें खोलीं।

उसका चेहरा।

साँस तेज़। पर रुकी हुई।

आँखें — मेरी तरफ़ देखती हुईं।

"जान्वी। मैं हूँ। ये घर तुम्हारा है। मैं तुम्हारा हूँ। कोई और नहीं यहाँ।"

मैं रोने लगी।

बहुत ज़ोर से।

पंद्रह बरस की चुप्पी — पिघल रही थी।

वो हट गया मुझसे।

चादर उठा कर मुझे ढँका।

बग़ल में लेट गया।

दूर नहीं — पास। पर छू नहीं रहा।

"रोओ।" उसने कहा।

बस वो एक शब्द।

जो उस पहली रात उसने कहा था — तीस मई को।

"रोओ।"

मैं रोयी।

बहुत देर तक।

एक घंटा।

दो घंटे।

मैं रोती रही।

वो पास था।

पास।

पर बिना छुए।

बिना कुछ चाहे।

फिर — मैंने — ख़ुद — उसकी तरफ़ रुख़ किया।

मैंने ख़ुद उसका हाथ पकड़ा।

मैंने ख़ुद उसे खींचा।

मैंने कहा — "अब।"

"अब क्या?"

"अब फिर शुरू करें।"

"पक्का?"

"हाँ।"

"पर — तुम अभी रोयी थीं।"

"हाँ। पर अब — अब मैं रोयी नहीं हूँ।"

"जान्वी।"

"हाँ।"

"अगर अभी नहीं — तो कल। कल अगर न हो — तो परसों। कोई जल्दी नहीं।"

"नहीं।" मैंने कहा। "आज।"

"क्यों?"

"क्योंकि — अगर आज मैं रुकी — तो शायद कभी शुरू नहीं करूँगी।"

"समझ गयी।"

"हाँ।"

"पर — मैं धीरे करूँगा।"

"धीरे करो।"

उस रात — पहली बार — मैं वो हुई जो मैं थी।

पूरी।

अपने शरीर में।

अपने घर में।

अपने आप के साथ।

और उसके साथ।

ये दो अलग बातें नहीं थीं।

मेरा अपने साथ होना — और उसके साथ होना — एक ही बात थी।

क्योंकि प्यार वो है जो आप को आप से जोड़े।

नहीं अलग करे।

पापा ने मुझे मुझसे अलग किया था।

इस लड़के ने मुझे मुझसे जोड़ा।

यही फ़र्क़ था।

पर बहुत कुछ ठीक होने के बाद भी — कुछ जगहें थीं — जहाँ मैं नहीं जा सकी।

मेरी गर्दन — अभी भी — बंद थी।

मेरी जांघों का अंदरूनी हिस्सा — डर।

कुछ पुराने निशान थे — जो मेरे शरीर पर — अभी तक थे।

एक निशान था बायीं जाँघ पर। पापा ने — एक दिन — जब मैंने रोना शुरू किया था — मुझे मारा था। अपनी बेल्ट से। "चुप। वरना और बड़ी चोट लगेगी।"

वो निशान — अभी भी वहाँ था। हल्का। पर था।

और जब उसकी उँगली — उस निशान के पास आयी — मैं कसमसायी।

उसने हटा लिया।

"क्या है ?" उसने पूछा।

"एक निशान।"

"क्या?"

"छोड़ो।"

"जान्वी।"

"नहीं।"

"ठीक है।"

उसने छोड़ा।

पर बाद में — जब सब कुछ हो गया था — जब हम बस लेटे थे — उसने अपनी उँगली — बहुत हल्के से — उस निशान पर रखी।

नहीं दबाया।

नहीं रगड़ा।

बस — छुआ।

और बहुत धीरे — झुक कर — उस निशान पर एक हल्का सा चुंबन दिया।

ज़ोया जी।

वो एक पल — वो एक पल — मेरी पूरी ज़िंदगी में — शायद सबसे ख़ास पल था।

एक पुराना ज़ख़्म।

जिसे मैं पंद्रह बरस से छुपाती आयी थी।

उसे — उसे — कोई और भी जानता है अब।

और वो उसे — नफ़रत नहीं करता।

डर नहीं करता।

गिनती नहीं करता।

वो उसे — प्यार करता है।

ज़ख़्मों को प्यार करना — इंसानियत का सबसे बड़ा रूप है।

क्योंकि ज़्यादातर लोग ज़ख़्मों को छुपाते हैं।

प्यार वाले — ज़ख़्मों को सहलाते हैं।

और कुछ — बहुत कम लोग — ज़ख़्मों पर चुंबन रखते हैं।

मुझे वो आख़िरी तरह का मिला था।

और मैंने सोचा — मेरी ज़िंदगी के सारे दर्द — अगर किसी से प्यार पाने के लिए थे — तो शायद बराबर थे।

शायद।

हम उस रात सोए नहीं।

पूरी रात बातें कीं।

कभी हँसे।

कभी चुप।

कभी उसने गाना गाया — अजीब सा। उसकी आवाज़ अच्छी नहीं थी।

कभी मैंने एक कविता सुनायी — जो मैंने लिखी नहीं थी, पर जो मुझे याद थी।

सुबह छह बजे — उसने कहा — "जाना है।"

"हाँ।"

"पापा कब आएँगे?"

"कल शाम।"

"तो मैं शाम तक रहूँ?"

"नहीं। अभी जाओ।"

"क्यों?"

"क्योंकि — पड़ोसियों को शक होगा।"

"हाँ।"

"पर..."

"हाँ?"

"पर — जब भी दोबारा मौक़ा मिले — तुम्हें बुलाऊँगी।"

उसने मुस्कुराया।

"और तुम आओगे?"

"एक मिनट में। पहाड़ छोड़ के।"

"पहाड़ छोड़ के?"

"हाँ। जहाँ मर्ज़ी हो। कहीं भी।"

ज़ोया जी — ये एक बात थी — जो उस वक़्त मुझे मज़ाक़ लगी।

"पहाड़ छोड़ के।"

पर वो उसने सीरियसली नहीं कहा था।

और मुझे बाद में समझ आया — वो कभी — कभी — पहाड़ नहीं छोड़ सकता था।

पहाड़ उसका घर था।

और मेरे लिए — पहाड़ मौत थे।

हम दोनों के बीच — एक बड़ा पहाड़ था।

उस रात — वो पहाड़ हमें नहीं दिखा।

पर वो था।

वो हमेशा था।

वो गया।

मैं कमरे में वापस आयी।

बिस्तर देखा।

चादर पर — एक हल्का सा निशान।

पहली बार का।

मैंने उसे देखा।

और पंद्रह बरस में पहली बार — मुझे अपने शरीर से नफ़रत नहीं हुई।

मुझे लगा — ये शरीर — मेरा है।

और जो आज इसमें हुआ — वो मेरी मर्ज़ी से हुआ।

मेरी पूरी मर्ज़ी से।

और मेरी मर्ज़ी से की गयी चीज़ — गंदी नहीं होती।

जो गंदी चीज़ें हैं — वो बिना मर्ज़ी के होती हैं।

पंद्रह साल की जिस गंदगी को मैं ढो रही थी — वो मेरी नहीं थी।

वो पापा की थी।

और आज — पहली बार — मैंने उसे अपने ऊपर से उतार दिया।

मैंने चादर उठायी।

धोने डाल दी।

बाथरूम गयी।

नहायी।

पर इस बार — इस बार पानी ठंडा नहीं था।

मैंने गर्म पानी लिया। देर से। आराम से।

पच्चीस बरस में पहली बार — मैंने अपने शरीर को प्यार से नहाया।

साबुन लगाया — धीरे।

बालों में तेल लगाया — पहली बार प्यार से।

और आईने के सामने खड़ी हुई।

मुस्कुरायी।

अपने आप पर।

और अपने आप से एक बात कही —

"रूही, तू — तू फिर से आ गयी।"

"तू मरी नहीं थी।"

"तू छुप गयी थी।"

"और आज — आज तू निकल आयी।"

और मैंने पहली बार — "रूही" नाम को — अपने सीने से नहीं हटाया।

जान्वी रहूँगी उसके लिए।

पर रूही अब — मेरे अंदर — फिर से थी।

एक दस साल की बच्ची।

जो अब — पच्चीस बरस की मुझसे मिल रही थी।

"आ, बच्ची।" मैंने आईने में कहा। "अब तू भी रह मेरे साथ। मैं तेरा ख़्याल रखूँगी।"

"क्योंकि अब मुझे आ गया — अपना ख़्याल रखना।"

"बस तूने इंतज़ार करवाया।"

"पंद्रह बरस।"

"पर अब आयी तो आयी।"

डायरी में उस रात मैंने लिखा —

"दस सितंबर, दो हज़ार सोलह।"

"आज मैं पहली बार — पूरी तरह — किसी की हुई।"

"और पहली बार — पूरी तरह — अपनी भी हुई।"

"दोनों एक ही बात थी।"

"पंद्रह बरस पहले जो मेरे से छीना गया था — वो आज मैंने वापस पाया।"

"अपना शरीर।"

"अपनी मर्ज़ी।"

"अपना हक़।"

फिर — अलग पन्ने पर —

"कुछ बातें जो मैंने सीखीं —"

"एक। पूछना — मोहब्बत का सबसे बड़ा रूप है।"

"दो। रुकना — ताक़त है। जल्दबाज़ी — कमज़ोरी।"

"तीन। जो इंसान आपके डर के सामने रुक सकता है — वो इंसान आपके प्यार का हक़दार है।"

"चार। दो लोग — जो दोनों पहली बार हों — उनका साथ सीखना — सबसे ख़ूबसूरत सीख है।"

"पाँच। ज़ख़्मों को चूमा जा सकता है। उन्हें छुपाने की ज़रूरत नहीं।"

और — आख़िर में —

"आज मेरा एक नया जन्म हुआ।"

"पहला जन्म — माँ से।"

"दूसरा जन्म — पाँच जून को — उसके 'तय तुम करोगी' से।"

"तीसरा जन्म — आज।"

"तीन जन्म।"

"और तीनों में — कोई पापा नहीं।"

* * *

अध्याय दस

बनारस की गलियाँ

"किसी के शहर में जाना — उसकी रूह में जाने जैसा है। वहाँ की गलियाँ बताती हैं — वो कैसे चलता था। वहाँ की हवा बताती है — वो कैसे साँस लेता था। और वहाँ के लोग बताते हैं — वो पहले क्या था। जो आप नहीं जानतीं।"

अक्टूबर।

दुर्गा पूजा आ रही थी।

यूनिवर्सिटी में पाँच दिन की छुट्टी। सात से ग्यारह अक्टूबर।

वो मेरे घर तो आ नहीं सकता था इन पाँच दिनों में — पापा घर पर थे, सावित्री आंटी थीं।

तो उसने कहा — "तुम आओ।"

"कहाँ?"

"बनारस।"

मैं चुप।

"जान्वी?"

"हाँ।"

"आओगी?"

"मुझे — मुझे सोचना होगा।"

"हाँ। सोचो।"

रख दिया फ़ोन।

ज़ोया जी, बनारस जाना — मेरे लिए — बहुत बड़ी बात थी।

अकेले। एक लड़के से मिलने। उसके शहर में।

पहली बार।

घर से झूठ बोलना होगा।

दीदी के घर जाना है — बोलना होगा। गोरखपुर।

पर जाना बनारस।

दीदी को बताना होगा।

पर दीदी — क्या कहेंगी?

पंद्रह दिन सोचा।

फिर — पहली बार ज़िंदगी में — मैंने दीदी को फ़ोन किया।

सच कहने के लिए नहीं।

पर — कुछ सच बताने के लिए।

"दीदी।"

"हाँ, छोटी।"

"एक बात कहनी है।"

"हाँ।"

मैं रुकी।

"दीदी, मैं — मैं एक लड़के से मिलती हूँ।"

उधर चुप्पी।

एक लंबी।

फिर — "छोटी।"

"हाँ।"

"कौन है?"

"अच्छा है।"

"अच्छा?" दीदी की आवाज़ में कुछ था। डर। शायद। गुस्सा। शायद।

"हाँ, दीदी। अच्छा है। मैं तुम्हें बाद में बताऊँगी।"

"छोटी।" दीदी रुकीं। "सुनो। तुम पच्चीस की हो। तुम अब बच्ची नहीं। मैं तुमसे नहीं कहूँगी — ये मत करो।'पर — एक बात कहूँगी।"

"हाँ।"

"पापा को मत बताना।"

"नहीं बताऊँगी।"

"और — अगर कोई दिक़्क़त हो — मुझे बताओ।"

"हाँ।"

"और — छोटी।"

"हाँ, दीदी।"

"ये अच्छा है ना? सच में अच्छा?"

मेरी आँखें भर आयीं।

"हाँ, दीदी। सच में।"

"ठीक। अब बताओ — क्या करना है?"

"मुझे — मुझे पाँच दिन बनारस जाना है। पूजा के दिनों में।"

"अच्छा।"

"मैं घर में कहूँगी कि गोरखपुर आयी हूँ।"

"हाँ।"

"अगर पापा फ़ोन करें — तो कहना — हाँ, आयी है। और उठाना मत अपना — मेरा फ़ोन बंद रहेगा।"

"हाँ।"

"दीदी — एक बात..."

"हाँ।"

"आप मना नहीं करेंगी?"

"छोटी।" दीदी की आवाज़ काँपी। "मैं — मैं भी कभी बीस की थी।"

"दीदी?"

"हाँ?"

"आप — आप ने कभी..."

"मैं — बाद में बताऊँगी। अभी — अभी तुम जाओ। अच्छे से।"

"दीदी?"

"हाँ?"

"माँ को पता चलता — तो क्या कहतीं?"

उधर — दीदी एक पल रुकीं।

फिर बोलीं — "माँ कहतीं — 'जान्वी, ख़ुश रहो। जो मुझे नहीं मिला — तुम पा लो।'"

मेरे आँसू गिर पड़े।

माँ — माँ ने कभी ख़ुशी नहीं देखी थी, ज़ोया जी।

माँ की शादी अठारह की उम्र में हुई थी। पापा से। बिना उनकी मर्ज़ी के।

और उसके बाद — माँ ने कभी कुछ अपनी मर्ज़ी से नहीं चुना।

कपड़े नहीं। खाना नहीं। दोस्त नहीं।

पति तो नहीं ही।

माँ की ज़िंदगी में एक भी पल ऐसा नहीं था जिसमें वो — सिर्फ़ वो — हुईं।

वो हमेशा — पत्नी। माँ। बहू। बहन।

ख़ुद — ख़ुद वो कभी नहीं थीं।

और जब वो मरीं — तो भी — वो 'पापा की पत्नी" के तौर पर मरीं।

"काश माँ ने कुछ अपना देखा होता।"

ये सोचते-सोचते मैं रोयी।

पर दीदी की बात — "जो मुझे नहीं मिला — तुम पा लो" — मुझे एक दूसरे प्रकाश में दिखी।

दीदी को क्या नहीं मिला था?

दीदी की शादी — पापा ने तय की थी। इक्कीस की उम्र में।

एक अच्छे परिवार में।

पर — क्या उन्होंने भी कभी किसी को — अपने से — चुना था?

मैं कभी नहीं पूछ पायी।

पर उस फ़ोन कॉल के बाद — मुझे लगा — दीदी ने भी कभी किसी को — चाहा था।

और खो दिया था।

क्योंकि पापा ने तय नहीं किया था।

और जब लड़कियों की मर्ज़ी नहीं होती — तो उनके प्यार भी ख़त्म हो जाते हैं।

मुझ पर — मुझ पर दीदी का आशीर्वाद था।

क्योंकि शायद — शायद — मैं वो थी जो दीदी कभी नहीं हो पायीं।

आठ अक्टूबर।

सुबह छह बजे की ट्रेन।

इलाहाबाद से बनारस।

तीन घंटे का सफ़र।

मैं खिड़की वाली सीट पर।

पहली बार — अकेले — एक मर्द से मिलने के लिए — दूसरे शहर।

सूरज उग रहा था।

खिड़की से बाहर देखते — खेत, पेड़, छोटे-छोटे स्टेशन।

और मैं — मैं सोच रही थी —

छह महीने पहले — इसी ट्रेन में — मैं मरने जा रही थी।

नहीं — इसी ट्रेन में नहीं।

लखनऊ की ट्रेन थी।

पर उसी प्लेटफ़ॉर्म से।

उसी तरह की एक ट्रेन में।

आज — आज मैं जीने जा रही थी।

इसी प्लेटफ़ॉर्म से।

इसी तरह की एक ट्रेन में।

ज़िंदगी में बदला क्या था?

बस एक इंसान।

और एक इंसान — एक पूरी ज़िंदगी बदल सकता है।

ये मैंने सीखा।

बनारस स्टेशन।

भीड़।

आवाज़ें।

पीले-भूरे खंभे — इलाहाबाद जैसे ही। पर बड़े।

और वो — वो प्लेटफ़ॉर्म पर खड़ा था।

मुझे देखा।

दौड़ा।

"आयी?"

"आयी।"

वो गले लगाने लगा। फिर रुका।

"यहाँ लोग हैं।"

"हाँ।"

"बाद में।"

"हाँ।"

हमने रिक्शा लिया।

बनारस की गलियाँ।

ज़ोया जी, मैंने बनारस के बारे में सुना था। पढ़ा था।

पर देखा नहीं था।

और देखना — सुनने और पढ़ने से अलग होता है।

बनारस एक शहर नहीं है।

बनारस एक पुराना आदमी है।

जो अपनी ज़िंदगी के हज़ारों मोड़ पार कर के — अब बस बैठा है — गंगा के किनारे — और देख रहा है।

उसकी आँखों में न ख़ुशी है, न दुख।

बस — होने का सुख।

संकरी गलियाँ।

साँड़ — जो बीच रास्ते में बैठे थे।

दुकानों के ऊपर छोटे-छोटे मंदिर।

पीले रंग की दीवारें — जिन पर पान के धब्बे।

एक चाय की दुकान के बाहर — पाँच-छह लोग — एक ही कुल्हड़ में से बारी-बारी चाय पी रहे।

एक साइकिल वाला — जिसने पीछे से टक्कर मार दी — बिना माफ़ी माँगे आगे बढ़ गया।

एक बुज़ुर्ग — जो एक मंदिर के सामने बैठे थे — और आँखें बंद करके कुछ पढ़ रहे थे। न लोग। न दुनिया। बस वो और उनका भगवान।

"ये मेरा शहर है।" उसने कहा।

"सुंदर है।"

"सुंदर नहीं। ज़िंदा।"

"फ़र्क़?"

"सुंदर — जो देखने में अच्छा लगे।" उसने कहा। "ज़िंदा — जो महसूस होने में।"

ज़ोया जी, बनारस को देख कर मुझे एक बात समझ आयी।

कुछ शहर आप के लिए होते हैं।

कुछ शहर — ख़ुद के लिए होते हैं।

इलाहाबाद — इलाहाबाद मेरे लिए था। मेरी बस्ती। मेरी यूनिवर्सिटी। मेरी दुकानें।

बनारस — बनारस ख़ुद के लिए था। उसे फ़र्क़ नहीं पड़ता था — मैं आयी, नहीं आयी।

वो अपनी ज़िंदगी जी रहा था।

और इस "फ़र्क़ नहीं पड़ना" में — एक अजीब सी शांति थी।

क्योंकि पच्चीस बरस में — मैं हमेशा किसी न किसी के लिए थी।

माँ के लिए — बेटी।

पापा के लिए — एक चीज़।

दीदी के लिए — छोटी।

आदर्श के लिए — दीदी।

पड़ोसियों के लिए — "अपने में रहने वाली लड़की।"

सहेलियों के लिए — "जो कम बोलती है।"

हर कोई — मुझे अपने लिए देखता था।

बनारस — बनारस ने मुझे नहीं देखा।

और पहली बार — पहली बार — मुझे लगा — अनदेखा होना एक राहत है।

रिक्शा रुका।

"यहाँ?" मैंने पूछा।

"हाँ।"

एक पुरानी हवेली। तीन-चार मंज़िला। गलियों में छुपी हुई।

उसने बताया — "ये मेरी नानी का घर है। अभी खाली है। कोई नहीं।"

"नानी?"

"हाँ। पिछले साल गुज़र गयीं।"

"नाना?"

"बहुत पहले।"

"कोई और?"

"नहीं। नानी की एक ही बेटी थी — मेरी माँ। माँ यहाँ हर महीने आती थीं — नानी से मिलने। पर नानी के जाने के बाद — कोई नहीं आता।"

"तुम?"

"मैं आता हूँ। कभी-कभी। पढ़ाई करने।"

"माँ को पता है?"

"हाँ।"

"कि तुम यहाँ — मुझे ला रहे हो?"

उसने रुक कर देखा।

"नहीं।"

ज़ोया जी।

ज़ोया जी, ये पहली बार था कि उसने किसी से कुछ छुपाया था।

अपनी माँ से।

और मेरे लिए छुपाया था।

और उस पल — मेरे अंदर — दो भावनाएँ एक साथ आयीं।

एक — ख़ुशी। कि वो मुझे पा रहा है। झूठ बोल कर भी।

दूसरा — डर।

क्योंकि मुझे पता है — जब लोग छुपाते हैं — तो उनके अंदर कुछ होता है — जो एक दिन फटता है।

और जब वो फटता है — तो बहुत नुक़सान होता है।

पर उस पल — मैंने अपने डर को अनदेखा किया।

क्योंकि मुझे ख़ुशी चाहिए थी।

पाँच दिन।

बस पाँच दिन।

हवेली बड़ी थी।

ऊँची छतें। लकड़ी के दरवाज़े। एक बड़ा आँगन।

दीवारों पर पुराने फ़ोटो — उसकी नानी। किसी शादी की। किसी पूजा की।

एक कोने में — एक छोटा सा तुलसी का पौधा।

"नानी ने लगाया था।" उसने कहा। "तीस साल पहले। अब भी ज़िंदा है।"

"कौन पानी देता है?"

"मैं।"

"हर दिन?"

"जब आता हूँ — तब।"

"और जब नहीं आते?"

"तब मरता है। फिर मैं आकर फिर लगाता हूँ।"

"बेचारा पौधा।"

"हाँ।"

उस पौधे में — मैंने ख़ुद को देखा।

वो भी — जब वो न होता — मरती थी।

जब वो आता — ज़िंदा।

एक इंसान का होना — एक और इंसान की ज़िंदगी होती है।

ये सुंदर है।

पर ये — ये ख़तरनाक भी है।

क्योंकि जब वो एक इंसान जाता है — और नहीं आता — तो आप सिर्फ़ मरते नहीं।

आप बार-बार मरते हैं।

हर बार — जब वो लौटने के क़रीब लगता है — पर नहीं लौटता।

पौधा — शायद — ये सह लेता है।

औरतें नहीं।

हम अंदर गए।

ऊपर — एक कमरे में।

खिड़की खोली। गंगा दिखी — दूर।

और मैंने पहली बार समझा — वो यहाँ क्यों आता है।

बनारस की इस हवेली में — उस कमरे में — एक अकेलापन था। पर अच्छा।

जैसे एक पुरानी किताब का कमरा।

जहाँ शब्द — बस शब्द — आप के साथ रहते हैं।

हमने दिन भर बात की।

हँसे।

खाया — उसने बनाया।

शाम को — घाट गए।

बनारस के घाट।

मणिकर्णिका। दशाश्वमेध। हरिश्चंद्र।

चिताएँ जल रही थीं।

और मेरे पास में — वो ज़िंदा था।

ज़ोया जी, बनारस के घाटों पर एक अजीब बात होती है।

ज़िंदगी और मौत — साथ-साथ।

एक तरफ़ आरती हो रही। दूसरी तरफ़ चिता।

एक बुज़ुर्ग गंगा में स्नान कर रहे। बग़ल में — एक पंडित — एक नये मरे हुए के अंतिम संस्कार की तैयारी कर रहा।

एक बच्चा — खेल रहा।

एक बूढ़ी — रो रही।

सब एक जगह।

कोई दूसरे को परेशान नहीं करता।

क्योंकि ये बनारस है।

यहाँ पता है — ज़िंदगी और मौत — दोनों एक ही नदी के किनारे हैं।

और दोनों बराबर हैं।

मैं — जो छह महीने पहले मरना चाहती थी — आज एक चिता के पास खड़ी थी।

और मुझे डर नहीं लग रहा था।

मुझे — आज़ादी लग रही थी।

क्योंकि जब मौत इतनी पास हो — कि आप उसे देख सकें — तो वो डरावनी नहीं रहती।

और जब मौत डरावनी नहीं होती — तो ज़िंदगी हल्की हो जाती है।

आज — आज अगर मैं मर भी जाऊँ — तो ठीक।

क्योंकि पाँच जून से दस सितंबर तक — मैंने जो जिया — वो मेरे बाकी पच्चीस बरस से ज़्यादा था।

और बनारस ने — बनारस ने मुझे ये याद दिलाया।

अगले दिन — हम उसके दोस्त से मिलने गए।

रोहित।

उसका बचपन का दोस्त। यूनिवर्सिटी में साथ।

रोहित ने मुझे देखा — हँसा — "तो ये है वो जो इसकी ज़िंदगी बदल रही है।"

मैं झेंप गयी।

"क्यों?" मैंने पूछा। "क्या बदला?"

"बहुत कुछ।" रोहित ने कहा। "ये पहले जैसा नहीं रहा।"

"कैसा था पहले?"

"उदास।"

मैंने उसकी तरफ़ देखा।

वो शरमा गया।

"कोई उदास नहीं था।" उसने कहा।

"अरे यार।" रोहित हँसा। "उदास था। घर से परेशान रहता था।"

घर से परेशान।

ये शब्द — मेरे कानों में — पहली बार एक झंडे की तरह उठे।

"घर से परेशान।"

क्यों?

क्या है उसके घर में?

उसने कभी बताया नहीं था।

"घर से?" मैंने रोहित से पूछा।

रोहित ने उसकी तरफ़ देखा।

उसका चेहरा बदला।

रोहित समझ गया — कुछ ग़लत कह दिया।

"अरे, यूँ ही। सब के घरों में ड्रामा चलता है। कुछ ख़ास नहीं।"

"हाँ।" उसने कहा। "कुछ ख़ास नहीं।"

पर ख़ास था।

मैं जानती थी।

पर मैंने नहीं पूछा।

क्योंकि हमारी *deal* थी।

"तुम्हें पूछने का हक़ नहीं।"

पर — पर उस शाम — उस रात — मुझे एक छोटी सी बेचैनी हुई।

पहली बार मुझे लगा — शायद ये *deal* अच्छी नहीं।

शायद प्यार में — कुछ बातें — पूछनी ज़रूरी होती हैं।

क्योंकि जो बातें छुपी रहती हैं — वो बड़ी होती जाती हैं।

और एक दिन — इतनी बड़ी — कि दो लोगों के बीच नहीं समा सकतीं।

रोहित गया।

हम कमरे में वापस आए।

उसने कहा — "जान्वी।"

"हाँ।"

"रोहित से जो सुना — उस पर ध्यान मत देना।"

"हाँ?"

"घर में सब ठीक है।"

"हाँ।"

"बस — कभी-कभी — परेशानियाँ आती हैं। पर बड़ी नहीं।"

"हाँ।"

"समझ रही हो?"

मैंने सर हिलाया।

पर अंदर से — अंदर से मुझे लग रहा था — वो मुझे सब नहीं बता रहा।

और — अजीब बात है — मुझे पता था क्यों।

क्योंकि अगर मुझे पता चलता — तो मैं डरती।

और वो नहीं चाहता था मैं डरूँ।

वो मुझे बचाना चाहता था।

जिस तरह मैं उसे बचाना चाहती थी — अपने सच से।

हम दोनों — एक-दूसरे को बचा रहे थे।

पर सच — सच को जब बचाना होता है — तो वो और बड़ा होता है।

और एक दिन — सच — बचाने वाले के घर पर क़ब्ज़ा कर लेता है।

पर उस वक़्त — उस पल — मैंने सोचा — "ठीक है।"

"ठीक है — उसकी अपनी परेशानियाँ हैं। वो सँभाल लेगा। मुझे ज़रूरत नहीं।"

ये मेरी सबसे बड़ी ग़लतियों में से एक थी।

क्योंकि प्यार में — परेशानियाँ — "उसकी" या "मेरी" नहीं होतीं।

दोनों की होती हैं।

जो इसे अलग रखते हैं — वो प्यार को बचाते नहीं।

वो उसे धीरे-धीरे मारते हैं।

तीसरे दिन — शाम को — उसकी माँ का फ़ोन आया।

वो बाहर गया बात करने के लिए।

मैं कमरे में रही।

पर दरवाज़ा हल्का खुला था।

और मुझे — बिना चाहते हुए — उसकी आवाज़ सुनायी दी।

"हाँ, माँ।"

कुछ देर।

"हाँ, पता है।"

कुछ देर।

"माँ — मैंने कहा था न — अभी नहीं।"

कुछ देर।

फिर — उसकी आवाज़ ऊँची हुई।

"नहीं, माँ। मैं — मैं किसी को पसंद करता हूँ।"

चुप्पी।

लंबी चुप्पी।

"हाँ।"

"नहीं।"

"माँ, सुनो।"

"नहीं, माँ। नहीं।"

"ठीक है। बाद में बात करते हैं।"

उसने फ़ोन काटा।

अंदर आया।

चेहरा — लाल।

आँखें — चमकीं।

मैंने कुछ नहीं पूछा।

वो बिस्तर पर बैठ गया। मेरे बग़ल में।

मेरे कंधे पर सर रखा।

पाँच मिनट — कुछ नहीं बोला।

फिर धीरे से कहा — "माफ़ करना।"

"किस बात के लिए?"

"जो तुमने सुना — शायद।"

"मैंने कुछ नहीं सुना।"

"झूठ।"

"हाँ, झूठ।"

हम हँसे।

एक थकी हुई हँसी।

"क्या था?" मैंने पूछा।

"माँ — माँ चाहती हैं कि मैं — शादी कर लूँ।"

मेरा दिल — बैठ गया।

"किसी से?"

"किसी से।"

"कौन?"

"नानी के गाँव के एक परिवार की लड़की। मुझे नहीं पता। मिली नहीं उनसे।"

"और?"

"और मैंने कहा — नहीं।"

"क्यों?"

उसने मेरी तरफ़ देखा।

"क्योंकि मैं तुमसे प्यार करता हूँ।"

मेरे आँसू गिरे।

"तुमने बताया माँ को — मेरे बारे में?"

"नहीं।"

"क्यों?"

"क्योंकि — अभी वक़्त नहीं।"

"कब?"

"बाद में।"

"कब?"

"जान्वीं — सुनो।"

"हाँ।"

"मेरा घर — मेरा घर थोड़ा अलग है।"

"कैसे?"

"बताऊँगा।"

"अभी नहीं?"

"अभी नहीं।"

ज़ोया जी।

ज़ोया जी, इस बात पर — मुझे पहली बार — उससे — एक बात पर गुस्सा आया।

"अभी नहीं।"

वो हर बार — "अभी नहीं।"

घर के बारे में — अभी नहीं।

परेशानियों के बारे में — अभी नहीं।

शादी के बारे में — अभी नहीं।

माँ को बताने के बारे में — अभी नहीं।

"अभी नहीं" के पीछे — एक पूरा वक़्त जमा हो रहा था।

और एक दिन — एक दिन — वो वक़्त फटेगा।

पर उस रात — मैंने कुछ नहीं कहा।

क्योंकि मैं भी — मैं भी हर चीज़ में — "अभी नहीं" कह रही थी।

पापा के बारे में — अभी नहीं।

बचपन के बारे में — अभी नहीं।

क्यों मरना चाहती थी — अभी नहीं।

हम दोनों के पास — अपने-अपने "अभी नहीं" थे।

और दोनों — एक-दूसरे की "अभी नहीं" की इज़्ज़त कर रहे थे।

पर इज़्ज़त भी — कभी-कभी — बहुत महँगी पड़ती है।

उस रात उसने मुझे गले लगाया।

बहुत कस के।

जैसे — जैसे कहीं जाने से डर रहा हो।

"जान्वी।"

"हाँ।"

"एक बात पूछूँ?"

"हाँ।"

"अगर — अगर कल — मेरी माँ — मुझसे कहें — 'इसे छोड़ दो' — तो तुम क्या करोगी?"

मेरा दिल रुका।

"तुम क्या करोगे?" मैंने पूछा।

"मैं — मैं नहीं छोड़ूँगा।"

"पक्का?"

"पक्का।"

"पर — अगर ज़िद करें?"

"तो भी नहीं।"

"क्या तुम — क्या तुम माँ से लड़ सकते हो?"

वो चुप।

लंबी चुप्पी।

फिर बोला — "पता नहीं।"

"पता नहीं?"

"मैंने — मैंने अपनी माँ से कभी कोई लड़ाई नहीं लड़ी, जान्वी।"

"कभी नहीं?"

"नहीं।"

"तो?"

"तो — अगर तुम — तुम मुझसे कहोगी — 'उनसे लड़ो' — तो मैं — मैं — कोशिश करूँगा।"

"कोशिश करूँगा।"

ज़ोया जी।

ये — ये चौथी बार थी — जब उसने मुझसे कुछ ऐसा कहा जो पूरी तरह से पक्का नहीं था।

पहला — "कुछ नहीं।"

दूसरा — "अभी नहीं।"

तीसरा — "बाद में।"

चौथा — "कोशिश करूँगा।"

इन सब में एक बात *common* थी।

पक्का नहीं।

पर उस वक़्त — मुझे प्यार इतना था कि मुझे ये *common* नहीं दिखा।

मुझे — सिर्फ़ — उसका चेहरा दिखा।

उसकी परेशानी।

और मैं — पंद्रह बरस के *trauma* के बावजूद — उस पर दया कर रही थी।

क्योंकि उसकी आँखों में — उस पल — एक बच्चा बैठा था।

जो अपनी माँ से डरता था।

और मेरी पूरी ज़िंदगी — मैं अपने पापा से डरी थी।

तो जब उसका डर दिखा — मैंने कहा — "ठीक है।"

"ठीक है। हम कर लेंगे।"

"कोशिश करेंगे।"

पर — ज़ोया जी — दो डरे हुए बच्चे — एक बड़ी लड़ाई नहीं जीत सकते।

दो डरे हुए बच्चे — एक-दूसरे का हाथ पकड़ सकते हैं।

पर दुनिया के सामने — वो हाथ — छूट जाते हैं।

ये मुझे बाद में समझ आया।

बहुत बाद में।

जब हाथ — सच में — छूट चुके थे।

पाँच दिन बनारस में।

कुछ दिन ख़ूबसूरत।

कुछ — भारी।

पर मुझे — मुझे ख़ूबसूरत ज़्यादा याद हैं।

क्योंकि जब प्यार हो रहा हो — तो आप भारी को अनदेखा करते हैं।

और अनदेखा करना — कभी-कभी — एक दवा होती है।

कभी-कभी — एक ज़हर।

उस वक़्त — उस वक़्त — मैं नहीं समझ पायी थी कि मेरी दवा क्या थी। और ज़हर क्या।

मुझे बस लगा — मैं ज़िंदा हूँ।

और कोई मेरे साथ है।

और पहली बार — पच्चीस बरस में — मेरे पास एक भविष्य था।

एक धुंधला।

पर था।

आख़िरी दिन।

वापस स्टेशन।

उसने मुझे गले लगाया।

बहुत कस के।

"जान्वी।"

"हाँ।"

"जो भी हो — तुम रहोगी न?"

"हाँ।"

"पक्का?"

"पक्का।"

"कुछ भी हो जाए।"

"कुछ भी हो जाए।"

"मैं भी — मैं भी कभी नहीं जाऊँगा।"

मैंने उसकी आँखों में देखा।

"पक्का?"

"पक्का।"

पर ज़ोया जी — उस पल — उसकी आँखों में — मुझे एक चीज़ दिखी।

जो पहले नहीं दिखी थी।

डर।

अपने प्यार के टूटने का नहीं।

अपने घर के टूटने का।

और जब — जब कोई अपने घर के टूटने से डरता है — तो वो एक दिन — अपने प्यार को छोड़ देता है।

घर बचाने के लिए।

ये मुझे — उस पल — समझ नहीं आया।

पर डायरी में — उस रात — इलाहाबाद वापस आकर — मैंने लिखा —

"उसकी आँखों में आज कुछ और भी था।"

"कुछ — जो मैं पहले नहीं देखी थी।"

"डर।"

"पर किस चीज़ का?"

"नहीं पता।"

"पर — कुछ है। कुछ ऐसा — जो हमारे बीच नहीं आया अभी। पर आएगा।"

"आएगा। पर कब — मुझे नहीं पता।"

"बस — मुझे तैयार रहना है।"

"पंद्रह बरस पहले — मुझे तैयार नहीं होना था। क्योंकि मैं दस की थी।"

"अब — अब मैं पच्चीस की हूँ।"

"अब मुझे तैयार रहना है।"

"क्योंकि कुछ आ रहा है।"

"और मुझे पता नहीं क्या।"

"पर — जो भी हो — मैं खड़ी रहूँगी।"

"क्योंकि मैंने एक बार मरना चुना था।"

"और मौत — मौत से बचा दिया एक लड़के ने।"

"अब — जो भी आए — मैं उस लड़के के लिए खड़ी रहूँगी।"

"बस मुझे — मुझे पता नहीं — क्या वो भी — मेरे लिए खड़ा रहेगा?"

"पता चलेगा।"

"वक़्त पर।"

* * *

नाम मत पूछना उसका

अध्याय ग्यारह

वो जो नहीं कहा गया

"कुछ बातें — आप साल भर अंदर रखते हैं। कुछ बातें — दस साल। और कुछ बातें — आप सोचते हैं — कभी नहीं कहेंगे। पर एक रात आती है — जब आप के पास सिर्फ़ दो रास्ते होते हैं — या तो उन बातों को बोल दें। या उन्हें ले कर चले जाएँ — हमेशा के लिए।"

ज़ोया जी।

अब वो हिस्सा आता है जिसे लिखने में आपको रुकना होगा।

मुझे रुकना पड़ा था — सुनाते हुए। आपको रुकना होगा — लिखते हुए।

क्योंकि ये वो रात है जब मैंने पंद्रह बरस की चुप्पी तोड़ी।

और कुछ चुप्पियाँ जब टूटती हैं — तो उनकी आवाज़ कमरों की दीवारों में रहती है।

बहुत साल तक।

शायद हमेशा।

नवंबर। दो हज़ार सोलह।

बनारस से लौटे एक महीना हो गया था।

उन एक महीने में — फ़ोन कॉल्स बदल गयीं।

पहले — पैंतालीस-पचास बार दिन में।

अब — पाँच-छह।

पहले — हर बात।

अब — कुछ बातें कही जातीं। कुछ छोड़ दी जातीं।

पहले — रात ग्यारह बजे शुभ रात्रि वाली कॉल — चालीस मिनट।

अब — पाँच मिनट।

"थका हूँ।"

"सो जाओ।"

"हाँ।"

"शुभ रात्रि।"

"शुभ रात्रि।"

बस।

ज़ोया जी, जब प्यार खाने का स्वाद बदलता है — तो आप सबसे पहले जानते हैं।

आप पाँच साल का प्यार नहीं — पाँच महीने का प्यार भी पहचानते हैं।

उसमें मैं माहिर हूँ।

क्योंकि मेरे पास तुलना के लिए कुछ और था ही नहीं।

पाँच महीने का प्यार — मेरी पूरी ज़िंदगी थी।

और जब वो बदलने लगा — तो मैं सबसे पहले जानती थी।

पर मैंने मुँह नहीं खोला।

क्योंकि अगर मुँह खोलती — तो जो डर था — वो सच हो जाता।

तो मैंने डर को अंदर रखा।

और मुस्कुराती रही।

"हाँ, सो जाओ।"

"हाँ, मैं भी थक गयी।"

"हाँ, कल बात करेंगे।"

झूठ।

झूठ।

झूठ।

बीस नवंबर।

रविवार।

रात के आठ बजे।

उसका फ़ोन आया।

"जान्वी।"

"हाँ।"

"मुझे — मुझे एक बात बतानी है।"

मेरा दिल बैठा।

"बोलो।"

"मैं — मैं कल आ रहा हूँ। इलाहाबाद।"

"अच्छा।"

"पर — पर मिलने नहीं।"

"मतलब?"

"मेरी एक मामी आ रही हैं — दिल्ली से। उनकी ट्रेन बदलनी है इलाहाबाद से। मुझे उन्हें *receive* करना है। फिर साथ में बनारस वापस।"

"कितनी देर?"

"तीन-चार घंटे का *gap* है।"

"तो — तो मिल सकते हैं इन तीन-चार घंटों में?"

"नहीं।"

"क्यों?"

"मामी हैं — साथ। उनके सामने नहीं मिल सकता।"

"अच्छा।"

"बस तुम्हें बताना था — कि मैं आ रहा हूँ। पर मिल नहीं पाऊँगा।"

मैं चुप रही।

बहुत देर।

"जान्वी?"

"हाँ।"

"नाराज़ हो?"

"नहीं।"

"पक्का?"

"पक्का।"

मैंने फ़ोन रख दिया।

ज़ोया जी।

ज़ोया जी, सुनिए।

तीन-चार घंटे।

इलाहाबाद में।

और मिलने नहीं आ रहा।

"मामी हैं।"

ये बहाना तब अच्छा होता — जब वो पहले मिलना चाहता।

पर वो — वो मिलना नहीं चाह रहा था।

और "मामी" — सिर्फ़ एक नाम था।

असली बात कुछ और थी।

असली बात ये थी — कि उसकी ज़िंदगी में मेरी जगह — धीरे-धीरे — कम हो रही थी।

उसकी आवाज़ में अब वो प्यार नहीं था।

उसकी आवाज़ में अब एक बोझ था।

"जान्वी से कैसे निकलूँ?" वाला बोझ।

ये मुझे — उसी रात — सब समझ आ गया।

पर मैं इसे मानने को तैयार नहीं थी।

तो मैंने अपने आप से कहा — "नहीं। ये मेरा वहम है।"

"वो थका है।"

"घर में परेशानी है।"

"दिवाली के बाद सब ठीक होगा।"

"बस — दिवाली तक।"

दिवाली बीस दिन पहले बीत गयी थी।

पर मैंने अपने से कहा — "अगली दिवाली तक।"

औरतें — हम औरतें — अपने आप से कितना झूठ बोल सकती हैं, ज़ोया जी।

असीम।

असीम।

मैंने उसी रात फिर फ़ोन किया।

"हाँ।"

"मैं — मैं स्टेशन आ जाऊँगी।"

"क्या?"

"कल।"

"नहीं, जान्वी।"

"क्यों नहीं?"

"मामी हैं।"

"मैं दूर खड़ी रहूँगी।"

"नहीं।"

"पाँच मिनट के लिए।"

"नहीं।"

"बस तुम्हें देख लूँ। दूर से।"

"जान्वी।"

"हाँ?"

"मैं — मैं नहीं चाहता तुम स्टेशन आओ।"

"क्यों?"

"बस। नहीं चाहता।"

मैं रुक गयी।

"मैं नहीं चाहता तुम स्टेशन आओ।"

ज़ोया जी, ये एक नया वाक्य था।

अभी तक — हर बात में — वो मुझसे कहता था — "जैसा तुम चाहो।"

आज — पहली बार — उसने अपनी मर्ज़ी रखी।

मेरी मर्ज़ी से अलग।

और जब प्यार में दो लोगों की मर्ज़ियाँ अलग हो जाएँ — तो प्यार ख़त्म नहीं होता।

पर उसकी जड़ें — हिलने लगती हैं।

"ठीक।" मैंने कहा। "नहीं आऊँगी।"

"धन्यवाद।"

"धन्यवाद?"

"मेरा — मेरा मतलब — समझने के लिए।"

मैंने फ़ोन रख दिया।

मेरी आँखों से आँसू गिरे।

मैं ज़ोर से रोयी।

बहुत ज़ोर से।

पंद्रह बरस की दबी हुई रुलाई — पाँच जून की रात निकली थी।

आज — आज एक नयी रुलाई ।

प्यार के टूटने की ।

और इस रुलाई में — एक अलग दर्द है, ज़ोया जी ।

trauma का दर्द — आप के अंदर पैदा होता है ।

प्यार के टूटने का दर्द — आप के अंदर मरता है ।

पैदा होने और मरने में — मरने में — ज़्यादा दर्द है ।

क्योंकि पैदा होने वाली चीज़ — कभी थी नहीं ।

मरने वाली चीज़ — कभी ज़िंदा थी ।

इक्कीस नवंबर ।

मैं स्टेशन गयी ।

हाँ — गयी ।

जब उसने कहा था — "नहीं चाहता तुम आओ" — मैंने कहा था — "नहीं आऊँगी ।"

मैंने झूठ बोला था ।

औरत का पहला झूठ — जब उसका प्यार मरने लगता है — वो "हाँ, ठीक है" वाला होता है ।

जब उसके अंदर "नहीं, मुझे चाहिए" चीख़ रहा होता है ।

मैं स्टेशन गयी ।

प्लेटफ़ॉर्म नंबर तीन । उसकी ट्रेन वहीं आनी थी ।

मैं — मैं प्लेटफ़ॉर्म पर नहीं गयी । बाहर रही — एक कोने में — एक खंभे के पीछे ।

जहाँ से मैं उसे देख सकती थी ।

पर वो मुझे नहीं ।

ट्रेन आयी ।

वो उतरा ।

उसके साथ — एक औरत।

लंबा सूट। चमकदार साड़ी। चालीस की उम्र।

मामी — हाँ। शायद। मुझे नहीं पता।

पर उसके साथ — एक और कोई था।

एक लड़की।

मेरी उम्र की।

लंबे बाल। पीला सूट। मुस्कुराती हुई।

वो भी ट्रेन से उतरी।

और — और उसके पास खड़ी हो गयी।

जैसे — जैसे वो उसी के साथ आयी हो।

मेरी साँसें रुक गयीं।

ज़ोया जी।

ज़ोया जी, मुझे बताइए।

उस पल — उस एक पल — मैं क्या सोचूँ?

मामी के साथ एक लड़की थी।

शायद उनकी बेटी थी।

शायद कोई दूर की रिश्तेदार।

शायद वो लड़की — जिसका ज़िक्र उसकी माँ ने किया था बनारस में।

"नानी के गाँव की एक लड़की।"

शायद।

शायद नहीं।

पर मेरे दिमाग़ में — एक ही बात आयी।

"वो लड़की उसके साथ है।"

और मैं — मैं खंभे के पीछे — एक अजनबी।

उसकी ज़िंदगी में — मैं अदृश्य।

मैंने देखा।

वो उन दोनों के साथ — स्टेशन से बाहर निकला।

मामी आगे थीं।

लड़की पीछे — उसके साथ।

और चलते-चलते — एक पल — एक ही पल — उसने उस लड़की की तरफ़ देखा।

मुस्कुराया।

बस मुस्कुराहट थी।

कुछ ख़ास नहीं।

पर वो मुस्कुराहट — मेरे लिए — काफ़ी थी।

उस मुस्कुराहट में — वो मेरी मुस्कुराहट थी।

जो उसने मुझे — सब्ज़ी मंडी में — पहली बार दी थी।

वो मुस्कुराहट जो — गंगा के किनारे — चाय की दुकान पर — मेरे लिए थी।

वो मुस्कुराहट — आज — एक और लड़की के लिए।

वो मुस्कुराहट का मालिक नहीं था।

मैं नहीं थी। और वो लड़की भी नहीं।

वो मुस्कुराहट — उसकी अपनी थी।

पर उस पल — मेरे लिए — वो मुस्कुराहट चुरायी गयी थी।

मेरे से।

किसी और के लिए।

मैं स्टेशन से निकली।

रिक्शा लिया।

घर आयी।

बिस्तर पर लेटी।

और — कुछ नहीं किया।

रोयी नहीं।

खाना नहीं खाया।

फ़ोन नहीं उठाया।

बस — लेटी रही।

पंद्रह घंटे।

रात के दस बजे।

उसका फ़ोन आया।

"जान्वी।"

"हाँ।"

"कहाँ हो?"

"घर पर।"

"फ़ोन क्यों नहीं उठा रही थी?"

"थक गयी थी।"

"अच्छा।"

"बनारस पहुँच गए?"

"हाँ।"

"मामी ठीक से?"

"हाँ।"

"और — और कोई था साथ?"

रुक गया।

लंबी चुप्पी।

"जान्वी।"

"हाँ।"

"तुम — तुम स्टेशन आयीं?"

मेरी आँखें भरीं।

"हाँ।"

"क्यों?"

"क्योंकि — क्योंकि मुझे तुम्हें देखना था।"

"देखा?"

"हाँ।"

लंबी चुप्पी।

"जान्वी।"

"हाँ।"

"वो — वो मामी की भतीजी थी।"

"अच्छा।"

"उसका — उसका नाम मेरी माँ ने लिया था।"

"अच्छा।"

"शादी के लिए।"

"अच्छा।"

"पर — पर मैंने माँ से कहा — मुझे नहीं करनी।"

"अच्छा।"

"जान्वी।"

"हाँ।"

"कुछ बोलो।"

मैंने एक लंबी साँस ली।

"क्या बोलूँ?"

"कुछ भी।"

"तुम — तुम उससे मिले बनारस में?"

"हाँ।"

"क्यों?"

"क्योंकि — मामी आयी थीं हमारे घर। उनके साथ वो भी आयी।"

"अच्छा।"

"पर मैंने — मैंने कुछ नहीं किया, जान्वी।"

"मुस्कुराए तुम।"

"क्या?"

"स्टेशन पर। एक पल। मुस्कुराए।"

"जान्वी।" उसकी आवाज़ काँपी। "वो — वो साधारण मुस्कुराहट थी।"

"मुझे पता है।"

"फिर?"

"फिर भी।"

"फिर भी क्या?"

"फिर भी — दर्द हुआ।"

लंबी चुप्पी।

फिर उसने कहा — "जान्वी, मुझे माफ़ करो।"

"किस बात के लिए?"

"मुझे — मुझे लगा था — तुम नहीं आओगी।"

"लगा था या चाहा था?"

"चाहा था।"

"क्यों?"

"क्योंकि — मैं नहीं चाहता था तुम्हें ये देखना पड़े।"

"क्यों?"

"क्योंकि — ये दर्द देता है।"

"अच्छा।"

"जान्वी।"

"हाँ।"

"मेरी ज़िंदगी अभी — अभी थोड़ी मुश्किल है।"

"हाँ।"

"घर में परेशानी है।"

"हाँ।"

"और मैं — मैं चाहता हूँ — कुछ दिन — हम — हम थोड़ी दूरी रखें।"

मेरी सारी साँसें — एक पल में — बंद हो गयीं।

"दूरी?" मैंने पूछा।

"हाँ।"

"कितनी?"

"कुछ हफ़्ते।"

"क्यों?"

"क्योंकि — मुझे — कुछ चीज़ें ठीक करनी हैं।"

"क्या चीज़ें?"

"घर वाली।"

"मुझसे दूर रह कर?"

"हाँ।"

"क्यों?"

"क्योंकि — अभी तुम्हारे पास होना — मेरे लिए — मुश्किल है।"

मैं चुप।

बहुत देर।

"तुम छोड़ रहे हो मुझे?" मैंने पूछा।

"नहीं।"

"फिर?"

"फिर — दूरी।"

"दूरी और छोड़ने में फ़र्क़?"

"बहुत बड़ा।"

"बताओ।"

"छोड़ना — हमेशा के लिए। दूरी — कुछ वक़्त के लिए।"

"और कुछ वक़्त बाद?"

"देखेंगे।"

"देखेंगे क्या?"

"देखेंगे — क्या होता है।"

"देखेंगे क्या होता है।"

ज़ोया जी।

"देखेंगे" शब्द — सबसे ख़तरनाक शब्दों में से एक है।

जब प्यार में कोई कहे "देखेंगे" — तो उसका मतलब है — उसने पहले ही देख लिया है।

उसने पहले ही — अपने अंदर — फ़ैसला कर लिया है।

अब वो बस — फ़ैसले का बोझ — आप पर डालना नहीं चाहता।

तो वो "देखेंगे" कहता है।

ताकि आप — आप ख़ुद थक जाओ।

ख़ुद रिश्ते से बाहर निकल जाओ।

और वो — एक झूठा शराफ़तदार बना रहे।

"मैंने नहीं छोड़ा। हम — हम बस — दूर हो गए।"

ये पुरुषों का सबसे पुराना ट्रिक है।

ये पाँच हज़ार साल पुराना है।

और हर पीढ़ी की लड़कियाँ — इसे पहचानने में देर लगाती हैं।

पर मैं — मैं तुरंत पहचान गयी।

क्योंकि मेरे पास *trauma* था।

Trauma एक बात देता है — आप झूठ बहुत जल्दी पहचानते हैं।

क्योंकि आप झूठों के बीच पले-बढ़े हैं।

"समझ गयी।" मैंने कहा।

"क्या समझ गयी?"

"तुम — तुम छोड़ रहे हो मुझे।"

"नहीं।"

"हाँ।"

"नहीं, जान्वी।"

"फिर — फिर एक काम करो।"

"क्या?"

"मुझे आज मिलने आओ।"

"क्या?"

"आज। अभी।"

"जान्वी, मैं बनारस में हूँ।"

"पता है।"

"तीन घंटे लगेंगे।"

"पता है।"

"अभी रात के दस बज रहे हैं।"

"पता है।"

"मैं कैसे आऊँ?"

"पता नहीं।"

"पागल हो?"

"हाँ।"

"जान्वी।"

"हाँ।"

"मैं — मैं नहीं आ सकता आज।"

"फिर?"

"फिर — कल।"

"नहीं।"

"क्या नहीं?"

"मुझे — मुझे आज तुम्हें — एक बात बतानी है।"

"क्या?"

"फ़ोन पर नहीं।"

"फिर?"

"आमने-सामने।"

"कब?"

"आज।"

"क्यों आज?"

"क्योंकि — अगर आज नहीं — तो कभी नहीं।"

"क्यों?"

"क्योंकि — कुछ बातें — एक बार ही कही जाती हैं।"

"और ये बात?"

"ये बात — मैं — मैं तुम्हें छोड़ने से पहले — कहना चाहती हूँ।"

लंबी चुप्पी।

"छोड़ने?" उसने कहा।

"हाँ।"

"तुम मुझे छोड़ रही हो?"

"नहीं।"

"फिर?"

"बस — कुछ बातें — मैंने तुम्हें कभी नहीं बतायीं। और अगर मैंने आज नहीं बतायीं — तो शायद कभी नहीं बता पाऊँगी।"

"जान्वी।"

"हाँ।"

"क्या ये — क्या ये वो हैं — जो तुमने कहा था — एक दिन बताओगी?"

"हाँ।"

लंबी चुप्पी।

बहुत लंबी।

फिर — उसने कहा — "मैं आ रहा हूँ।"

"पक्का?"

"पक्का।"

"कैसे?"

"रात की कोई गाड़ी पकड़ता हूँ।"

"पर — मामी?"

"छोड़ो मामी।"

"पर — माँ?"

"छोड़ो।"

"पक्का?"

"पक्का।"

"कब आ रहे हो?"

"सुबह तक पहुँच जाऊँगा।"

"मैं — मैं स्टेशन पर मिलूँगी।"

"नहीं।"

"क्यों?"

"क्योंकि — मुझे पहले एक काम करना है।"

"क्या?"

"होटल में रूम लेना है।"

"क्यों?"

"क्योंकि — हम तुम्हारे घर पर तो नहीं मिल सकते। पापा हैं।"

"हाँ।"

"और घाट पर — सर्दी में — रात भर बात नहीं हो सकती।"

"हाँ।"

"तो होटल। एक छोटा सा। शहर के बाहर।"

"पैसे?"

"मेरे पास हैं।"

"पक्का?"

"पक्का।"

"मैं — मैं कैसे पहुँचूँ?"

"मैं तुम्हें *address* भेजूँगा।"

"पापा?"

"बता देना — पूजा है रात-भर।"

"हाँ।"

"जान्वी।"

"हाँ।"

"घबराओ नहीं।"

"नहीं घबराई।"

"पक्का?"

"पक्का।"

"और — एक बात।"

"हाँ?"

"जो भी बताओगी — जो भी हो — मैं रहूँगा।"

मेरी आँखें भर आयीं।

"पक्का?"

"पक्का।"

रख दिया फ़ोन।

बाईस नवंबर।

सुबह आठ बजे।

होटल — शहर के बाहर — एक पुराने इलाक़े में। एक छोटी सी जगह। दो मंज़िल। पुराने पंखे। एक टीवी। एक बिस्तर।

मैं पहुँची।

वो वहाँ था।

बिना नहाया। थका हुआ। आँखें लाल।

मुझे देखा।

गले लगाया।

बहुत कस के।

जैसे — जैसे — बहुत दूर से लौटा हो।

"तुम — तुम सोयी नहीं।" उसने कहा।

"नहीं।"

"तुम — कमज़ोर लग रही हो।"

"मैं ठीक हूँ।"

"बैठो।"

मैं बिस्तर पर बैठी।

वो पास।

पर हाथ की दूरी।

जैसे वो जानता था — आज मुझे जगह चाहिए।

"बोलो।"

मैंने उसे देखा।

ज़ोया जी।

ज़ोया जी, अब रुकिए।

अब आपको कलम रख कर — पानी पीना होगा।

क्योंकि अब आगे — आगे जो आ रहा है — उसे लिखने के लिए — आपको तैयार होना होगा।

आपने पूछा था — क्यों?

क्योंकि — पंद्रह बरस।

पंद्रह बरस तक — मेरी ज़बान पर — एक दीवार थी।

उस दीवार को तोड़ने में — मुझे एक रात लगी।

उस दीवार को लिखने में — आपको — एक पल — रुकना होगा।

मैंने एक लंबी साँस ली।

"मैं — मैं तुम्हें — एक बात बतानी है।"

"हाँ।"

"पर — पहले — पहले मुझे एक बात पूछनी है।"

"हाँ।"

"अगर — अगर मैं ये बात बताऊँ — और तुम — तुम मुझे एक अलग नज़र से देखो — तो — तो मैं इसे सह नहीं पाऊँगी।"

वो रुका।

"जान्वी।"

"हाँ।"

"मैं — मैं तुम्हें कैसे भी देखूँ — कोई भी नज़र से — पर एक बात पक्की है।"

"क्या?"

"मेरी नज़र — तुम्हारी नज़र से — कम नहीं होगी।"

"मतलब?"

"मतलब — तुम जिस लड़की को आईने में देखती हो — उसी लड़की को मैं भी देखूँगा। न ज़्यादा। न कम।"

मेरी आँखें भर आयीं।

"पर अगर — अगर तुम्हें लगे — कि वो लड़की पहले से अलग है?"

"तो भी मैं उसे देखूँगा। उसी तरह। क्योंकि — क्योंकि वो — वो जान्वी है।"

मैंने सर हिलाया।

"ठीक।"

"बोलो।"

मैंने पीछे झुक कर — दीवार से सर लगा लिया।

आँखें बंद कीं।

और — पंद्रह बरस के बाद — पहली बार — किसी के सामने — बोला।

"मैं दस साल की थी।"

"हाँ।"

"माँ — माँ नहीं थीं उस वक़्त। दादी की तबीयत ख़राब थी। माँ गाँव गयी थीं।"

"हाँ।"

"दीदी — दीदी ननिहाल। आदर्श — आदर्श बहुत छोटा था। मामी अपने पास ले गयी थीं।"

"हाँ।"

"और मैं — मैं पापा के साथ थी।"

"हाँ।"

"पहाड़ों में।"

"हाँ।"

"पापा की पोस्टिंग थी वहाँ। एक छोटा सा कस्बा। पिथौरागढ़ के पास नहीं। किसी और तरफ़।"

"हाँ।"

"एक पुराना सरकारी घर। दो कमरे। एक बड़ी खिड़की। खिड़की के बाहर — एक देवदार का पेड़।"

मेरी आवाज़ काँपी।

मैंने रुक के — एक साँस ली।

"बोलो।" उसने कहा। बहुत नर्म।

"पापा — पापा शुरू में ठीक थे।"

"हाँ।"

"कुछ हफ़्ते।"

"हाँ।"

"फिर — फिर एक रात — पापा देर से आए। शराब पी कर।"

"हाँ।"

"मैं सो रही थी।"

"हाँ।"

"उन्होंने मेरे कमरे का दरवाज़ा खोला।"

मेरी आँखें — बंद।

मैं अब भी देख सकती थी।

खिड़की — बाहर देवदार।

दरवाज़ा — खुलना।

जूतों की आहट।

मेरी साँस — छोटी।

मेरे शरीर का — जम जाना।

"और — और उन्होंने —"

मैं रुकी।

वो बोला नहीं।

बस — वहीं था।

बहुत देर — कुछ नहीं कहा।

फिर — मैंने आँखें खोलीं।

उसकी तरफ़ देखा।

और — पहली बार — एक शब्द में — सब कुछ कह दिया।

"पापा ने — पापा ने मुझे छुआ।"

बस।

"पापा ने मुझे छुआ।"

ज़ोया जी।

ज़ोया जी, ये पाँच शब्द।

पंद्रह बरस।

पाँच शब्द।

हज़ारों रातें।

पाँच शब्द।

सौ हज़ार बार रोना।

पाँच शब्द।

तीन बार आत्महत्या की कोशिश।

पाँच शब्द।

आठ महीने पहले एक स्टेशन पर — एक डायरी में लिखा — "कोई किसी का ज़िम्मेदार नहीं।"

पाँच शब्द।

"पापा ने मुझे छुआ।"

दुनिया का सबसे छोटा वाक्य।

दुनिया का सबसे भारी वाक्य।

और जब वो मेरी ज़बान से निकला — तो मेरे अंदर — कुछ खुला।

एक पुराना ताला।

जो दस साल से बंद था।

उसकी आँखें — फट गयीं।

ज़ोया जी, मैंने पहले कभी किसी की आँखें इस तरह नहीं देखीं।

कोई पहले — किसी इंसान को सच में टूटते हुए — मेरी आँखों के सामने।

वो हिला नहीं।

बोला नहीं।

बस — एक आँसू — एक — उसकी आँख से गिरा।

फिर — दूसरा।

फिर — पूरी आँखों से।

वो रोने लगा।

बिना आवाज़।

बस — आँसू।

मैं चुप।

देखती रही।

ज़ोया जी, मैंने सोचा था — अगर ये मैंने उसे बताया — तो वो भागेगा।

या — सहानुभूति देगा। एक तरह की।

"बेचारी।"

"कितना बुरा।"

"मैं समझता हूँ।"

ये सब झूठ — जो लोग देते हैं — जब उन्हें कुछ कहना नहीं आता।

पर वो — उसने कुछ नहीं कहा।

वो रोया।

मेरे लिए।

मेरे एक "हाँ" के लिए — जो दस साल पहले — एक छोटी सी लड़की ने नहीं दिया था।

पर जो बहरहाल हो गया था।

वो रो रहा था — एक ऐसी बच्ची के लिए — जिसे वो जानता भी नहीं था।

जो दस साल पहले — एक देवदार वाली खिड़की के नीचे — जम गयी थी।

और जिसकी जमी हुई परछाई — आज भी — मेरे अंदर बैठी थी।

उसके आँसू — मेरे आँसू बन गए।

वो मेरे लिए रोया।

और मैं — मैं उसके लिए रोयी।

क्योंकि एक मर्द — जब अपनी प्रेमिका के दर्द के लिए रोए — तो वो मर्द भी मर्द नहीं रहता।

वो — एक बच्चा हो जाता है।

और दो बच्चे — जो दर्द में हों — वो एक-दूसरे के लिए रो सकते हैं।

हम वही थे।

दो बच्चे।

एक होटल के कमरे में।

चौबीस-पच्चीस की उम्र में।

एक पुराने कमरे का दर्द — एक नये कमरे में बहाते हुए।

बहुत देर बाद — उसने मुझसे पूछा —

"कब तक?"

"क्या?"

"वो — कब तक हुआ?"

"पहाड़ों में — एक साल। फिर बरसों तक — रुक-रुक कर।"

उसकी आँखें फिर भर आयीं।

"रोज़?"

"लगभग।"

"और — और कोई कुछ नहीं किया?"

"किसी को पता ही नहीं था।"

"माँ?"

"माँ गाँव में थीं।"

"लौटीं?"

"हाँ। एक साल बाद।"

"बतायीं माँ को?"

"नहीं।"

"क्यों?"

"पापा ने धमकी दी थी।"

"क्या?"

"कि अगर बतायी — तो माँ को सदमा लगेगा। माँ मर जाएँगी।"

उसकी आँखों में — एक आग आयी।

मैंने पहले कभी — किसी मर्द की आँखों में — ऐसी आग नहीं देखी थी।

ये आग — पापा के लिए थी।

"वो ज़िंदा है?"

"हाँ।"

"कहाँ?"

"घर पर।"

"मार दो।"

मेरा दिल — एक पल के लिए — रुका।

"क्या?"

"मार दो उसे।"

"क्या?"

"मैं मार दूँगा।"

मैंने उसे देखा।

उसकी आँखें — बच्ची नहीं रहीं अब।

वो — एक मर्द बन गया।

ज़ोया जी, ये दूसरा मर्द था जो मेरी ज़िंदगी में था।

पहला — मेरा बाप था।

दूसरा — ये।

और दोनों के बीच — पंद्रह बरस का फ़ासला था।

पहले मर्द ने — एक बच्ची को मारा।

दूसरा मर्द — उस बच्ची के लिए मरने को तैयार था।

"नहीं।" मैंने कहा।

"क्यों?"

"क्योंकि — तुम जेल जाओगे।"

"जाऊँगा।"

"और — और मैं — मैं फिर से अकेली।"

वो रुक गया।

"जान्वी।"

"हाँ।"

"मैं — मैं नहीं समझ पा रहा। ये कैसे — कैसे कोई बाप अपनी बच्ची के साथ —"

"बस।" मैंने कहा। "और मत कहो।"

"क्यों?"

"क्योंकि — ये सवाल — मैंने पंद्रह बरस — रोज़ अपने आप से पूछा है।"

"और जवाब?"

"कोई जवाब नहीं।"

"क्यों?"

"क्योंकि — कुछ चीज़ें — समझ से बाहर हैं।"

"पर — पर वो — वो हैवान है।"

"हाँ।"

"और दीदी? आदर्श?"

"पता नहीं।"

"मतलब?"

"दीदी की शादी हो गयी। आदर्श अभी छोटा था। पंद्रह का।"

"पर — अब?"

"अब क्या?"

"अब — पापा — दीदी की बेटी —"

मैं चुप।

बहुत चुप।

"वो डर मेरा भी है।" मैंने कहा।

"बताओ दीदी को।"

"नहीं।"

"क्यों?"

"क्योंकि — दीदी मुझ पर विश्वास नहीं करेंगी।"

"क्यों?"

"क्योंकि — पंद्रह साल हो गए।"

"तो?"

"तो लोग कहेंगे — 'अब क्यों बता रही है?' पहले क्यों नहीं?' क्या ज़रूरत?'"

"पर तुम — तुम बच्ची थीं!"

"हाँ। पर लोग तब भी पूछेंगे।"

"वो लोग ग़लत हैं।"

"हाँ।"

"फिर?"

"फिर — फिर — ये सवाल — ये सवाल मेरा है।"

उसने मुझे गले लगा लिया।

बहुत कस के।

बहुत देर तक।

बहुत देर बाद — वो बोला।

"जान्वी।"

"हाँ।"

"एक वादा।"

"क्या?"

"मैं — मैं तुम्हें कभी नहीं छोड़ूँगा।"

मेरी आँखें — फिर भर गयीं।

"पक्का?"

"पक्का।"

"माँ कह रही हैं — दूसरी लड़की।"

"छोड़ दो माँ को।"

"घर?"

"छोड़ दो घर।"

"बनारस?"

"छोड़ दो।"

"फिर कहाँ रहेंगे?"

"जहाँ तुम चाहो।"

"पक्का?"

"पक्का।"

"तुम — तुम घर छोड़ सकते हो?"

लंबी चुप्पी।

"हाँ।"

"तुम — तुम पहले कह रहे थे — घर छोड़ा नहीं जाता।'"

"वो — वो पहले की बात थी।"

"और अब?"

"अब — अब अगर घर — मेरी जान्वी को मार दे — तो वो घर — मेरा नहीं।"

मेरी आँखें — फिर बहीं।

ज़ोया जी।

ज़ोया जी, उस पल मुझे लगा — मैंने जीत ली।

पंद्रह बरस की लड़ाई।

पाँच महीने का प्यार।

आज — एक होटल के कमरे में — सब कुछ ठीक हो गया।

उसने वादा किया।

"मैं तुम्हें कभी नहीं छोड़ूँगा।"

और मैंने माना।

क्योंकि — क्योंकि उसकी आँखों में — उस पल — सच था।

असली सच।

पर — पर ज़ोया जी — सच — सच एक बहुत अजीब चीज़ है।

सच — एक पल का होता है।

और एक पल — एक पल — एक पूरी ज़िंदगी नहीं होता।

अगले महीने — सच — बदल सकता है।

अगले हफ़्ते — सच — अलग हो सकता है।

अगले दिन — सच — टूट सकता है।

उस पल — उस पल — उसने सच बोला था।

"मैं तुम्हें कभी नहीं छोड़ूँगा।"

पर ज़िंदगी — ज़िंदगी ने उसे एक और सच दिखाया।

एक — जो उसके माँ के होंठों पर था।

और जब वो दूसरा सच आया — तो वो होटल के कमरे का सच — गिर गया।

पर ये बात — ये बात उस पल नहीं हुई।

उस पल — हम दोनों — एक-दूसरे के थे।

पूरे।

और मैंने — पंद्रह बरस बाद — अपने पापा के बारे में — पहली बार — पूरा सच — किसी को बताया।

और उस इंसान ने — मुझे — एक बच्ची के तौर पर — स्वीकार किया।

उस बच्ची को — जो दस साल की थी।

और जो अब भी — मेरे अंदर — एक कोने में बैठी थी।

उस बच्ची को — पंद्रह बरस बाद — पहली बार — गले मिला।

उसके लिए रोया।

उसके लिए — एक पुराने इंसान को — मारने को तैयार हुआ।

उसके लिए — अपना घर छोड़ने को तैयार।

ये — ये काफ़ी था।

उस वक़्त।

उस पल।

हम — होटल में — पूरा दिन रहे।

बात की।

रोए।

हँसे।

सोए — एक-दूसरे की बाँहों में।

शाम को — मैं घर लौटी।

वो — रात की ट्रेन से बनारस।

जाने से पहले — उसने मेरा माथा चूमा।

बहुत देर तक।

"जान्वी।"

"हाँ।"

"आज मैं — मैं तुम्हारा हुआ। पूरा।"

"और मैं — मैं तुम्हारी।"

"अब — अब हम एक हैं।"

"हाँ।"

वो गया।

मैं घर आयी।

बिस्तर पर लेटी।

डायरी निकाली।

"बाईस नवंबर, दो हज़ार सोलह।"

"आज मैंने अपना सच बोला।"

"पंद्रह बरस बाद।"

"उसने सुना।"

"वो रोया।"

"उसने वादा किया — मैं नहीं छोड़ूँगा।'"

"मैंने माना।"

"और आज — आज मैं पंद्रह बरस की एक बच्ची से — पच्चीस बरस की एक औरत बन गयी।"

"क्योंकि एक बच्ची तब बनती है — जब कोई उसे सुने।"

"और एक औरत — एक औरत तब बनती है — जब वो ख़ुद को सुनती है।"

"मैंने — आज — दोनों किया।"

"उसने मुझे सुना।"

"और मैंने — मैंने ख़ुद को बोलते हुए — सुना।"

"दोनों आवाज़ें — पंद्रह बरस से — दबी हुई थीं।"

"दोनों — आज — आज़ाद।"

फिर — एक अलग पन्ने पर —

"पर एक डर है।"

"वादा — वादा एक पल का था।"

"क्या वो — क्या वो — कल भी — पक्का होगा?"

"पता नहीं।"

"पर मुझे — मुझे माँ की बात याद आयी।"

"माँ कहती थीं —"

"कुछ रातें ज़िंदगी भर का सहारा होती हैं।"

"भले बाक़ी ज़िंदगी टूट जाए।"

"वो रात — हमेशा रहेगी।"

"आज — आज वो रात मिली है मुझे।"

"अब — अब आगे जो हो।"

"मैंने — मैंने एक बार सच बोला।"

"एक इंसान — एक — एक इंसान ने मुझे सुना।"

"और उसने मेरे लिए रोया।"

"ये — ये पंद्रह बरस से कम नहीं।"

"ये बराबर है।"

"पंद्रह बरस की चुप्पी।"

"एक रात की सच्चाई।"

"बराबर।"

* * *

अध्याय बारह

ज़ोया की एक रात

"कभी-कभी हम दूसरों की कहानियाँ सुनते हैं — ताकि अपनी कहानी से बच सकें। पर एक दिन — कोई कहानी ऐसी आती है — जो हमें — हमारी अपनी कहानी की तरफ़ — धक्का दे देती है।"

जान्वी उठ कर चली गयी।

रात के नौ बज रहे थे।

कैफ़े बंद होने वाला था।

उसने कहा — "अगली बार — हम बात करेंगे — फिर।"

मैंने सर हिलाया।

वो दरवाज़े तक गयी।

रुकी।

पलटी।

मेरी तरफ़ देखा।

कुछ कहना चाहती थी।

फिर कुछ नहीं कहा।

बस — एक छोटी सी मुस्कुराहट।

और चली गयी।

मैं बैठी रही।

मेज़ पर।

लैपटॉप — बंद।

नोटबुक — बंद।

चाय — खाली कप।

और मेरे अंदर —

मेरे अंदर — सब कुछ खुला।

मैंने बिल भरा।

बाहर निकली।

दिल्ली की रात — दिसंबर की।

मुँह से भाप।

ओला बुक की।

बारह मिनट।

मैं सड़क के किनारे खड़ी हो गयी।

लोग गुज़र रहे थे।

एक जोड़ा — हाथ में हाथ। हँसते हुए।

एक आदमी — फ़ोन पर — चिल्ला रहा था।

एक कुत्ता — एक कोने में — सोया हुआ।

और मैं — मैं बीच में खड़ी थी।

पर वहाँ नहीं।

मेरा दिमाग़ — कहीं और था।

वो बारह साल की उम्र में।

एक कमरे में।

एक भूरे पर्दे के पास।

जहाँ एक मक्खी — पर्दे पर — बैठी थी।

बहुत साल से।

कभी उड़ी नहीं।

ओला आयी।

मैं बैठी ।

ड्राइवर ने कहा — "मैडम, गुड़गाँव ?"

"हाँ ।"

रास्ते में — मैंने आँखें बंद कीं ।

पर बंद आँखें — बंद नहीं हो रही थीं ।

बंद आँखों के पीछे — वो कमरा था ।

और इस बार — इस बार — कमरे में सिर्फ़ पर्दा नहीं था ।

कमरे में — एक छोटी सी ज़ोया थी ।

बारह साल की ।

स्कूल का यूनिफ़ॉर्म ।

बैग — बिस्तर पर ।

बाल — दो चोटियों में ।

और एक आदमी ।

जिसका चेहरा — मैंने पंद्रह बरस से — दिमाग़ से निकाल दिया था ।

जिसका नाम — मैंने पंद्रह बरस से — किसी से नहीं कहा था ।

जो — पंद्रह बरस से — मेरे अंदर — एक कोने में — रहता था ।

पर मेरे शरीर से बाहर ।

जैसे एक भूत ।

जो हर रात आता ।

पर मैं उसे देखती नहीं ।

बस उसकी आहट सुनती ।

मेरा घर आया ।

मैं उतरी ।

ड्राइवर ने कहा — "थैंक यू मैडम ।"

मैंने जवाब नहीं दिया।

बिल्डिंग में घुसी।

लिफ्ट ली।

आठवाँ माला।

घर का दरवाज़ा खोला।

अंदर आयी।

दरवाज़ा बंद किया।

और — दरवाज़े के पीछे — वहीं — मैं — गिर पड़ी।

ज़मीन पर।

घुटनों के बल।

और रोयी।

ज़ोर से नहीं।

बहुत नहीं।

बस — चुप-चुप।

जैसे — जैसे रोना — बहुत पुरानी बात हो।

जो — जो याद आ रही है।

जो होनी चाहिए थी।

बहुत पहले।

पर नहीं हुई।

उन्होंने जो मेरे साथ किया — मैं रोयी नहीं।

उसके बाद के साल — मैं रोयी नहीं।

स्कूल में — मैं रोयी नहीं।

कॉलेज में — मैं रोयी नहीं।

अपनी पहली किताब के बाद — जब रिव्यू अच्छे आए — मैं रोयी नहीं।

अपने प्रेमी के छोड़ने पर — तीन साल पहले — मैं रोयी नहीं।

माँ की एक बीमारी पर — पिछले साल — मैं रोयी नहीं।

मैं — मैं रोना भूल गयी थी।

जैसे एक भाषा।

जो आप बचपन में बोलते थे।

फिर भूल गए।

फिर — कोई बहुत साल बाद — आपको दोबारा सिखा रहा है।

उस लड़की ने — जान्वी ने — आज मुझे रोना सिखाया।

उसने अपने अंदर का सच — मेरे सामने रखा।

और मेरा सच — मेरे अंदर — हिल गया।

अब वो — अब वो भी बाहर निकलना चाहता था।

दरवाज़े के पास।

घुटनों के बल।

मैं — मैंने अपने हाथ चेहरे पर रखे।

और — पहली बार — पंद्रह बरस में — मैंने अपने आप से कहा —

"मेरे साथ — मेरे साथ — कुछ हुआ था।"

"और वो मेरी ग़लती नहीं थी।"

ये — ये एक वाक्य।

मैंने — मैंने अपने आप से कहा।

और मेरे अंदर — कुछ टूटा।

कुछ — जो मेरी पहचान थी।

"मैं ज़ोया हूँ। लेखिका। अकेली। ठीक हूँ। मेरे साथ कुछ नहीं हुआ। मैं — मैं ख़ुद को इस तरह बना रही हूँ — कुछ अंदरूनी कारणों से। कोई बाहरी वजह नहीं। मेरा बचपन — सामान्य था।"

ये कहानी — ये कहानी मैंने अपने आप को — पंद्रह बरस से — सुनायी थी।

हर रात।

हर सुबह।

हर बार जब डर आता।

हर बार जब किसी मर्द से बात करनी होती।

हर बार जब किसी ने पूछा — "तुम शादी क्यों नहीं करतीं?"

"मेरे साथ कुछ नहीं हुआ। मैं — बस — चुनती नहीं।"

झूठ।

झूठ।

झूठ।

हुआ था।

उसका नाम — रवि चाचा — था।

हाँ — मैंने अब लिख दिया।

अपनी डायरी में।

अपनी इस — आपकी इस — किताब में।

उसका नाम — रवि चाचा।

अब्बू के एक दूर के भाई।

जो हमारे घर — एक साल — रहे थे।

किसी काम के सिलसिले में।

दिल्ली से — वो लखनऊ आए थे।

अब्बू ने — कहा था — "रहो हमारे यहाँ। आराम से।"

वो रहे।

एक साल।

और उन एक साल में — कई बार — कई बार — जब अब्बू-अम्मी काम पर होते थे — और मैं स्कूल से लौट आती थी —

वो भी होते थे।

घर में।

अकेले।

मेरे आँसू — बहुत देर तक गिरे।

मैं — दरवाज़े के पास — ज़मीन पर — बैठी रही।

बहुत देर।

घड़ी देखी — रात के बारह।

उठी।

लाइट जलायी।

रसोई में गयी।

पानी पिया।

बहुत सारा।

जैसे — जैसे प्यासी हूँ। पंद्रह बरस से।

फिर — अपने कमरे में आयी।

बिस्तर पर बैठी।

लैपटॉप खोला।

और — पहली बार — पंद्रह बरस में — मैंने एक चीज़ टाइप की।

"रवि चाचा।"

"लखनऊ। एक साल। बारह से तेरह की उम्र।"

"भूरा पर्दा।"

"मक्खी।"

"दोपहर में।"

"स्कूल से लौटने के बाद।"

"अम्मी मुझे दूध और बिस्किट देती थीं — जाते वक़्त। 'खा लेना'।"

"मैं खाती।"

"फिर वो कमरे में आते।"

"दरवाज़ा बंद करते।"

"और —"

मैंने टाइप करना बंद कर दिया।

पर — पहली बार — पंद्रह बरस में — कुछ पन्ने पर था।

स्क्रीन पर।

मेरे अंदर नहीं।

और जब कोई चीज़ बाहर निकलती है — तो वो आपके अंदर का जगह — खाली करती है।

मैंने — मैंने एक थोड़ी राहत महसूस की।

बहुत थोड़ी।

पर थी।

मैंने अपनी डायरी निकाली।

जो मैंने महीनों से नहीं खोली थी।

पन्ने पलटे।

एक पुराना पन्ना — दो साल पुराना — मैंने ख़ुद के लिए लिखा था।

'ज़ोया, अगर — अगर कभी कोई कहानी आए तेरे पास — जिसमें एक लड़की हो — जो टूटी हुई हो — पर लड़ रही हो — तो — तो उसे लिखना। पूरा। बिना डर के।"

"क्योंकि — हो सकता है — वो लड़की — तेरी ख़ुद की कहानी का दरवाज़ा हो।"

मैं रो पड़ी।

क्योंकि — क्योंकि — दो साल पहले — मैंने ख़ुद के लिए ये लिखा था।

और — आज — दो साल बाद — वो दरवाज़ा — मेरे सामने था।

जान्वी।

मैंने — डायरी में — एक नया पन्ना खोला।

लिखा —

"जान्वी आज मेरे पास आयी।"

"उसकी कहानी — मेरी कहानी जैसी नहीं।"

"पर — पर एक चीज़ है। जो हम दोनों में है।"

"पंद्रह बरस की चुप्पी।"

"उसने तोड़ी अपनी।"

"और मेरी — मेरी — आज — आज मेरी चुप्पी भी हिली।"

"बस हिली। टूटी नहीं अभी।"

"पर — पर हिलना भी पहली बार है।"

"पंद्रह बरस में।"

"पंद्रह बरस।"

"मैंने सोचा था — मैं बच गयी। मैं — मैं ने उसे अपनी ज़िंदगी से निकाल दिया।"

"पर मैंने नहीं निकाला।"

"मैंने उसे अपने अंदर बंद किया।"

"और बंद चीज़ें — कभी निकलती नहीं।"

"वो अंदर ही अंदर — आप को खाती हैं।"

"धीरे-धीरे।"

"मेरी कोई किताब पूरी क्यों नहीं हुई — पिछले दो साल में?"

"क्योंकि — हर बार जब मैं लिखती — मेरे अंदर वो बंद चीज़ — हिलती।"

"और मैं — डर से — रुक जाती।"

"मेरी कोई शादी क्यों नहीं हुई?"

"क्योंकि — हर मर्द के पास — मुझे — रवि चाचा का चेहरा दिखता।"

"मैंने ख़ुद से कहा — मैं चुनती नहीं।'"

"पर मैंने — मैंने नहीं चुना — क्योंकि मैं डरी हुई थी।"

"पंद्रह बरस से।"

फिर — कुछ पन्ने ख़ाली छोड़ कर — एक नयी पंक्ति —

"और शायद — शायद — आज — आज मेरा एक रास्ता खुला है।"

"जान्वी की कहानी सुन कर।"

"शायद — शायद मुझे भी — किसी को — सुनाना है।"

"पर किसको?"

"माँ?"

"नहीं।"

"दोस्त?"

"नहीं।"

"फिर?"

"शायद — शायद — मैं ख़ुद को सुनाऊँ।"

"और सुनाने का तरीक़ा — सिर्फ़ एक है।"

"लिखना।"

"पर — पर अपना नहीं लिखूँगी।"

"मैं — मैं जान्वी की लिखूँगी।"

"और जान्वी की कहानी में — कहीं — कोई एक छोटी सी जगह — मेरी होगी।"

"बहुत छोटी।"

"पर होगी।"

"और जब — जब ये किताब छपेगी — मेरी कहानी — कहीं — दुनिया में — एक पन्ने पर होगी।"

"और — हो सकता है — कोई और लड़की — पढ़े।"

"और सोचे — 'मेरे साथ भी हुआ था।'"

"और शायद — वो भी — किसी से कह दे।"

"और इस तरह — इस तरह — चुप्पियाँ टूटें।"

"एक के बाद एक।"

"मेरी।"

"फिर किसी और की।"

"फिर किसी और की।"

"और एक दिन — एक दिन — रवि चाचाओं की पूरी फ़ौज — हार जाए।"

"जब लड़कियाँ बोलें।"

मैंने डायरी बंद की।

फिर — खोली।

एक और पंक्ति लिखी।

"और जान्वी से — जान्वी से एक बात — कहनी है।"

"मैं उसे — मैं उसे — एक दिन बताऊँगी।"

"कि उसकी कहानी — सिर्फ़ उसकी नहीं।"

"मेरी भी है।"

"पर अभी नहीं।"

"अभी — उसकी कहानी पहले।"

"मेरी बाद में।"

"और शायद — शायद — हम दोनों की कहानियाँ — एक दिन — एक हो जाएँगी।"

"क्योंकि — दर्द — दर्द हमेशा अकेला नहीं होता।"

"दर्द — एक जगह आता है — जहाँ बहुत लोग हों।"

"और जो लोग — दर्द को पहचानते हैं — एक-दूसरे को।"

"वो — वो परिवार होते हैं।"

"भले ख़ून का रिश्ता न हो।"

"जान्वी — आज — मेरी बहन हो गयी।"

"पंद्रह बरस की चुप्पी की बहन।"

"और हम दोनों — हम दोनों आज — पहली बार — साथ बोले।"

मैंने डायरी बंद की।

लाइट बुझायी।

लेटी।

पर सोयी नहीं।

खिड़की के बाहर — दिल्ली की रात।

दूर — कोई गाड़ी का हॉर्न।

ऊपर — एक हवाई जहाज़ की आवाज़।

कमरे में — मेरी साँसें।

और — एक नयी आवाज़।

जो पंद्रह बरस से चुप थी।

मेरी अपनी।

जो — आज — पहली बार — कुछ कहना चाहती थी।

बहुत साल बाद।

मैं — मैंने एक लंबी साँस ली।

और बोला।

ज़ोर से नहीं।

बहुत धीरे।

पर बोला।

"मेरे साथ — कुछ हुआ था।"

बस।

"मेरे साथ कुछ हुआ था।"

और — और कमरे में — कोई जवाब नहीं आया।

कोई नहीं था।

पर — पर मैं थी।

मैंने सुना।

ख़ुद को।

पंद्रह बरस बाद।

और — पहली बार — मैं — मैं ख़ुद की हुई।

जैसे जान्वी हुई थी।

पाँच जून को।

जैसे रूही हुई थी।

दस सितंबर को।

आज — आज मैं हुई।

ज़ोया।

बारह की उम्र की।

जो भूरे पर्दे के सामने — एक मक्खी को देख रही थी।

जिसकी कोई आवाज़ नहीं थी।

जिसकी कहानी — कोई नहीं जानता था।

आज — आज एक — सिर्फ़ एक — जानता है।

मैं।

अट्ठाईस — नहीं — सत्ताईस — की।

बारह की उस ज़ोया को — मैं — आज — पहली बार — पहचानती हूँ।

"आ।" मैंने कहा। "आ, बच्ची।"

"मेरे पास आ जा।"

"अब — अब मैं तेरी ख़्याल रखूँगी।"

"पंद्रह बरस तक — तू अकेली थी।"

"माफ़ कर दे।"

"पर — पर अब — अब आ जा।"

"मैं — मैं भी तेरी ज़िंदगी की एक कहानी लिखूँगी।"

"वैसे ही — जैसे जान्वी ने अपनी सुनायी।"

"और — और शायद — शायद किसी और छोटी ज़ोया तक — पहुँचे।"

"जो — जो आज भी कहीं — एक भूरे पर्दे के सामने — खड़ी हो।"

"और — और सोच रही हो — मैं ही पागल हूँ।'"

"नहीं।"

"तू पागल नहीं है।"

"तेरे साथ — कुछ हुआ था।"

"और वो — तेरी ग़लती नहीं थी।"

"मैं — मैं तुझसे — पहली बार — ये कह रही हूँ।"

मैं रो पड़ी।

फिर।

पर — पर इस बार — इस बार — सिर्फ़ दर्द के लिए नहीं।

राहत के लिए भी।

और — और — एक तीसरी चीज़ के लिए।

प्यार।

अपने आप से।

पंद्रह बरस बाद।

मैंने अपना सिर — तकिए पर रखा।

और — आँखें बंद कीं।

और — पहली बार — पंद्रह बरस में — एक नींद आयी।

जिसमें कोई भूरा पर्दा नहीं था।

कोई मक्खी नहीं थी।

बस — एक छोटी सी ज़ोया।

जो — जो मेरे साथ — सो रही थी।

* * *

अगले दिन — सुबह — मैंने उठते ही — अपना लैपटॉप खोला।

और — पहली बार — पंद्रह बरस में — दो साल बाद — एक नयी फ़ाइल बनायी।

उसका नाम लिखा —

"नाम मत पूछना उसका।"

"एक अधूरी मोहब्बत की कहानी।"

"लेखक — ज़ोया।"

और — और मैंने पहला पन्ना लिखा।

"कुछ कहानियाँ शुरू नहीं होतीं। वो बस मिल जाती हैं — जैसे कोई खोई हुई चिट्ठी, जिसका पता धुंधला हो गया हो।"

"मैं ज़ोया हूँ। लिखती हूँ। कभी-कभी लिखने से ज़्यादा, सुनती हूँ। और उस शाम, जब वो लड़की मुझसे मिली — मुझे लगा, कुछ कहानियाँ लिखने के लिए नहीं होतीं। सिर्फ़ सुनने के लिए होती हैं।"

"उसने अपना नाम जान्वी बताया था।"

"पर उसकी आँखों में जो नाम था, वो कुछ और था।"

और लिखते हुए — मुझे एहसास हुआ —

ये किताब — सिर्फ़ जान्वी की नहीं होगी।

इसमें कहीं — कहीं — मेरी भी होगी।

उन पन्नों के बीच।

उन चुप्पियों में।

और एक दिन — कोई पाठक — बहुत ध्यान से पढ़ेगा।

और सोचेगा —

"ये जो लेखिका है ज़ोया — इसकी भी कोई कहानी है।"

"जो ये सीधे नहीं कह रही।"

"पर जो — जान्वी की कहानी के पीछे — हर शब्द में — साँस ले रही है।"

हाँ।

ये किताब — दो औरतों की होगी।

एक जो बोली।

दूसरी जो — बोलते-बोलते — पहली बार — ख़ुद को सुना।

* * *

भाग चार

सच और टूटना

"कुछ बातें — आप साल भर अंदर रखते हैं।

कुछ बातें — दस साल।

और कुछ बातें — आप सोचते हैं — कभी नहीं कहेंगे।"

अध्याय तेरह

जाने की बात

"प्यार एक ही दिन नहीं मरता। प्यार रोज़ — थोड़ा-थोड़ा — मरता है। एक मिस्ड कॉल। एक छोटा जवाब। एक न पूछा गया सवाल। एक न दी गयी सफ़ाई। और एक दिन — आप पाते हैं — जो था — वो है ही नहीं।"

ज़ोया जी।

बाईस नवंबर के बाद — दिसंबर आया।

होटल वाली रात के बाद — एक नयी ज़िंदगी की उम्मीद थी।

मेरी डायरी में उस रात मैंने लिखा था — "एक रात की सच्चाई — पंद्रह बरस की चुप्पी के बराबर।"

मैंने सोचा था — अब हम बराबर हैं।

अब — अब उसके पास भी मेरा सच है।

और मेरे पास उसका वादा।

"मैं कभी नहीं छोड़ूँगा।"

मैंने सोचा था — आगे का रास्ता — आसान।

पर ज़ोया जी —

प्यार में सच्चाई कभी रास्ता आसान नहीं करती।

सच्चाई — सिर्फ़ — दो लोगों के बीच के पर्दे हटाती है।

रास्ता — रास्ता वैसा ही रहता है। ऊबड़-खाबड़।

बस — अब आप एक-दूसरे को साफ़ देखते हैं।

और एक-दूसरे को साफ़ देखना — कभी-कभी — सबसे डरावनी चीज़ होती है।

क्योंकि साफ़ देखने का एक और मतलब है —

आप एक-दूसरे की कमज़ोरियाँ भी साफ़ देखते हैं।

और जब किसी की कमज़ोरी साफ़ दिखे — और आप कुछ कर न पाएँ — तो प्यार धीरे-धीरे — एक बेबसी बन जाता है।

बेबसी — प्यार की कब्र है।

दिसंबर का पहला हफ़्ता।

उसने एक बार फ़ोन किया।

"जान्वी।"

"हाँ।"

"मैं — मैं अगले हफ़्ते आऊँगा।"

"पक्का?"

"पक्का।"

"क्या तारीख़?"

"दस।"

"दस तारीख़?"

"हाँ।"

"मैं इंतज़ार करूँगी।"

"हाँ।"

बस।

पर — पर उस फ़ोन कॉल में — कुछ अलग था।

उसकी आवाज़ — अलग थी।

पहले — उसकी आवाज़ में — एक हल्कापन होता था।

जैसे कोई बच्चा — जो ख़ुश है।

अब — अब उसकी आवाज़ में एक भारीपन था।

जैसे कोई बूढ़ा — जो थक गया हो।

बीस दिनों में — मेरा चौबीस-पच्चीस का प्यार — एक बूढ़ा हो गया था।

मैंने पूछा नहीं।

क्योंकि — क्योंकि मैं डरी हुई थी।

अगर पूछती — और उसने सच बताया — तो शायद सच मेरे लिए नहीं था।

तो मैंने अपने आप से कहा — "वो थका है।"

"घर की परेशानी है।"

"दस तारीख़ को आ रहा है।"

"दस तारीख़ को सब ठीक होगा।"

औरतें — हम औरतें — कितने सहारे ख़ुद के लिए बनाती हैं।

एक झूठा सहारा।

जिस पर हम अपना पूरा भार डाल देती हैं।

और जब वो टूटता है — हम पूरी तरह गिरती हैं।

दस दिसंबर।

मैंने सुबह से तैयारी की।

घर में — पापा, सावित्री आंटी — दोनों थे।

मुझे — कहीं और मिलना था।

हम — हमने तय किया था — खुसरो बाग़।

दोपहर के बारह बजे।

मैं — साढ़े ग्यारह बजे पहुँच गयी।

उसी बेंच पर — जहाँ हम पहले बैठे थे।

जहाँ उसने पाँच जून को कहा था — "मैं तुमसे प्यार करता हूँ।"

बारह बजे।

वो नहीं आया।

बारह बज कर पंद्रह।

बारह बज कर तीस।

मैंने फ़ोन किया।

बंद।

फिर किया।

बंद।

मेरा दिल — डूबने लगा।

एक बजे।

मैंने एक बार और किया।

इस बार — रिंग गयी।

पर उसने नहीं उठाया।

मैंने मेसेज किया — "कहाँ हो ?"

जवाब नहीं।

डेढ़ बजे।

मैं वहीं बैठी।

बेंच पर।

ठंड बढ़ने लगी थी।

मेरे हाथ — काँप रहे थे।

पर मैं उठी नहीं।

क्योंकि — क्योंकि अगर मैं उठती — तो शायद — वो मुझे मिस कर देता।

शायद — शायद वो ट्रेन में हो।

शायद — शायद बैटरी ख़त्म।

शायद — शायद कुछ हुआ हो।

दो बजे।

मैं — मैं अब काँप रही थी।

ठंड से।

डर से।

बेबसी से।

मैंने एक बार और फ़ोन किया।

इस बार — एक औरत की आवाज़ आयी।

"हलो?"

मैं चुप।

"हलो?"

"जी?"

"कौन?"

"मैं — मैं — आप कौन?"

"मैं — मैं इनकी माँ हूँ।"

मेरी साँस रुक गयी।

उसकी माँ।

ये कैसे — कैसे फ़ोन — उसकी माँ के पास?

ज़ोया जी, मेरे दिमाग़ में — एक पल में — हज़ारों ख़्याल आए।

क्या — क्या उसके साथ कुछ हुआ?

क्या वो ठीक है?

क्या — क्या उसकी माँ ने मेरा नंबर देखा था?

क्या मेरा फ़ोन — एक *save* किया हुआ नंबर के तौर पर — उनकी आँखों के सामने था?

"जान्वी — कॉलिंग।"

उन्होंने मेरा नाम देखा।

और शायद — शायद उन्होंने ही उठाया।

उसकी मर्ज़ी से नहीं।

"कौन हो तुम ?" उन्होंने पूछा।

मेरी आवाज़ — गले में अटक गयी।

"मैं — मैं —"

"बोलो।"

"मैं — एक दोस्त।"

"दोस्त?"

"हाँ।"

"नाम?"

"जान्वी।"

लंबी चुप्पी।

बहुत लंबी।

फिर — उन्होंने कहा —

"बेटी।"

"जी।"

"मेरे बेटे को — फ़ोन करना बंद कर दो।"

मेरी आँखें — बंद।

"क्यों?"

"क्योंकि — वो — वो शादी कर रहा है।"

मेरा दिल — रुक गया।

"शादी?"

"हाँ।"

"किस से?"

"अपनी होनेवाली पत्नी से।"

"होनेवाली पत्नी।"

ये शब्द।

ये एक शब्द।

"होनेवाली पत्नी।"

यानी — यानी — किसी और के साथ।

यानी — मेरा प्यार — खत्म।

"वो — वो कहाँ है अभी?"

"वो — वो किसी से मिलने गया है।"

"किस से?"

"अपनी होनेवाली पत्नी से।"

ज़ोया जी।

ज़ोया जी, सुनिए।

दस दिसंबर।

दोपहर के दो बज कर सात मिनट।

खुसरो बाग़ की एक बेंच पर।

मेरी ज़िंदगी का — मेरे प्यार का — मेरी उम्मीद का —

अंत हुआ।

एक फ़ोन कॉल में।

तीन शब्दों में।

"होनेवाली पत्नी।"

उसकी माँ ने मुझे — एक अजनबी की तरह — खारिज कर दिया।

और — और शायद — शायद उन्होंने उसे भी कुछ कहा हो।

"जान्वी से बात मत करना।"

"जान्वी को भूल जाओ।"

"जान्वी — एक भटकाव थी।"

और वो — वो शायद — मान गया हो।

क्योंकि — क्योंकि उस वक़्त — मैं उससे बात नहीं कर सकती थी।

उसकी माँ बीच में थी।

उसकी माँ — जिसका नाम — मेरी माँ का पसंदीदा था।

ज़िंदगी की कैसी मज़ाक़।

जो माँ मेरे लिए — एक आशीर्वाद थीं — एक संयोग — एक "ऊपर वाले का इशारा" — वो — वो मेरे प्रेमी की माँ थीं।

और मेरे प्रेमी की माँ ने मुझे फ़ोन से दूर भगा दिया।

"मेरे बेटे को फ़ोन करना बंद कर दो।"

ये एक माँ का अधिकार था।

और मैं — मैं किसकी माँ की बेटी थी?

एक मरी हुई माँ की।

जो मुझे बचाने नहीं आ सकती थीं।

"आपकी — आप का बेटा — मुझसे प्यार करता है।" मैंने कहा।

बहुत धीरे।

जैसे खुद को बता रही हूँ।

"बेटी।" उन्होंने कहा। "बेटी, तुम — तुम कितनी छोटी हो।"

"छोटी?"

"हाँ।"

"मतलब?"

"मतलब — तुम्हें — तुम्हें ज़िंदगी का सच नहीं पता।"

"क्या सच?"

"बेटी, हम — हम जिस ज़ात के हैं — और तुम जिस ज़ात की हो — हम एक नहीं।"

मेरी साँसें — रुकीं।

"ज़ात।"

ज़ोया जी।

ये शब्द — ये शब्द आज भी — आज भी — हमारे देश में — एक ज़हर है।

हम और तुम — दोनों *SC* थे।

पर अलग जातियों से।

हमारी एक — उनकी दूसरी।

और दोनों के बीच — एक पुरानी दुश्मनी थी।

उनके लिए — मैं नीची थी।

मेरे लिए — वो "ज़ात" — एक भुलाई हुई बात थी।

मेरा घर मध्यम वर्गीय था।

उसका भी।

हम दोनों ने पढ़ायी की थी।

हम दोनों के पास नौकरियाँ थीं — या होने वाली थीं।

"ज़ात" — हमारे जीवन में — कोई फ़र्क़ नहीं रखती थी।

पर उनकी माँ के लिए — रखती थी।

क्योंकि उनकी पीढ़ी — एक अलग पीढ़ी थी।

उनके माँ-बाप — गाँव में पैदा हुए।

उनके मन में — पुरानी बातें — अभी भी थीं।

हम कितनी भी आगे बढ़ें — हमारे माँ-बाप — हमें पीछे खींच लेते हैं।

"मैं — मैं नहीं समझती।" मैंने कहा।

"बेटी — बेटी समझ जाओगी।"

"क्या?"

"कि — हर प्यार — शादी नहीं बनता।"

"पर — पर हम तय कर चुके थे।"

"नहीं, बेटी।"

"नहीं मतलब?"

"मतलब — मेरे बेटे ने — अपनी ज़िंदगी का फ़ैसला — अपनी माँ पर छोड़ दिया है।"

"क्यों?"

"क्योंकि — क्योंकि वो जानता है — माँ — माँ कभी ग़लत नहीं चाहती।"

"पर — मैं ग़लत नहीं हूँ!"

"बेटी।"

"हाँ।"

"मैं — मैं तुम्हें ग़लत नहीं कह रही।"

"फिर?"

"फिर — मैं बस कह रही हूँ — हम नहीं।"

"नहीं।" मैंने कहा।

"नहीं मतलब?"

"नहीं — मैं नहीं मानती।"

"बेटी।"

"मेरा नाम जान्वी है।" मैंने कहा। बहुत दृढ़ता से।

उधर चुप्पी।

फिर — उन्होंने कहा —

"जान्वी।"

"जी।"

"मेरी एक बात सुनो।"

"सुनूँगी।"

"मेरा बेटा — मेरा बेटा — एक बहुत ही — एक बहुत ही मासूम लड़का है।"

"हाँ।"

"और — एक बात बताऊँ?"

"हाँ।"

"उसके पापा — उसके पापा बहुत बीमार हैं।"

मेरे अंदर — कुछ रुका।

"क्या?"

"हाँ।"

"क्या हुआ है?"

"बेटी — कैंसर है।"

मेरी आँखें — बंद।

मेरी साँसें — बंद।

मेरा सब कुछ — बंद।

"कैंसर।"

ये शब्द।

ज़ोया जी।

मेरी माँ कैंसर से मरी थीं।

मेरी माँ — कैंसर — मरी थीं।

और अब — अब उसके पापा — कैंसर —

इस शब्द ने — मेरी पूरी कहानी — एक नये रंग में रंग दी।

अब मैं — मैं किसी की माँ-पत्नी से नहीं लड़ रही थी।

अब मैं — एक मरते हुए आदमी की पत्नी से लड़ रही थी।

और मेरी माँ ने भी — आख़िरी कुछ महीनों में — मुझसे कुछ नहीं कहा था।

पर मैं उनकी आँखों में — एक डर देखती थी।

"मेरे जाने के बाद — क्या होगा?"

ये डर — मैंने उनकी आँखों में देखा था।

और अब — अब उसकी माँ की आँखों में — वही डर होगा।

"मेरे पति के जाने के बाद — मेरा बेटा — किसके साथ?"

"कौन उसे — हमारी ज़ात की एक बेटी देगा? जिसे हम जानते हों?"

"कौन — हमारे रिश्तेदारों के बीच — सम्मान दिलाएगा?"

"कौन — हमारी आख़िरी क्रियाएँ — सही ढंग से करेगा?"

"बहू।"

उनकी ज़ात की।

उनकी पसंद की।

और मेरे लिए — कोई जगह नहीं।

क्योंकि मैं — मैं ज़ात की नहीं थी।

और एक मरते हुए आदमी की पत्नी — एक मरती हुई परंपरा को — कैसे छोड़ सकती है?

"कितना — कितना समय?" मैंने पूछा।

"डॉक्टर ने कहा — दो-तीन महीने।"

मेरी आँखें — बहीं।

"मुझे — मुझे माफ़ करना।"

"बेटी।"

"हाँ।"

"मेरे बेटे को छोड़ दो।"

"पर..."

"पर — पर सोचो।"

"क्या?"

"उसके पापा का सबसे बड़ा सपना — वो शादी देखें।"

"और..."

"और हम — हम अपनी ज़ात की एक लड़की चुन चुके हैं।"

"पर..."

"बेटी — सुनो।"

"हाँ।"

"क्या तुम — क्या तुम चाहोगी — एक मरते हुए पिता का — सपना — टूटे?"

मैं चुप।

बहुत चुप।

ज़ोया जी।

उस माँ ने — एक माँ की चालाकी से — मुझे एक ऐसी जगह डाल दिया —

जहाँ अगर मैं "नहीं" कहती — तो मैं एक हैवान बनती।

"उस लड़की — जिसने एक मरते हुए पिता के सपने को नहीं माना।"

उन्होंने — एक तरफ़ अपने बेटे को — एक तरफ़ अपने पति की मौत को — और बीच में — मुझे — रखा।

और कहा — "तुम चुनो।"

"प्यार। या — एक मरते हुए आदमी का सपना।"

ये कोई चुनाव नहीं था।

ये एक जाल था।

और मैं — मैं उस जाल में फँसी।

क्योंकि — क्योंकि मेरी माँ भी कैंसर से मरी थीं।

और मैं जानती थी — जब कोई इंसान मर रहा हो — तो उसके सपने — सबसे अहम होते हैं।

उन सपनों को — आप तोड़ नहीं सकते।

अगर आप तोड़ते हैं — तो आप — आप एक हत्यारा बन जाते हैं।

धीमी हत्या।

उस इंसान को — और भी जल्दी मारने का।

"मैं..." मैंने कहा। "मैं — मैं सोचूँगी।"

"बेटी।"

"हाँ।"

"समय नहीं है।"

"मतलब?"

"मतलब — शादी इस महीने है।"

"इस महीने?"

"हाँ।"

"पर — पर —"

"बेटी — सोचो — और आज ही — फ़ोन करना बंद कर दो।"

"पर..."

"प्लीज़।"

मैंने फ़ोन रखा।

और — बेंच पर — मैं — मैं हिल भी नहीं पायी।

बस — बैठी रही।

ठंड में।

बेजान।

पंद्रह बरस की चुप्पी जो मैंने पच्चीस दिन पहले तोड़ी थी —

वो चुप्पी — आज — फिर — मेरे ऊपर — गिर गयी।

बहुत भारी।

बहुत ठंडी।

बहुत — मेरी जानी पहचानी।

ज़ोया जी।

मैं उस बेंच पर — पाँच घंटे — बैठी रही।

रात के सात बजे — एक आदमी आया।

बाग़ बंद हो रहा था।

"मैडम — बाहर।"

मैं उठी।

रिक्शा लिया।

घर आयी।

खाना नहीं खाया।

बिस्तर पर लेटी।

फ़ोन देखा।

उसका कोई मेसेज नहीं।

कोई फ़ोन नहीं।

कुछ नहीं।

जैसे — जैसे वो भी — आज — मर गया हो।

रात के दस बजे — फ़ोन बजा।

उसका था।

मैंने कई सेकंड तक देखा।

रिंग बजती रही।

फिर बंद हो गयी।

फिर — फिर उसने दोबारा किया।

मैंने उठाया।

"हलो।"

"जान्वी।"

उसकी आवाज़।

टूटी हुई।

"हाँ।"

"मैं — मैं माफ़ी —"

"मुझे पता है।"

"क्या?"

"माँ ने बताया।"

लंबी चुप्पी।

"जान्वी।"

"हाँ।"

"मेरे — मेरे पापा को — कैंसर है।"

"पता है।"

"और..."

"और तुम शादी कर रहे हो।"

लंबी चुप्पी।

"जान्वी।"

"हाँ।"

"मैं — मैं कुछ नहीं कर पाया।"

"पता है।"

"माँ ने — माँ ने मुझसे कहा —"

"मत बताओ।"

"क्यों?"

"क्योंकि — क्योंकि अगर तुम बताओगे — तो मैं — मैं उन्हें माफ़ नहीं कर पाऊँगी।"

"पर — पर तुम्हें माफ़ करना ही है।"

"क्यों?"

"क्योंकि — क्योंकि वो मेरी माँ हैं।"

"और मैं — मैं — मैं क्या?"

लंबी चुप्पी।

"तुम — तुम मेरी —"

"क्या?"

"तुम — मेरी जान्वी।"

"और मेरा — मेरा क्या होगा?"

"तुम — तुम ठीक रहोगी।"

"पक्का?"

"पक्का।"

"बाईस नवंबर — तुमने एक वादा किया था।"

"हाँ।"

"क्या?"

"मैं — मैं कभी नहीं छोड़ूँगा।"

"और आज?"

"आज — आज वो वादा — मैं — मैं तोड़ रहा हूँ।"

मेरी आँखें — फिर बहीं।

"क्यों?"

"क्योंकि — क्योंकि कुछ वादे — हम तोड़ने के लिए — मजबूर होते हैं।"

"मजबूर?"

"हाँ।"

"मजबूर का मतलब — कमज़ोर?"

"पता नहीं।"

"मुझे — मुझे पता है।"

"क्या?"

"तुम कमज़ोर हो।"

लंबी चुप्पी।

"हाँ।"

"और — और तुम्हारी कमज़ोरी — मेरी ज़िंदगी का अंत है।"

"जान्वी।"

"हाँ।"

"मुझे माफ़ करो।"

मैं रोयी।

बहुत।

"तुम्हारे — तुम्हारे पिता — सच में बीमार हैं?"

"हाँ।"

"पक्का?"

"हाँ।"

"डॉक्टर ने कहा?"

"हाँ।"

"कौन डॉक्टर?"

"बेटी, मैं — मैं तुम्हें झूठ नहीं बोल रहा।"

"पक्का?"

"पक्का।"

ज़ोया जी।

उस वक़्त — मैंने उसकी बात — मान ली।

क्योंकि — क्योंकि अगर मैं नहीं मानती — तो मेरे पास — कुछ भी नहीं बचता।

अगर पापा को कैंसर नहीं है — तो — तो वो मुझसे बस — बस ऊब गया है।

और ऊब — ऊब जो होती है — वो किसी विशेष कारण के लिए नहीं होती।

तो मैंने — मैंने झूठ माना।

उसकी कमज़ोरी का सहारा।

ताकि — ताकि मेरे प्यार का अंत — कम से कम — एक "बड़ी वजह" से हो।

"उसने मुझे छोड़ा क्योंकि उसके पिता मर रहे थे।"

ये — ये एक कहानी थी जिसे मैं ख़ुद को सुना सकती थी।

"उसने मुझे छोड़ा क्योंकि वो थक गया था।"

ये — ये कहानी असहनीय थी।

तो मैंने झूठ चुना।

अनजाने में।

"शादी कब है?" मैंने पूछा।

"बारह जनवरी।"

"एक महीने में।"

"हाँ।"

"लड़की कैसी है?"

"पता नहीं।"

"मतलब?"

"मतलब — मैंने उसे ठीक से नहीं देखा।"

"पर — पर — माँ ने कहा था तुम मिलने गए थे।"

"हाँ। मिला।"

"और?"

"और — और कुछ बात नहीं हुई।"

"क्यों?"

"क्योंकि — मैं — मैं तुम्हारे बारे में सोच रहा था।"

मैंने आँखें बंद कीं।

"मुझे..." मैंने कहा। "मुझे — मुझे एक बात कहनी है।"

"हाँ।"

"मेरी ज़िंदगी में — तुम — एक उम्मीद थे।"

"पता है।"

"और — और मैंने — पंद्रह बरस की एक चुप्पी — तुम्हारे लिए तोड़ी।"

"पता है।"

"और — और तुम — तुम वो चुप्पी — मेरे साथ — दफ़न करोगे ना?"

"हाँ।"

"पक्का?"

"पक्का।"

"मैं — मैं नहीं चाहती — तुम कभी किसी और से वो बात कहो।"

"नहीं कहूँगा।"

"पक्का?"

"पक्का।"

"और — और एक बात।"

"हाँ।"

"मेरा नाम — मेरा असली नाम — रूही — तुम्हें पता है।"

"हाँ।"

"वो — वो भी — मेरे साथ — दफ़न।"

"हाँ।"

"और — एक आख़िरी।"

"हाँ।"

"तुम्हारा नाम।"

"हाँ?"

"तुम्हारा नाम — मैं — मैं कभी किसी को नहीं बताऊँगी।"

"क्यों?"

"क्योंकि — क्योंकि अगर मैं बताऊँगी — तो लोग तुम्हें — एक हैवान कहेंगे।"

"मैं हूँ हैवान।"

"नहीं।"

"नहीं?"

"नहीं। तुम कमज़ोर हो। हैवान नहीं।"

"फ़र्क़?"

"बहुत बड़ा।"

"बताओ।"

"हैवान — जो जान-बूझ कर तकलीफ़ देता है।"

"और कमज़ोर?"

"जो — जो तकलीफ़ देता है — पर मजबूर हो कर।"

लंबी चुप्पी।

"जान्वी।"

"हाँ।"

"तुम — तुम — एक बहुत अच्छी लड़की हो।"

"मुझे पता है।"

"मेरी क़िस्मत में — तुम नहीं थीं।"

"मुझे पता है।"

"पर — पर तुम मुझे कभी नहीं भूलना।"

"नहीं भूलूँगी।"

"पक्का?"

"पक्का।"

"और मैं — मैं भी नहीं भूलूँगा।"

"हाँ।"

"जान्वी।"

"हाँ।"

"मैं तुमसे प्यार करता हूँ।"

"पता है।"

"पर मैं — मैं तुम्हारी ज़िंदगी से — जा रहा हूँ।"

"हाँ।"

"और शायद — शायद कभी न लौटूँ।"

"हाँ।"

"अंतिम — अंतिम बात।"

"हाँ?"

"अगर — अगर कभी कोई आए — कोई और लड़का — कोई अच्छा — तो — तो उसे मना मत करना।"

मेरी आँखें — फिर बहीं।

"नहीं।" मैंने कहा।

"क्यों नहीं?"

"क्योंकि — मैं — मैं अब किसी और लड़के को — नहीं ले सकती।"

"क्यों?"

"क्योंकि — मेरे पास जो था — वो सब तुम्हें दिया।"

लंबी चुप्पी।

बहुत लंबी।

फिर — उसने रोते हुए कहा — "मुझे माफ़ करो।"

"माफ़ कर दिया।"

"पक्का?"

"पक्का।"

"शुभ रात्रि — जान्वी।"

"शुभ रात्रि।"

मैंने फ़ोन रखा।

ज़ोया जी।

बस।

ये — ये अंत था।

बारह जनवरी की शादी।

शायद वो सच थी।

शायद नहीं।

मुझे नहीं मालूम।

पर — पर बारह जनवरी के बाद — उसकी कोई कॉल नहीं आयी।

कोई मेसेज नहीं।

कुछ नहीं।

जैसे — जैसे — मेरी पूरी ज़िंदगी से — एक इंसान — एक रात में — मिटा दिया गया हो।

पर मैं नहीं मिटा पायी।

मैंने उसे — आज भी — नहीं मिटाया।

उसका नंबर — मेरे पास है।

उसका नाम — मेरे अंदर।

उसकी मुस्कुराहट — मेरी हर सुबह में।

और उसके — उसके आख़िरी शब्द — मेरी हर रात में।

"शुभ रात्रि — जान्वी।"

"शुभ रात्रि।"

ये — ये दो शब्द — आज भी — आज भी — मेरे कानों में — गूँजते हैं।

और हर शुभ रात्रि — मुझे — एक नयी सुबह तक — जिलाती है।

क्योंकि — क्योंकि किसी ने एक बार — एक बार — मुझसे कहा था —

"शुभ रात्रि।"

ये काफ़ी है।

ज़िंदगी भर के लिए।

डायरी में उस रात मैंने लिखा —

"दस दिसंबर, दो हज़ार सोलह।"

"वो गया।"

"पंद्रह बरस की चुप्पी — मैं तोड़ चुकी।"

"पच्चीस दिन — मैं उसकी थी।"

"पच्चीस दिन।"

"फिर — फिर वो किसी और का हो गया।"

"पर — पर मेरे पास वो पच्चीस दिन हैं।"

"और हमारी पाँच महीने की मोहब्बत।"

"और बाईस नवंबर की रात।"

"और पाँच जून का दिन।"

"और तीस मार्च का स्टेशन।"

"ये सब — मेरे हैं।"

"ये कोई नहीं ले सकता।"

"न उसकी माँ।"

"न उसकी होनेवाली पत्नी।"

"न ख़ुद वो।"

"प्यार — एक बार दिया जाए — तो वो वापस नहीं होता।"

"प्यार — सिर्फ़ — रिश्ते में नहीं रहता।"

"प्यार — हम में रहता है।"

"और जिस दिन हम मरते हैं — प्यार भी मरता है।"

"पर तब तक — तब तक — वो हमारा है।"

"मेरा।"

"और कोई — कोई — मेरे प्यार क़ो मुझसे नहीं छीन सकता।"

"भले वो प्यार — एक तरफ़ा हो जाए।"

"मैं तरफ़ — हमेशा — रहूँगी।"

* * *

अध्याय चौदह

बारह जनवरी

"कुछ तारीख़ें हम भूल जाते हैं। कुछ तारीख़ें — हम याद रखना चाहते हैं — पर भूल नहीं पाते। और कुछ तारीख़ें — कुछ तारीख़ें हमारी डायरियों में नहीं — हमारी रूह में लिखी होती हैं। उन्हें मिटाने के लिए — रूह को जलाना पड़ता है। और कुछ चीज़ें — जलकर भी — नहीं जातीं।"

बारह जनवरी।

दो हज़ार सत्रह।

बत्तीस दिन।

दस दिसंबर से बारह जनवरी।

बत्तीस दिन।

मैंने हर दिन गिना।

जैसे कोई फाँसी की सज़ा वाला कैदी — अपनी आख़िरी सुबह तक — हर दिन गिनता है।

बस मेरी फाँसी अलग थी।

मेरी फाँसी का मतलब था — मेरे प्यार की फाँसी।

और मेरे प्यार की फाँसी पर — मैं ज़िंदा रहूँगी।

ये — ये सबसे क्रूर सज़ा है, ज़ोया जी।

जब किसी और की मौत — आप के अंदर — आप को मारती है।

पर आप ख़ुद — ज़िंदा रहते हैं।

बत्तीस दिन।

मैंने न कुछ खाया।

न कुछ कहा।

न कुछ किया।

बस — दिन गिने।

ज़ोया जी — एक बात आपको बताऊँ।

लोग कहते हैं — "ब्रेकअप एक बार होता है।"

ये झूठ है।

ब्रेकअप — हर रोज़ होता है।

जब आप सुबह उठते हैं — और याद आता है — वो नहीं है।

ब्रेकअप।

जब आप चाय बनाते हैं — और एक कप ज़्यादा बना देते हैं — पुरानी आदत से।

ब्रेकअप।

जब आप किताब पढ़ते हैं — और एक पंक्ति आती है — जो आप उसे बताना चाहते हैं — फ़ोन उठाते हैं — फिर रख देते हैं।

ब्रेकअप।

जब रात होती है — और आप तकिए की तरफ़ देखते हैं — पास वाले — जो खाली है।

ब्रेकअप।

जब कोई गाना बजता है — पुराना — आप दोनों का — जिसे आप अब सुनना नहीं चाहते — पर बंद करना — और भी बुरा होता है।

ब्रेकअप।

बत्तीस दिनों में — मैं हज़ारों बार उससे जुदा हुई।

हर पल — एक नयी जुदाई।

और हर जुदाई — पिछली से थोड़ी ज़्यादा भारी।

क्योंकि — क्योंकि जैसे-जैसे वक़्त बीतता है — आपको और बातें याद आती हैं।

जो आप पहले भूल गए थे।

एक दिन याद आया — कि एक बार उसने मुझे — गंगा के किनारे — गुलाब की एक पंखुड़ी दी थी। एक टूटे हुए फूल का।

मैंने उसे — अपनी डायरी में रखा था।

मैं उठी। डायरी ढूँढी। पन्ने पलटे।

पंखुड़ी थी — सूखी हुई।

मैंने उसे देखा।

बहुत देर तक।

और सोचा — एक टूटा हुआ फूल — एक टूटे रिश्ते का बीज था।

ये मुझे बाद में समझ आया।

जो टूटा हुआ था — वो उठाने के लायक़ नहीं होता।

पर मैंने उठाया।

और सूखा रखा।

और जब वो — वो ख़ुद — एक टूटा हुआ इंसान निकला — मुझे अचंभा नहीं हुआ।

बस दर्द हुआ।

क्योंकि टूटी चीज़ें — दूसरी टूटी चीज़ों को — पहचानती हैं।

पर — जोड़ नहीं पातीं।

टूटी चीज़ें — एक-दूसरे को टूटी हुई हालत में रखती हैं।

ये उनकी एक तरह की आपसी इज़्ज़त है।

बारह जनवरी।

मैं उठी — सुबह पाँच बजे।

मैंने — मैं सच कहूँगी, ज़ोया जी —

मैंने — मैंने एक बार सोचा — आज भी मरूँ।

पुराने ख़्याल आए।

पुरानी आदत।

ज़िंदगी का दर्द बहुत हो — तो दिमाग़ अपने पुराने हल पर जाता है।

और मेरा पुराना हल — मरना था।

मैंने सोचा — आज मरूँ।

बस आज।

क्योंकि अगर — अगर वो शादी कर रहा है — तो शादी के दिन — मेरा भी अंत हो।

ये — ये पागलों जैसी सोच थी।

पर पागलपन — पागलपन — एक सच्चाई है।

जो टूटे हुए लोग — सबसे अच्छे से जानते हैं।

मैंने — एक बार — सोचा।

फिर — फिर मैंने अपनी डायरी निकाली।

जो — जो आज — आपके सामने है, ज़ोया जी।

जिसके पहले पन्ने पर लिखा है — "उसने मुझे ढूँढ लिया।"

मैंने — मैंने वो पन्ना खोला।

और देखा।

बहुत देर तक।

"उसने मुझे ढूँढ लिया।"

सत्रह अप्रैल, दो हज़ार सोलह।

नौ महीने हुए थे — उस दिन।

नौ महीने पहले — एक लड़के ने — मुझे ढूँढा था।

एक टूटी हुई लड़की को।

जो मरने वाली थी।

और उसने — उसने मुझे जिलाया।

नौ महीने।

एक बच्चा — नौ महीने में — पैदा होता है।

मैं भी — नौ महीने में — पैदा हुई।

जान्वी।

रूही नहीं।

जान्वी।

जो — जो जीना सीख गयी थी।

जो — जो "हाँ" और "नहीं" कहना सीख गयी थी।

जो — जो अपने शरीर को अपना मानने लगी थी।

जो — जो किसी को प्यार करने लगी थी।

ये जान्वी — आज — मरने जा रही थी?

बारह जनवरी को।

उस दिन — जिस दिन वो — किसी और का — हो रहा था?

ये — ये उसे मारना नहीं — मुझे ख़ुद को मारना था।

और मेरे अंदर — एक आवाज़ आयी।

"रूही — मरो।"

"पर जान्वी — जान्वी क्यों मरे?"

"रूही — रूही पंद्रह बरस से मर रही है। ठीक है। एक दिन — पूरी मर जाएगी।"

"पर जान्वी — जान्वी अभी पैदा हुई।"

"नौ महीने।"

"नौ महीने की बच्ची को — कोई कैसे मार सकता है?"

मेरी आँखें — भर गयीं।

मैंने डायरी बंद की।

और एक — एक नयी पंक्ति लिखी।

"बारह जनवरी, दो हज़ार सत्रह।"

"आज वो शादी कर रहा है।"

"आज मेरा प्यार — किसी और का होगा।"

"पर मैं — मैं जान्वी हूँ।"

"और जान्वी — सिर्फ़ नौ महीने की है।"

"नौ महीने की बच्ची को — कोई नहीं मारता।"

"भले — भले उसका बाप उसे न पाले।"

"भले — भले उसकी माँ — उसे जन्म देते वक़्त — मर भी जाए।"

"नौ महीने की बच्ची — फिर भी — ज़िंदा रहती है।"

"मेरी अपनी माँ ने मुझे जन्म दिया था।"

"माँ चली गयीं — पर मैं — मैं ज़िंदा रही।"

"आज — एक और माँ — मेरे प्यार को — मुझसे ले रही है।"

"पर मेरी जान्वी — मेरी जान्वी ज़िंदा रहेगी।"

"मैं नहीं मरूँगी।"

"भले मरना — सबसे आसान हो आज।"

"पर मैं — मैं अपनी जान्वी से — एक वादा कर चुकी हूँ।"

"पंद्रह बरस की एक बच्ची — मरते-मरते बची।"

"नौ महीने की एक बच्ची — आज — आज भी बचेगी।"

मैंने — डायरी बंद की।

उठी।

बाथरूम गयी।

नहायी।

गर्म पानी से।

ख़ुद से प्यार से।

जैसा — जैसा मैंने दस सितंबर के बाद — सीखा था।

बाहर आयी।

बाल बनाए।

लाल स्कार्फ़ लगाया।

जो उसने मुझे एक बार बनारस में दिखाया था — एक पुरानी दुकान में — जिसे मैंने बाद में अपनी सहेली से लाया था।

लाल — मेरा रंग।

माँ का रंग।

मेरा रंग।

और — और जिस दिन वो किसी और से शादी कर रहा था — मैंने अपने रंग पहने।

क्योंकि — क्योंकि — मेरा रंग — उसके न होने से — नहीं बदलता।

ये मेरा रंग है।

आज भी।

कल भी।

हमेशा।

मैं घर से निकली।

पापा थे।

सावित्री आंटी थीं।

आदर्श स्कूल जा रहा था।

मैंने कहा — "मैं — मैं संगम जा रही हूँ।"

"क्यों?"

"बस।"

"अकेले?"

"हाँ।"

पापा ने सर हिलाया।

कुछ नहीं पूछा।

अच्छा था।

अगर पापा कुछ पूछते — तो मेरा सब्र — टूट जाता।

संगम।

जहाँ गंगा-यमुना मिलती हैं।

जिसे मैंने हमेशा से अच्छा माना था।

क्योंकि — क्योंकि वहाँ दो चीज़ें — एक हो जाती हैं।

मैं रिक्शा से उतरी।

घाट पर गयी।

एक छोटी सी नाव वाला था।

"बहन जी — संगम चलें?"

"हाँ।"

"पचास रुपए।"

मैंने पैसे दिए।

नाव में बैठी।

वो हिल कर — पानी पर — चलने लगी।

बिल्कुल बीच में पहुँची — जहाँ दो धारें मिलती हैं।

नाव वाले ने कहा — "बहन जी — पवित्र हैं ये जगह। कुछ माँगो।"

मैंने हँसा।

"क्या माँगू?"

"जो मन में हो।"

"मेरे मन में कुछ नहीं।"

"फिर क्यों आयी?"

मैं चुप।

"भगवान को कुछ देने आयी हो?"

"शायद।"

"क्या?"

"कुछ — कुछ टुकड़े।"

"क्या?"

"रहने दीजिए।"

वो चुप हो गया।

मैंने — मैंने अपने बैग से — एक छोटा सा कपड़े का थैला निकाला।

उसमें एक चीज़ थी।

एक सूखा हुआ गुलाब।

मेरे डायरी में जो था।

जो उसने मुझे दिया था।

बहुत महीने पहले।

और एक चिट्ठी।

जो मैंने आज सुबह — उसके लिए — लिखी थी।

जो मैं उसे कभी नहीं भेजूँगी।

जो — जो मैंने सिर्फ़ अपने लिए लिखी थी।

मैंने — मैंने थैला खोला।

और — एक-एक करके — दोनों चीज़ें — संगम के पानी में — डाल दीं।

गुलाब — पानी पर — एक पल — तैरा।

फिर — डूब गया।

चिट्ठी — चिट्ठी पानी सोख गयी।

घुलने लगी।

स्याही — पानी में — फैली।

जैसे — जैसे एक काली नदी।

जो मेरे शब्दों की थी।

जो — जो — एक और बड़ी नदी में — मिल रही थी।

ज़ोया जी।

उस चिट्ठी में मैंने क्या लिखा था — आज भी मुझे याद है।

बस — दो पंक्तियाँ।

"तुम्हें मेरा सब कुछ — मैंने दिया।"

"तुम्हारा कुछ — मेरे पास नहीं।"

"बस — एक नाम।"

"और वो भी — मैंने दुनिया से बचा कर रखा।"

"क्योंकि — क्योंकि मेरी मोहब्बत मरी नहीं।"

"बस — मेरी मोहब्बत — एक अजायबघर में रखी हुई — एक बंद चीज़ बन गयी।"

"जिसे — जिसे मैं रोज़ देखती हूँ।"

"पर — कोई और नहीं देख सकता।"

"शादी मुबारक।"

"तुम्हारी ज़िंदगी ख़ुश रहे।"

"मेरी — मेरी अपनी।"

"— जान्वी।"

मैंने — मैंने नाव वाले से कहा — "वापस ले चलो।"

वो ले चला।

घाट पर — मैं उतरी।

रिक्शा लिया।

घर आयी।

और — और एक नयी चीज़ शुरू की।

मैंने अपने पुराने डायरी के पन्ने — एक-एक — फाड़े नहीं।

रखे।

सब रखे।

पर — मैंने एक नयी डायरी ली।

जो — जो आज — मेरी ये जो किताब है — आपकी — उसकी जड़ है।

उसके पहले पन्ने पर मैंने लिखा —

"बारह जनवरी, दो हज़ार सत्रह।"

"वो आज शादी कर रहा है।"

"मैं — मैं नहीं रोऊँगी।"

"मैंने पंद्रह बरस के लिए — एक बार — रो लिया।"

"अब और नहीं।"

"आज से — मैं — एक नयी ज़िंदगी शुरू करूँगी।"

"पुरानी ज़िंदगी — पंद्रह बरस की — मरी।"

"बीच की ज़िंदगी — पाँच महीने की — चली गयी।"

"आज — आज एक तीसरी ज़िंदगी।"

"न रूही की।"

"न जान्वी की — जो उसकी थी।"

"एक नयी।"

"जिसका नाम — अभी तय नहीं।"

"जो — जो धीरे-धीरे — ख़ुद बनेगी।"

"और एक दिन — एक दिन — मैं अपनी कहानी — किसी को सुनाऊँगी।"

"क्योंकि — क्योंकि कहानियाँ — जब किसी को सुनायी जाती हैं — तो ख़त्म नहीं होतीं।"

"वो — वो आगे बढ़ती हैं।"

"एक से दूसरे को।"

"दूसरे से तीसरे को।"

"मेरी कहानी — मेरे साथ नहीं मरेगी।"

"मैं — मैं उसे ज़िंदा रखूँगी।"

"भले — भले मैं — उसके बिना — कैसे भी रहूँ।"

ज़ोया जी।

ये डायरी — आपके सामने है।

जो — जो उस दिन से — मैं रोज़ लिखती रही।

दस साल हो गए।

बत्तीस दिन के बाद — मेरे पास सिर्फ़ ये डायरी रही।

और — और एक खालीपन।

जिसे — जिसे मैंने कभी पूरा नहीं भरा।

लोग कहते हैं — "वक़्त सब कुछ ठीक करता है।"

मैं — मैं नहीं मानती।

वक़्त कुछ ठीक नहीं करता।

वक़्त — बस — चीज़ों को धुंधला करता है।

ज़ख़्म — रहते हैं।

बस — रंग बदलते हैं।

ख़ून का लाल — फिर भूरा — फिर पीला — फिर — फिर शायद सफ़ेद।

पर निशान — निशान रहता है।

और मेरे शरीर पर — जो निशान — पापा का है — वो भी अब — हल्का है।

पर है।

और मेरे दिल पर — जो निशान — उसका है — वो भी हल्का है।

पर है।

ज़ख़्म जाते नहीं।

बस — हम उनके साथ — रहना सीख जाते हैं।

मैंने — उस रात — एक और बात लिखी।

जो — जो शायद — सबसे ज़रूरी थी।

"आज — आज मैंने — एक नयी पहचान बनायी।"

"पंद्रह बरस तक — मैं रूही थी।"

"पंद्रह बरस से नौ महीनों तक — मैं जान्वी थी — उसकी जान्वी।"

"आज से — आज से — मैं ख़ुद की हूँ।"

"और मेरी पहचान — मेरी अपनी।"

"मैं — मैं वो लड़की हूँ — जिसने पंद्रह बरस तक एक राज़ रखा।"

"मैं — मैं वो लड़की हूँ — जो स्टेशन पर — एक उल्टी किताब के सामने — रोयी।"

"मैं — मैं वो लड़की हूँ — जिसे एक लड़के ने — दस दिन तक ढूँढा।"

"मैं — मैं वो लड़की हूँ — जिसने पाँच महीने में अपना दूसरा जन्म लिया।"

"मैं — मैं वो लड़की हूँ — जिसने अपना सच एक रात — पंद्रह बरस बाद — किसी को बताया।"

"और — और मैं — मैं वो लड़की हूँ — जो आज — आज एक शादी के दिन — संगम पर एक सूखा गुलाब डाल कर — आगे बढ़ने का फ़ैसला कर रही है।"

"मेरी ज़िंदगी — एक प्यार की ज़िंदगी थी।"

"फिर — फिर एक प्यार की कमी की।"

"पर — पर मैं — मैं उससे ज़्यादा हूँ।"

"मैं — मैं — आज — एक नयी ज़िंदगी हूँ।"

"और शायद — शायद इस ज़िंदगी में — कोई और न आए।"

"शायद आए।"

"पर ये ज़िंदगी — ये ज़िंदगी मेरी है।"

"और इसे — इसे — मैं — ख़ुद ख़ुद से प्यार करूँगी।"

"क्योंकि — क्योंकि मेरे आगे — कोई नहीं था जो मुझसे प्यार करता।"

"बस — मैं ख़ुद थी।"

"और मैं — मैं अपनी हूँ।"

"पंद्रह बरस — मैंने ख़ुद पर शक किया।"

"नौ महीने — एक लड़के पर भरोसा।"

"अब — अब — पंद्रह + नौ महीने — साढ़े पंद्रह बरस — एक भरोसे की कमी।"

"आज से — आज से — मैं ख़ुद पर भरोसा रखूँगी।"

"क्योंकि — क्योंकि — एक दिन — एक दिन — मैं अपनी कहानी — एक लेखिका को सुनाऊँगी।"

"पता नहीं कब।"

"पता नहीं कौन।"

"पर एक दिन — एक दिन — कहानी सुनायी जाएगी।"

"क्योंकि — कहानियों को — किसी को सुनाना ज़रूरी है।"

"वरना — वरना वो — हमारे अंदर — हमें खाने लगती हैं।"

"और मैं — मैं ख़ुद को नहीं खाने दूँगी।"

ज़ोया जी।

बारह जनवरी की रात।

मैं — मैं सोयी।

और — और एक सपना देखा।

मेरी माँ का।

जो — जो आज भी — कभी-कभी आती हैं।

मेरे सपनों में।

पर हमेशा मुस्कुराती।

जैसे — जैसे ज़िंदगी में नहीं हुआ था।

उन्होंने मुझे देखा।

मेरा हाथ पकड़ा।

और कहा — "जान्वी।"

मैंने पूछा — "रूही नहीं?"

उन्होंने हँसा।

"दोनों।"

"दोनों?"

"हाँ। तुम — तुम दोनों हो।"

"पर — पर रूही तो — रूही तो मर गयी।"

"नहीं।"

"नहीं?"

"रूही — रूही तुम्हारे अंदर है।"

"और जान्वी?"

"जान्वी — जान्वी भी।"

"दोनों?"

"हाँ। दोनों।"

"क्यों?"

"क्योंकि — एक औरत — एक नाम की नहीं होती।"

"फिर?"

"एक औरत — कई नामों की होती है।"

"तीसरा नाम?"

"वो — वो तुम तय करोगी।"

"कब?"

"जब — जब तुम तैयार होगी।"

मैं उठी।

सपने से।

रो रही थी।

पर — पर मुस्कुरा भी रही थी।

ये एक नयी मुस्कुराहट थी।

जिसमें दर्द था।

पर ख़ुशी भी।

और — और मेरी ज़िंदगी — मेरी ज़िंदगी में — पहली बार — दोनों — साथ — थे।

ये — ये एक तीसरा रास्ता था।

न पूरा दर्द।

न पूरी ख़ुशी।

बस — एक मिश्रण।

जिसका नाम — मुझे अभी तय करना था।

* * *

अध्याय पंद्रह

रुक जाने का वादा

"कुछ रिश्ते — टूटने पर — मरते नहीं। वो सिर्फ़ एक नया रूप ले लेते हैं। प्रेमी — दोस्त बनते हैं। पति-पत्नी — अजनबी। और कुछ — कुछ अधूरे प्रेम — पाँच बरस सोते हैं। और एक दिन — एक फ़ोन की घंटी पर — फिर — जागते हैं।"

ज़ोया जी।

मैंने आपको बताया था — पंद्रह बरस की चुप्पी।

मैंने आपको बताया था — पाँच महीने का प्यार।

मैंने आपको बताया था — एक बारह जनवरी की शादी।

पर मैंने आपको — एक बात नहीं बतायी।

जो — जो शायद — सबसे ज़रूरी है।

बारह जनवरी के बाद।

पाँच बरस।

पाँच बरस तक — मेरे और उसके बीच — एक भी फ़ोन नहीं।

एक भी मेसेज नहीं।

एक भी हाल-चाल नहीं।

जैसे — जैसे एक इंसान — सच में — मेरी ज़िंदगी से — मिटा दिया गया हो।

मैंने भी — एक तरह से — मान लिया।

कि वो गया।

कि अब वो किसी और का है।

कि शायद — शायद उसके बच्चे भी हुए होंगे।

पाँच बरस बहुत होते हैं — किसी की कल्पना के लिए।

मैं — मैं उसे — हर साल — एक नया चेहरा देती।

पहले साल — एक अकेला पति।

दूसरे साल — एक हँसती हुई पत्नी के साथ।

तीसरे साल — एक छोटे बच्चे के साथ।

चौथे साल — दो बच्चों के साथ।

पाँचवें साल — एक पूरा परिवार।

और मैं — मैं उसके परिवार के बाहर — एक खिड़की के पास खड़ी।

देखती।

बस — देखती।

ये — ये कल्पना ही — मेरा जीना थी।

क्योंकि — क्योंकि कल्पना में मैं उसे बार-बार खो रही थी।

और — खोते-खोते — एक दिन — मैं — खोयी हुई की — आदी हो गयी।

ये — ये एक तरह का इलाज था।

बहुत धीमा।

पर असरदार।

पाँच बरस।

मैंने — मैंने ज़िंदगी जी।

बारह जनवरी के बाद — मैंने एक नौकरी ली।

एक NGO में।

जो — जो उन बच्चियों के साथ काम करती थी — जो — जो मेरी जैसी थीं।

जिनके साथ — कुछ हुआ था।

जिनकी आवाज़ — बंद थी।

जिनके पास — सुनने वाला कोई नहीं।

मैंने — मैंने उन्हें सुना।

और — सुनते-सुनते — मेरी अपनी कहानी — एक दूसरी कहानी बन गयी।

मैं — पंद्रह बरस की एक चुप्पी से — एक हज़ार चुप्पियों की सुनने वाली बन गयी।

ये एक तरह का बदला नहीं था।

ये — ये एक तरह की प्रार्थना थी।

मेरी अपनी रूही के लिए।

जिसे — जिसे मैंने पंद्रह बरस तक — अकेला छोड़ दिया था।

अब — अब हर बच्ची को — मैं रूही की तरह सुनती।

और हर बच्ची — मेरे अंदर — रूही को — एक थोड़ा सा बचाती।

ये — ये एक चक्र था।

जिसने मुझे — ज़िंदा रखा।

और उन्हीं बरसों में — एक काम और किया।

दीदी को — आख़िरकार — बताया।

पूरा नहीं। पर इतना — कि वो अपनी बेटी को पापा के पास कभी अकेला न छोड़ें। किसी कमरे में नहीं। किसी शहर में नहीं।

दीदी रोयीं। बहुत देर। कुछ पूछा नहीं।

पर उस दिन के बाद — दीदी की बेटी — उस घर में कभी अकेली नहीं रही।

जो चुप्पी मुझे नहीं बचा पायी थी — वही चुप्पी, टूट कर — एक बच्ची को बचा रही थी।

मैं इलाहाबाद से दिल्ली आ गयी।

दीदी ने मना किया था।

पापा ने भी।

पर मैं आयी।

क्योंकि — इलाहाबाद में — हर मोड़ — एक यादगार था।

खुसरो बाग़।

लाइब्रेरी।

सब्ज़ी मंडी।

वो स्टेशन।

मैं उन सब से — दूर भागना चाहती थी।

दिल्ली में — कोई याद नहीं थी।

बस — एक नयी ज़िंदगी।

मैंने एक छोटा सा फ़्लैट लिया।

पुरानी दिल्ली के पास।

एक बूढ़े मकान-मालिक की किरायेदार।

जो — जो हर दूसरे दिन — खाना बना कर लाते।

"अकेले रहती हो।" वो कहते। "खाना तो खाओ।"

मैं हँसती।

खाती।

पाँच बरस — मैंने उन्हें माँ-बाप की तरह माना।

और — और जब वो गुज़रे — पिछले साल — मैंने उन्हें भी अपनी डायरी में — एक पन्ना दिया।

ज़ोया जी — ये बात अभी आपको नहीं बतायी थी।

मेरी ज़िंदगी में — पाँच बरस — कुछ अच्छे लोग आए।

मेरे मकान-मालिक।

NGO की एक सहेली — रिया।

एक डॉक्टर — जिसने मेरा इलाज शुरू किया।

हाँ — मैंने इलाज शुरू किया।

बारह जनवरी के एक साल बाद।

एक मनोचिकित्सक के पास।

बहुत डर लगा था।

पर रिया ने ज़ोर दिया।

"जान्वी — तुम — तुम अकेले नहीं ठीक हो सकती।"

मैं गयी।

और — और एक डॉक्टर ने — मेरी ज़िंदगी में — पहली बार — मुझे — एक नाम दिया।

PTSD।

Post-traumatic stress disorder.

मैं — मैं एक "मरीज़" थी।

मैं पागल नहीं थी।

मेरी ज़िंदगी की हर चीज़ — हर डर — हर ठिठक — हर रात — एक बीमारी का — एक हिस्सा था।

और बीमारी — बीमारी का इलाज होता है।

मैंने — मैंने इलाज लिया।

ढाई बरस।

हर हफ़्ते।

एक घंटा।

और — और इन ढाई बरसों में — मैं — मैं धीरे-धीरे — पूरी बननी शुरू हुई।

रूही — जान्वी — और — और एक तीसरा कोई — जिसे डॉक्टर ने कहा था — "अपने आप को नाम दे दो जो चाहो। पर ये तीसरी — ये तीसरी अब — दोनों को सँभालने वाली है।"

मैंने उसका नाम — कुछ नहीं रखा।

बस — मैंने सोचा — "ये मैं हूँ।"

बिना नाम।

बिना डर।

बिना उसकी।

मेरी।

पाँच बरस।

ये पाँच बरस — मेरी ज़िंदगी के सबसे लंबे थे।

और — और सबसे ज़रूरी।

मैं — मैं ख़ुद से मिली। पाँच बरस में।

जो — जो मैं — पच्चीस बरस में — कभी नहीं मिली थी।

मेरे बीस के — पच्चीस के — पच्चीस से तीस के दशक।

ये दशक — एक औरत को — एक औरत बनाते हैं।

और — और मैं — मैं इस दशक में — एक औरत बनी।

बिना उसके।

ये — ये एक तरह की जीत थी।

पर — पर जीत में — एक हार भी थी।

क्योंकि — मैं तो उसी की होना चाहती थी।

और — और मैं — आख़िर में — किसी की नहीं हुई।

ख़ुद की हुई।

जो — जो शायद — किसी का होने से — बेहतर है।

पर — पर "शायद" शब्द — एक टीस है।

जो मेरे अंदर — आज भी है।

जुलाई।

दो हज़ार बाईस।

बारह जनवरी के साढ़े पाँच बरस बाद।

मैं — मैं अपने फ़्लैट में थी।

रात के नौ बज रहे थे।

खाना खा रही थी।

टीवी पर — कोई पुराना हिंदी गाना।

मेरे फ़ोन पर — एक रिंग।

एक नंबर — जो — जो मेरे पास save नहीं था।

पर — पर पाँच साढ़े बरस बाद — मेरा दिल — एक छोटी सी धड़कन से — रुका।

क्योंकि — क्योंकि कुछ नंबर — कभी मिटते नहीं।

मोबाइल से।

पर — दिल से नहीं।

मैंने उस नंबर को — पंद्रह बरस की रूही की तरह — पहचान लिया।

ये — ये उसका था।

बहुत समय बाद।

पर वही।

मैंने — मैंने रिंग को बजने दिया।

बहुत देर।

जब रिंग बंद होने वाली थी — मैंने उठाया।

"हलो।" मेरी आवाज़ — काँप रही थी।

उधर चुप्पी।

बहुत लंबी।

फिर — फिर एक आवाज़।

"जान्वी।"

बस।

एक शब्द।

पाँच बरस बाद।

"जान्वी।"

ज़ोया जी।

मेरी आँखें — एक पल में — भर गयीं।

मेरे हाथ — काँपे।

फ़ोन — मेरे हाथ से — गिरने वाला था।

मैंने उसे — कस कर — पकड़ा।

"हाँ।"

"मैं —"

"पता है।"

लंबी चुप्पी।

"क्या — क्या तुम बात करना चाहोगी?"

"पता नहीं।"

"मैं — मैं रख दूँ?"

"नहीं।"

"फिर?"

"मत रखो।"

लंबी चुप्पी।

"तुम कहाँ हो?" उसने पूछा।

"दिल्ली।"

"दिल्ली?"

"हाँ।"

"कब से?"

"पाँच बरस।"

"पाँच बरस?"

"हाँ।"

"तो — तो इलाहाबाद नहीं?"

"नहीं।"

लंबी चुप्पी।

"मैं — मैं भी दिल्ली में हूँ।"

मेरा दिल — रुका।

"क्या?"

"हाँ।"

"क्यों?"

"एक — एक काम से।"

"कब आए?"

"दो दिन हुए।"

"कब तक?"

"एक हफ़्ता।"

लंबी चुप्पी।

"क्या — क्या मिल सकते हैं?" उसने पूछा।

मैं — मैं चुप।

बहुत देर।

"मिल सकते हैं?" उसने फिर पूछा।

"पता नहीं।"

"मैं समझता हूँ।"

"क्या समझते हो?"

"कि — कि शायद तुम — तुम न चाहो।"

"और — अगर मैं चाहूँ?"

लंबी चुप्पी।

"मुझे — मुझे तुम्हें कुछ कहना है।"

"क्या?"

"फ़ोन पर नहीं।"

"फिर?"

"आमने-सामने।"

"कब?"

"कल।"

"कल?"

"हाँ। अगर तुम — अगर तुम चाहो।"

मैंने एक लंबी साँस ली।

ज़ोया जी।

ज़ोया जी, उस पल — मेरे अंदर — हज़ार चीज़ें हो रही थीं।

एक तरफ़ — पाँच बरस की कमायी ख़ुद से — मेरे हाथ से — फिसल रही थी।

दूसरी तरफ़ — पाँच बरस की एक टीस — एक उम्मीद — कह रही थी — "जा। मिल। एक बार।"

तीसरी तरफ़ — मेरी डॉक्टर की आवाज़ — कान में — "जान्वी, कुछ दरवाज़े बंद ही रखना — एक तरह की हिम्मत है।"

चौथी तरफ़ — रूही की आवाज़ — बहुत छोटी — "जा।"

मैंने — मैंने रूही की सुनी।

क्योंकि — क्योंकि रूही — मेरे अंदर — सबसे छोटी थी।

और सबसे छोटी की बात — सबसे ज़्यादा मानी जाती है।

क्योंकि — सबसे छोटी का दिल — सबसे साफ़ होता है।

"हाँ।" मैंने कहा।

"पक्का?"

"पक्का।"

"कहाँ?"

मैंने सोचा।

जगह।

कौन सी जगह?

घर — नहीं।

पुरानी दिल्ली में — कहीं बाज़ार — नहीं।

रेस्तराँ — बहुत intimate।

फिर — मुझे एक जगह दिखी।

लोदी गार्डन।

जहाँ — जहाँ बहुत सारे लोग होते हैं।

पर एक तरह का अकेलापन भी।

पुराने मकबरे।

बूढ़े पेड़।

एक पुरानी सुलह।

"लोदी गार्डन।"

"कब?"

"कल। शाम पाँच बजे।"

"पक्का?"

"पक्का।"

"जान्वी।"

"हाँ।"

"धन्यवाद।"

मैंने — मैंने फ़ोन रखा।

और — फ़ोन रखते ही — मैं — मैं बैठी रही।

बहुत देर।

खाना — मेज़ पर — ठंडा हुआ।

टीवी — चलता रहा।

और मेरी ज़िंदगी — मेरी ज़िंदगी — एक नये मोड़ पर — खड़ी।

जिसका मुझे पता नहीं था — कहाँ ले जाएगा।

अगले दिन।

लोदी गार्डन।

शाम पाँच बजे।

मैं चार बजे पहुँची।

पुरानी आदत।

मैं — मैं उस बेंच के पास बैठ गयी — जहाँ से एक पुराना मकबरा दिखता है।

ठंडी हवा।

जुलाई की एक मामूली बारिश।

घास — गीली।

और मेरे हाथ — काँप रहे थे।

पाँच बजे।

मैं इधर-उधर देखती रही।

पाँच बज कर पाँच मिनट।

फिर — फिर मैंने देखा।

वो आ रहा था।

दूर से।

ज़ोया जी — मैंने उसे — पाँच बरस बाद — पहली बार देखा।

वो — वो बदल गया था।

बाल — कुछ सफ़ेद।

चेहरे पर — थकान की लकीरें।

कंधे — थोड़े झुके हुए।

एक नीली शर्ट।

जींस।

पुराना सा बैग।

जैसे — जैसे — जो लड़का गया था — वो वही नहीं था जो लौटा था।

जो लौटा था — वो — पाँच बरस की धूप में — बूढ़ा हुआ था।

समय से पहले।

पर — पर एक चीज़ बदली थी।

उसके चेहरे पर — एक चीज़ थी जो पहले नहीं थी।

एक तरह की शांति।

बहुत हल्की।

जैसे — जैसे — कोई जो बहुत साल लड़ता रहा हो — और अब — अब उसने हार मानी हो।

पर हार में — एक तरह की राहत हो।

वो आया।

मेरे पास।

रुका।

मेरी तरफ़ देखा।

बहुत देर।

मैं — मैंने भी उसे देखा।

बहुत देर।

कोई कुछ नहीं बोला।

फिर — फिर वो बेंच पर बैठा।

बग़ल में।

पर एक हाथ की दूरी।

जैसे — जैसे पहली बार — स्टेशन पर — कई बरस पहले।

"जान्वी।"

"हाँ।"

"तुम — तुम कमज़ोर हो गयी हो।"

मैंने हँसा।

"पाँच बरस में?"

"हाँ।"

"शायद।"

"और — और तुम बदल भी गयी हो।"

"बदला तो हर कोई बदलता है।"

"पर — पर तुम — एक अलग तरह से बदली हो।"

"कैसे?"

"पहले — पहले तुम्हारी आँखों में — एक डर था।"

"अब?"

"अब डर नहीं।"

"फिर?"

"फिर — फिर एक सच्चाई है।"

मैंने मुस्कुराया।

"और तुम?"

"मैं?"

"हाँ।"

"मैं — मैं भी बदल गया हूँ।"

"कैसे?"

"मैं — मैं — पहले बहुत दिन — एक हैवान था।"

"था?"

"हाँ।"

"और अब?"

"अब — अब — एक थोड़ा कम।"

मैंने उसे देखा।

"क्यों?"

"क्योंकि — क्योंकि कुछ बदला है।"

"क्या?"

"बहुत कुछ।"

"बताओ।"

"बताऊँगा।"

"पहले — पहले एक बात।"

"क्या?"

"जो तुम कहने आए हो।"

उसने एक लंबी साँस ली।

फिर — फिर उसने कहा —

"जान्वी।"

"हाँ।"

"मेरे पापा को — मेरे पापा को — कैंसर — कैंसर नहीं था।"

मेरा दिल — रुक गया।

"क्या?"

"हाँ।"

"मतलब?"

"मतलब — माँ ने — माँ ने झूठ बोला।"

"किसको?"

"मुझको। तुमको। दुनिया को।"

मेरी साँसें — रुकीं।

"सब झूठ?"

"सब।"

"पापा — पापा बीमार थे ही नहीं?"

"नहीं।"

"और — और शादी?"

"शादी — जान्वी — शादी की वजह — कैंसर नहीं थी।"

"फिर?"

"फिर — फिर ज़ात।"

"क्या?"

"माँ नहीं चाहती थीं — मैं तुमसे शादी करूँ।"

"क्यों?"

"ज़ात की वजह से।"

"पर — पर हम दोनों — दोनों *SC* थे।"

"पर अलग।"

"फिर भी?"

"फिर भी — माँ के लिए — वो फ़र्क़ — दुनिया से बड़ा था।"

मैंने आँखें बंद कीं।

ज़ोया जी।

पाँच बरस।

पाँच बरस तक — मैंने एक बात अपने अंदर रखी थी।

"उसने मुझे छोड़ा क्योंकि उसके पिता मर रहे थे।"

ये — ये कहानी — ये कहानी मेरा सहारा थी।

क्योंकि — कैंसर — मेरी अपनी माँ की मौत की वजह — एक बड़ी वजह थी।

और — एक बड़ी वजह से — मेरा प्यार खो जाना — एक तरह से — सहनीय था।

पर — पर अगर वो वजह झूठ थी —

तो — तो मेरा प्यार — सच में — एक झूठ के लिए — खो गया।

"ज़ात।"

एक पुरानी बात।

जो दुनिया की सबसे छोटी बातों में से है।

पर — जो दुनिया के सबसे बड़े प्यारों को — मार देती है।

मेरा प्यार — एक छोटी बात के लिए — एक बड़ी मौत मरा।

और मैं — मैं पाँच बरस से — एक झूठी बीमारी के लिए — एक झूठ के लिए — रोयी थी।

ये — ये जानना — एक नया दर्द था।

जो पाँच बरस के पुराने दर्द से — और भी ज़्यादा गहरा था।

"तुम्हें कैसे पता चला?" मैंने पूछा।

"शादी के तीन महीने बाद।"

"कैसे?"

"पापा ने ख़ुद बताया।"

"पापा?"

"हाँ।"

"क्यों?"

"क्योंकि — क्योंकि वो मेरी हालत देख नहीं पा रहे थे।"

"क्या हालत?"

"मैं — मैं खाता नहीं था। बात नहीं करता था। पत्नी से दूर रहता था।"

"और?"

"और — एक रात — पापा ने मुझे बुलाया। कहा — बेटा, तेरी माँ ने झूठ बोला था। तुझे, मुझे, उस लड़की को।'"

"मतलब?"

"मतलब — मेरी माँ ने — पापा से भी कहा था कैंसर का झूठ। पापा को बाद में पता चला।"

"पर — पर माँ ने — माँ ने तुम्हारे पापा से क्यों झूठ बोला?"

"क्योंकि — पापा — पापा शादी रोक देते। अगर उन्हें असली वजह पता चलती।"

"असली वजह?"

"ज़ात।"

"पापा — पापा को ज़ात पर एतराज़ नहीं था?"

"नहीं।"

"फिर माँ क्यों थीं?"

"क्योंकि — क्योंकि माँ — माँ ने एक बार कुछ देखा था।"

"क्या?"

"बचपन में।"

"क्या?"

"उनकी एक बहन थी। उन्होंने — उन्होंने एक 'दूसरी ज़ात' के लड़के से — प्यार किया।"

"और?"

"और — गाँव वालों ने — गाँव वालों ने — दोनों को — मार दिया।"

मेरी साँसें — रुकीं।

"क्या?"

"हाँ।"

"माँ — माँ ने ये देखा?"

"हाँ। माँ नौ साल की थीं तब।"

"और?"

"और — माँ — माँ कभी इस डर से बाहर नहीं निकल पायीं।"

"डर?"

"कि — कि अगर मैं तुमसे शादी करूँ — तो — तो तुम भी मारी जाओगी।"

"पर — पर ये — ये पुराना डर था।"

"माँ का — माँ का कोई पुराना डर नहीं होता, जान्वी।"

मैंने उसे देखा।

ज़ोया जी।

ज़ोया जी, सुनिए।

ये बात — ये बात मेरे लिए — एक नया दरवाज़ा थी।

उसकी माँ — उसकी माँ हैवान नहीं थीं।

वो भी — एक डर की औरत थीं।

एक पुराने डर की।

जो — जो उन्होंने नौ साल की उम्र में देखा था।

जो — जो उनके दिल में — पचास बरस तक — बैठा रहा।

और जो — जो एक दिन — उनके बेटे की ज़िंदगी पर — गिरा।

तीन पीढ़ियाँ।

एक डर — तीन पीढ़ियों को — खा जाता है।

उनकी बहन को।

उनके बेटे को।

और — मुझे।

हम तीन — एक डर के — तीन शिकार।

और इस डर का नाम — समाज था।

ज़ात थी।

पुरानी पीढ़ियों की बीमारी थी।

जिसका इलाज — आज तक — नहीं हुआ।

"फिर?" मैंने पूछा। "फिर तुमने क्या किया?"

"मैं — मैं रोया।"

"बस?"

"नहीं।"

"फिर?"

उसने एक लंबी साँस ली।

"फिर — उस सच को मैं दो बरस ढोता रहा। और फिर — एक रात — मैं अपनी पत्नी के पास गया।"

मेरा दिल — एक पल के लिए — ठहरा।

"और?"

"और — और मैंने उसे — सब बताया।"

"सब?"

"हाँ।"

"मतलब — मेरे बारे में?"

"हाँ।"

"पाँच महीने का प्यार?"

"हाँ।"

"होटल वाली रात?"

"हाँ।"

"पंद्रह बरस वाला सच — जो तुमने मेरा सुना था?"

"नहीं।"

"नहीं?"

"नहीं। वो — वो तुम्हारा था। मेरा नहीं।"

मैंने मुस्कुराया।

बहुत हल्का।

"वो — वो तुमने रखा।"

"हाँ।"

"पंद्रह बरस की बात — पंद्रह बरस से — तुमने रखी।"

"हाँ।"

"पाँच बरस में किसी से नहीं कही?"

"नहीं।"

"पक्का?"

"पक्का।"

"धन्यवाद।"

"नहीं।"

"नहीं?"

"धन्यवाद नहीं। ये — ये मेरा फ़र्ज़ था।"

मैं चुप।

"फिर — फिर पत्नी ने क्या कहा?"

"पहले — पहले रोयी।"

"बहुत?"

"बहुत।"

"फिर?"

"फिर — फिर एक रात — एक पूरी रात — हम दोनों बैठे रहे।"

"और?"

"और — और सुबह तक — उसने कुछ नहीं कहा।"

"फिर?"

"सुबह — सुबह उसने कहा — मैं — मैं भी एक बात कहना चाहती हूँ।'"

"क्या?"

"वो भी — उसकी भी एक कहानी थी।"

"मतलब?"

"उसके भी — उसका भी एक कोई था। उससे शादी होनी थी। पर — पर उसके माँ-बाप ने ज़बरदस्ती — मेरे साथ शादी करवाई।"

"और वो लड़का?"

"वो — वो शादी से एक हफ़्ता पहले — एक *accident* में मर गया।"

मैंने उसे देखा।

"क्या?"

"हाँ।"

"और — और तुम्हें ये दो बरस — पता नहीं था?"

"नहीं।"

"पर — पर वो रोती थी रोज़।"

"हाँ।"

"तुमने कभी पूछा नहीं?"

"नहीं।"

"क्यों?"

"क्योंकि — क्योंकि मैं — मैं अपने ग़म में था।"

"और वो — वो भी अपने में?"

"हाँ।"

लंबी चुप्पी।

ज़ोया जी।

ज़ोया जी — सोचिए।

दो लोग।

एक छत के नीचे।

दो बरस।

दोनों — दोनों रोते।

दोनों — दोनों एक-दूसरे का दर्द — पास में देखते।

पर — पर कोई पूछता नहीं।

क्योंकि — हर कोई — अपने ग़म से — इतना भरा हुआ था — कि किसी और का देखने की जगह नहीं थी।

ये — ये एक त्रासदी थी।

दो टूटे हुए लोग — एक छत के नीचे — एक-दूसरे की कमी पहचान कर भी — पूछते नहीं।

क्योंकि — क्योंकि दोनों को लगता है — "मेरी कहानी सबसे बड़ी।"

और जब दो लोग ये सोचते हैं — तो वो दोनों — दूसरे की कहानी को — कभी नहीं सुनते।

और प्यार — प्यार सुनने से शुरू होता है।

अगर सुनना नहीं — तो प्यार नहीं।

बस — एक छत।

"फिर?" मैंने पूछा।

"फिर — फिर उस सुबह — हमने — हमने एक नयी शुरुआत की।"

"कैसे?"

"पहले — पहले एक बात तय की।"

"क्या?"

"कि — कि अब हम — एक-दूसरे से कुछ नहीं छुपाएँगे।"

"और?"

"और — दूसरी बात — दोनों एक-दूसरे से — अपने पुराने को — दूर रखेंगे।"

"मतलब?"

"मतलब — वो अपने उस लड़के को — मैं तुम्हें — दोनों — दोनों एक तरह से छोड़ेंगे।"

"छोड़ेंगे?"

"मतलब — आगे बढ़ेंगे।"

"और — और तुमने छोड़ा मुझे?"

लंबी चुप्पी।

बहुत लंबी।

फिर — फिर उसने कहा — "नहीं।"

"नहीं?"

"नहीं।"

"फिर?"

"फिर — मैंने कोशिश की।"

"और?"

"और — पूरी तरह नहीं हुआ।"

"क्यों?"

"क्योंकि — कुछ चीज़ें — पूरी तरह नहीं छूटतीं।"

मैंने सर हिलाया।

"पर — पर तुमने एक चीज़ की।"

"क्या?"

"मैंने — मैंने पत्नी को — एक तरह से — अपनाया।"

"मतलब?"

"मतलब — मैंने — दो बरस तक जो प्यार — मैं उसे नहीं दे पाया था — मैंने वो देना शुरू किया।"

"कब से?"

"उसी रात के बाद से।"

"दो बरस बाद?"

"हाँ।"

"और — और वो?"

"वो — वो भी — एक तरह से — मुझे अपनाया।"

"मतलब?"

"मतलब — मेरे पुराने ज़ख़्म को — उसने स्वीकार किया।"

"ये कैसे?"

"क्योंकि — क्योंकि उसकी अपनी कहानी थी।"

"और?"

"और — दो दर्द वाले लोग — एक-दूसरे को — पहचानते हैं।"

मैंने मुस्कुराया।

बहुत देर बाद।

"वो — वो जान्वी जी।"

"वो — वो जान्वी जी।" उसने दोहराया।

"मतलब?"

"मतलब — एक बहुत अच्छी औरत है।"

"बच्चे?"

लंबी चुप्पी।

फिर — फिर उसने कहा — "हाँ।"

मेरा दिल — एक पल के लिए — रुका।

"बच्चे?"

"एक बच्ची।"

"बच्ची?"

"हाँ।"

"कितनी बड़ी?"

"दो साल।"

मेरी आँखें — भर आयीं।

"दो साल?"

"हाँ।"

"मतलब — तुम्हारी शादी के — तीन साल बाद?"

"हाँ।"

"पर — पर तुम तो — दो बरस के बाद — पत्नी से जुड़े।"

"हाँ।"

"फिर — दो साल — एक छोटी बच्ची।"

"हाँ।"

"मतलब — तीन साल पहले — तुम्हारी पत्नी के साथ — असली रिश्ता शुरू हुआ।"

"हाँ।"

"और — और एक बच्ची?"

"हाँ।"

"नाम?"

लंबी चुप्पी।

बहुत लंबी।

फिर — फिर उसने कहा —

"रूही।"

मेरी साँसें — रुकीं।

मेरे पूरे शरीर में — एक झटका।

"क्या?"

"रूही।"

"पर — पर ये — ये मेरा नाम है।"

"पता है।"

"तुम्हें कैसे पता?"

"तुमने बताया था।"

"मैंने?"

"हाँ।"

"कब?"

"होटल वाली रात।"

मैंने आँखें बंद कीं।

ज़ोया जी।

मुझे याद नहीं था।

दस बरस पहले — एक होटल के कमरे में — जब मैंने उसे अपना सच बताया था — तब मैंने उसे — एक छोटी सी बात भी बतायी थी।

अपना असली नाम।

"रूही।"

उसने उसे — उसने उसे एक डायरी में लिखा था — मेरी बात के — किसी कोने में।

और तीन बरस बाद — जब उसकी एक बच्ची हुई — उसने उसका नाम — रूही रखा।

"पत्नी ने — पत्नी ने मना नहीं किया?" मैंने पूछा।

"नहीं।"

"क्यों?"

"क्योंकि — मैंने उसे बताया।"

"क्या?"

"रूही — एक और लड़की का नाम है।"

"एक और?"

"हाँ।"

"मेरा?"

"नहीं।"

"नहीं?"

"नहीं। पत्नी को बताया — रूही — एक बहुत अच्छी लड़की का नाम है। एक मरी हुई बच्ची का।"

"मरी हुई?"

"हाँ। एक दस साल की बच्ची — जो — जो किसी ने — एक पहाड़ पर — मार दी।"

मेरी आँखें — एक बार में — बहुत बहीं।

"और — और मैं चाहता हूँ — मेरी बेटी का नाम — उस बच्ची के नाम पर हो।"

"क्यों?"

"क्योंकि — उस बच्ची को — उस बच्ची को — जो प्यार नहीं मिला — मेरी बेटी को मैं वो प्यार दूँगा।"

मैंने उसे देखा।

बहुत देर तक।

ज़ोया जी।

ज़ोया जी — सुनिए।

ये — ये बात।

ये बात मेरी ज़िंदगी की — सबसे ख़ूबसूरत और सबसे दर्द भरी बात।

उसने — उसने एक बच्ची को — मेरा नाम दिया।

और — और हर रोज़ — हर रोज़ — जब वो उस बच्ची को प्यार देता है — वो — वो मेरे लिए एक प्रायश्चित कर रहा है।

उसने मुझे जो प्यार नहीं दे पाया — वो उस बच्ची को दे रहा है।

और जब वो उस बच्ची को देखता है — वो — वो मुझे देखता है।

हर रोज़।

हर पल।

उसकी पत्नी — पत्नी को पता नहीं।

पत्नी को बस इतना पता — कि एक "अच्छी लड़की" थी — मरी हुई।

और उसका पति — उस लड़की की याद में — एक बच्ची को प्यार दे रहा है।

ये — ये एक तरह की बेईमानी थी।

पर — पर एक तरह की हीलिंग भी।

क्योंकि — उस बच्ची को — एक पिता का पूरा प्यार मिल रहा था।

भले — भले उस प्यार के पीछे — एक खोयी हुई प्रेमिका हो।

पर — प्यार — प्यार पहुँच रहा था।

और प्यार — चाहे जिस वजह से दिया जाए — पहुँच जाए — तो वो प्यार — सच्चा है।

"और तुम्हारी पत्नी?" मैंने पूछा।

"वो — वो जानती है।"

"क्या?"

"कि — कि मेरे दिल में एक और थी।"

"और — और एक बच्ची का नाम — उसकी याद में?"

"वो भी जानती है।"

"और — और वो ठीक है इसके साथ?"

"हाँ।"

"क्यों?"

"क्योंकि — वो भी — वो भी अपनी ज़िंदगी का — एक पुराना प्यार — साथ ले कर — मेरे साथ है।"

"मतलब?"

"मतलब — हम दोनों — एक-दूसरे के पुराने प्यारों को — स्वीकार किया है।"

"पर — पर वो प्यार — आज भी?"

"हाँ।"

"पर तुम — तुम साथ रहते हो?"

"हाँ।"

"कैसे?"

लंबी चुप्पी।

"क्योंकि — क्योंकि एक रिश्ता — एक अकेले प्यार से नहीं चलता।"

"फिर?"

"फिर — फिर — एक रिश्ते में — एक भरोसा होता है।"

"और प्यार?"

"प्यार — प्यार होना ज़रूरी है। पर — पर वो प्यार — एक तरह का होता है।"

"क्या तरह का?"

"रोज़ का।"

"और मेरा?"

"तुम्हारा — तुम्हारा प्यार एक और तरह का।"

"क्या?"

"एक यादगार।"

मैंने सर हिलाया।

"दोनों अलग।"

"हाँ।"

"दोनों — दोनों ज़रूरी?"

"हाँ।"

"पर — एक के बिना — तुम जी रहे हो।"

"हाँ। एक के बिना — पर एक की याद में।"

"और दूसरी?"

"दूसरी — रोज़ की।"

लंबी चुप्पी।

"मेरी पत्नी — मेरी पत्नी एक बहुत अच्छी औरत है, जान्वी।"

"पता है।"

"मैं — मैं उसके साथ हूँ।"

"पता है।"

"पर — पर तुम — तुम मेरे अंदर हो।"

"पता है।"

"और रहोगी।"

"पता है।"

"पर मैं — मैं तुम्हारे पास नहीं आ सकता।"

"पता है।"

"क्यों?"

"क्योंकि — क्योंकि एक बच्ची है। दो साल की।"

"हाँ।"

"और — और एक पत्नी।"

"हाँ।"

"जो — जो भी टूटी हुई है।"

"हाँ।"

"और — और तुमने उसे — एक तरह से ठीक किया।"

"कोशिश कर रहा हूँ।"

"और मैं — मैं अगर वापस आऊँ — तो वो कोशिश — टूटेगी।"

"हाँ।"

"और — और एक बच्ची — एक बच्ची को — पिता खोना पड़ेगा।"

"हाँ।"

"और — और मैं — मैं — मैं किसी की कीमत पर — अपनी ख़ुशी — नहीं ले सकती।"

"हाँ।"

मैंने सर हिलाया।

बहुत देर।

ज़ोया जी।

उस पल — उस एक पल में — मैंने एक बात समझी।

ज़िंदगी — ज़िंदगी हर बार — आप के सामने — एक नया चुनाव रखती है।

पाँच बरस पहले — मेरा चुनाव था — "रोऊँ, या आगे बढ़ूँ?"

मैंने आगे बढ़ने का चुनाव किया।

आज — आज मेरा चुनाव था — "वापस लौटूँ — और एक बच्ची की ज़िंदगी से उसका पिता छीनूँ — या वापस न लौटूँ — और एक बच्ची को — एक तरह से — बचाऊँ?"

मैंने — मैंने बच्ची को बचाने का चुनाव किया।

क्योंकि — क्योंकि एक बच्ची — दो साल की — रूही — मेरी रूही — मेरी अपनी।

उसका नाम।

उसका भविष्य।

उसकी हर सुबह — एक पिता।

उसकी हर रात — एक पिता की एक कहानी।

उसकी हर परेशानी — एक पिता का सहारा।

ये — ये उस बच्ची को मिलना चाहिए।

उसकी ज़ात — उसका धर्म — उसकी पुरानी पीढ़ियों के डर — उसको — उसको ज़िंदगी से दूर नहीं करने चाहिए।

उसकी ज़िंदगी — उसकी अपनी।

और मेरी — मेरी अपनी।

अलग।

पर — पर एक तरह से — जुडी।

उसके नाम से।

"रूही।"

हर बार जब उसके पिता उसे "रूही" बुलाएँगे — मैं — एक तरह से — वहाँ हूँगी।

और हर बार जब वो बच्ची हँसेगी — मैं — एक तरह से — हँसूँगी।

ये — ये एक नया प्यार था।

जो — जो मेरे और उसके बीच नहीं था।

जो — जो मेरे और एक बच्ची के बीच था।

जिसे मैं कभी नहीं मिली।

जिसे मैं कभी नहीं मिलूँगी।

पर — पर जिसके अंदर — मेरा एक हिस्सा — हमेशा रहेगा।

ये — ये भी एक तरह की मातृत्व थी।

दूर से।

बेनाम।

पर सच।

"एक बात कहूँ?" मैंने आख़िर में पूछा।

"हाँ।"

"उस बच्ची को — खूब प्यार देना।"

"दूँगा।"

"पक्का?"

"पक्का।"

"और — और जब वो बड़ी हो — तो उसे — तो उसे एक बात बताना।"

"क्या?"

"उसे बताना — कि उसका नाम — एक प्यार से रखा गया।"

"बताऊँगा।"

"पर — पर मेरा नाम मत लेना।"

"नहीं लूँगा।"

"बस — कहना — एक प्यारी सी लड़की थी। जिसका नाम रूही था। जो बहुत बहादुर थी।"

"बताऊँगा।"

"और — और एक बात।"

"हाँ?"

"उसे — उसे कभी अकेला मत छोड़ना।"

लंबी चुप्पी।

"कभी नहीं।"

"पक्का?"

"पक्का।"

"और — और कोई — कोई कमरे में — कोई पर्दा — कोई —"

मेरी आवाज़ — काँपी।

उसने मेरा हाथ — पकड़ा।

बहुत कस के।

"जान्वी।"

"हाँ।"

"मैं — मैं कभी नहीं छोड़ूँगा उसे अकेला।"

"कभी नहीं?"

"कभी नहीं।"

"पक्का?"

"पक्का।"

"उसे — उसे एक मक्खी भी न लगे।"

"हाँ।"

"भूरे पर्दे न दिखें।"

"हाँ।"

"और — और कोई आदमी — कोई — कोई क़रीबी — उसके कमरे में अकेला नहीं।"

"नहीं।"

"पक्का?"

"पक्का। मैं — मैं उसे — पंद्रह बरस की एक रूही नहीं बनने दूँगा।"

मेरी आँखें — फिर बहीं।

बहुत देर।

ज़ोया जी।

मैं — मैं उस पल समझ गयी।

उस लड़के ने — उस लड़के ने — मेरी ज़िंदगी का सबसे बड़ा प्रायश्चित किया।

मुझे — मुझे जो प्यार वो नहीं दे पाया — वो एक बच्ची को दे रहा था।

और — और वो बच्ची — एक तरह से — मैं भी थी।

दस साल की एक रूही।

जो — जो पंद्रह बरस पहले — पहाड़ों में — एक देवदार के पेड़ के सामने — जम गयी थी।

उस रूही को — उसने — एक नयी ज़िंदगी दी।

एक नयी रूही।

जो — जो दो साल की।

जो — जो अपने पिता की गोद में।

जो — जो दुनिया की हर बुराई से दूर।

जो — जो प्यार से भरी।

ये — ये एक तरह का जादू था।

एक मर चुकी बच्ची — एक नयी बच्ची में — फिर से ज़िंदा।

और — और मेरा प्यार — मेरा खोया हुआ प्यार — एक नयी शक्ल में — मेरे सामने।

प्यार — प्यार कभी मरता नहीं, ज़ोया जी।

प्यार बस — रूप बदलता है।

कभी — कभी प्रेमी नहीं रहते — पर उनका प्यार — एक बच्ची में — रहता है।

कभी — कभी एक नाम नहीं रहता — पर — कोई और उसी नाम से बुलाया जाता है।

कभी — कभी एक रिश्ता नहीं रहता — पर — एक रिश्ते की भावना — एक तीसरे रिश्ते में — चलती है।

उसने मुझे नहीं अपनाया।

पर — मेरा नाम।

मेरा नाम उसने एक बच्ची को दिया।

और इस तरह — एक तरह से — मैं — एक तरह से — मैं उसके परिवार का हिस्सा बन गयी।

दूर से।

बेनाम।

पर — पर एक नाम के साथ।

"रूही।"

बहुत देर बाद — हम उठे।

मैंने उसे — एक आख़िरी बार — देखा।

"जाओ।" मैंने कहा।

"हाँ।"

"उसके पास।"

"हाँ।"

"और — और मेरी बात याद रखना।"

"हाँ।"

"उसे प्यार देना। पूरा।"

"दूँगा।"

"और — और कभी — अगर — कोई और लड़की — तुम्हारी बच्ची की उम्र की — तुम्हें कहीं — एक स्टेशन पर — एक उल्टी किताब के सामने — रोती मिले —"

मैंने रुकी।

मेरी आवाज़ — काँपी।

"तो — तो उसे भी — बचा लेना।"

"बचाऊँगा।"

"पक्का?"

"पक्का।"

"और — और जब तुम्हारी रूही — पच्चीस की हो — और कहीं — कहीं किसी लड़के से प्यार करने लगे — और तुम्हारी पत्नी — तुम्हारी माँ

— कोई — कोई पुराने डर से — मना करे — तो — तो तुम — तुम क्या करोगे?"

लंबी चुप्पी।

बहुत लंबी।

"मैं — मैं उस लड़के से शादी कराऊँगा।"

"पक्का?"

"पक्का।"

"भले — भले उसकी ज़ात कोई हो?"

"भले कोई हो।"

"भले — भले उसका धर्म कोई हो?"

"भले कोई हो।"

"भले — भले मेरी पत्नी मना करे?"

"मना नहीं करेगी।"

"क्यों?"

"क्योंकि — क्योंकि वो — वो भी मेरी पत्नी है। और वो भी — वो भी एक प्यार खो चुकी है।"

"तो वो समझेगी।"

"हाँ।"

"पक्का?"

"पक्का।"

"फिर — फिर एक बात।"

"हाँ?"

"मेरी कोशिश — मेरी ज़िंदगी की एक कोशिश — एक बच्ची के लिए।"

"हाँ।"

"उसे — उसे ये दुनिया — मेरी दुनिया से — बेहतर दिखाना।"

"दिखाऊँगा।"

"पक्का?"

"पक्का।"

मैंने उसका हाथ — आख़िरी बार — पकड़ा।

बहुत कस के।

जैसे — जैसे — किसी पुराने प्रेमी का।

जो — जो आज — मेरा प्रेमी नहीं रहा।

जो — जो आज — एक पिता है।

एक नयी रूही का।

मेरी रूही का।

जो — जो मैं नहीं हुई।

पर — पर जो मेरे नाम से — एक नयी ज़िंदगी पा रही है।

"विदा।" मैंने कहा।

"विदा।"

वो उठा।

चलने लगा।

मैंने उसे जाते देखा।

बहुत देर तक।

जब तक — जब तक वो — गार्डन के एक मोड़ पर — मुड नहीं गया।

और फिर — फिर वो — मेरी ज़िंदगी से — दूसरी बार — चला गया।

पर इस बार — इस बार — मेरी आँखें — सूखी थीं।

क्योंकि — क्योंकि अब — अब मुझे पता था।

वो — वो किसी और का है।

पर — एक तरह से — मेरी एक छोटी सी रूही — उसके साथ है।

और जब वो उसे प्यार देगा — मैं — एक तरह से — प्यार पाऊँगी।

ये — ये एक तरह का अधूरा प्यार है।

जो — जो प्रेमी की तरह नहीं।

जो — जो पिता-बेटी की तरह नहीं।

जो — जो दूर से दिए जाने वाला।

जिसका नाम — हिंदी में नहीं है।

पर — पर जो है।

और जो — जो शायद — मेरी पूरी ज़िंदगी का — एक हिस्सा रहेगा।

मेरी एक रूही — कहीं — एक घर में — बढ़ रही है।

मेरे नाम से।

मेरी कहानी के सायों में।

और — और शायद — एक दिन — मैं उसे देख भी न पाऊँ।

पर — वो होगी।

और — और होने का एक मतलब — एक तरह की उम्मीद — हमेशा होती है।

ज़ोया जी।

मैं — मैं उस रात के चार बरस बाद — आपके पास आयी। जब लगा — अब ये कहानी सुनायी जा सकती है।

पंद्रह बरस की एक चुप्पी।

पाँच बरस की एक ख़ामोशी।

एक रात की — एक मुलाक़ात।

और — और एक नयी रूही।

मैंने सोचा — अब वक़्त है।

अब वक़्त है — अपनी कहानी — किसी को सुनाने का।

ताकि — ताकि वो — दफ़न न हो।

मेरे साथ।

ताकि — ताकि कोई — कहीं — किसी रोज़ — पढ़े।

और सोचे — "ये — ये कहानी मेरी जैसी है।"

और शायद — शायद उसकी कहानी — पूरी हो।

जो मेरी — नहीं हुई।

ये — ये एक तरह का प्यार है।

जो — जो मेरे और उसके बीच नहीं हुआ।

पर — जो शायद — किसी और के और किसी और के बीच — हो सकता है।

अगर — अगर मेरी कहानी — किसी तक पहुँचे।

और — और इस उम्मीद से — मैं — मैं अपनी कहानी सुनाने आयी।

आपके पास।

ज़ोया जी।

* * *

भाग पाँच

लिखना

'कुछ कहानियाँ हम सुनते हैं — ताकि अपनी सुना सकें।

और जब वो किसी और की हो जाती हैं — तब वो हमारी होनी शुरू होती हैं।"

अध्याय सोलह

ज़ोया की कहानी

"कुछ कहानियाँ हम सुनते हैं — ताकि अपनी सुना सकें। कुछ हम सुनाते हैं — ताकि अपने अंदर — जो भारी है — वो हल्का हो। और कुछ — कुछ कहानियाँ — जब वो किसी और की हो जाती हैं — तब वो हमारी होनी शुरू होती हैं।"

जनवरी।

दो हज़ार सत्ताईस।

जान्वी से मेरी पहली मुलाक़ात के — चालीस दिन।

चालीस दिनों में — वो बारह बार मुझसे मिली।

हर बार — कैफ़े में।

हर बार — वही मेज़।

हर बार — खिड़की के पास।

हर बार — एक अदरक वाली चाय। जो वो — कभी पीती। कभी नहीं।

बारह मुलाक़ातें।

बारह कहानियाँ।

जो — जो धीरे-धीरे — एक हो गयीं।

मैं — मैं हर मुलाक़ात के बाद घर लौटती।

लैपटॉप खोलती।

और लिखती।

रात भर।

कभी सुबह तक।

और जब — जब उसकी कहानी कागज़ पर उतरती — मेरे अंदर भी — कुछ कागज़ पर उतर रहा था।

जो मैंने नहीं लिखा।

जो — जो मेरे अंदर — एक डायरी में — चुप-चुप — दर्ज हो रहा था।

उसकी कहानी — उसकी कहानी मेरी आत्मा का — एक तरह का — आईना थी।

जिसमें मैं — पंद्रह बरस बाद — अपने आप को देख रही थी।

बारहवीं मुलाक़ात के दिन — जान्वी ने एक बात कही थी।

जो — जो मेरे ज़हन में — कई दिनों तक — गूँजती रही।

"ज़ोया जी।"

"हाँ।"

"एक बात पूछूँ?"

"पूछो।"

"आप — आप मुझसे कभी कुछ पूछती क्यों नहीं?"

मैं चुप।

"मैं — मैं अपनी कहानी सुना रही हूँ — और आप — आप बस सुन रही हैं। पर आप — आप अपनी कहानी कब बताएँगी?"

"मेरी?"

"हाँ।"

"मेरी कोई कहानी नहीं।"

जान्वी ने मुस्कुराया।

बहुत हल्का।

बहुत — एक तरह से — चालाक।

"ज़ोया जी।"

"हाँ।"

"मैं दस साल से — टूटी हुई औरतों की पहचान कर रही हूँ।"

"मतलब?"

"मतलब — एक टूटी औरत — दूसरी टूटी औरत को — पहचानती है।"

"और?"

"और — और मैंने आपको — पहली मुलाक़ात में — पहचान लिया था।"

मेरी साँस — रुकी।

"क्यों?"

"क्योंकि — आपकी आँखों में — वो थकान थी।"

"कैसी थकान?"

"वो — जो मेरी आँखों में थी।"

मैंने उसे देखा।

बहुत देर तक।

ज़ोया जी, मैं — मैं चुप थी।

क्योंकि — क्योंकि वो सच कह रही थी।

मैं — मैं उसके पास — एक "ज़ोया" बन कर बैठी थी।

एक "बाहर" वाली।

जो — जो उसे "सुन" रही थी।

पर वो — वो अंदर से — मेरी ही जैसी थी।

और उसने — उसने पंद्रह बरस के एक हुनर से — मुझे पहचान लिया था।

"पर — पर ये आपकी कहानी है।" मैंने कहा। "मेरी नहीं।"

"शायद।"

"शायद?"

"शायद।"

"मतलब?"

"मतलब — हम दोनों की कहानी — एक हो सकती है।"

"नहीं हो सकती।"

"क्यों?"

"क्योंकि — आपकी कहानी — आपकी है।"

"और आपकी?"

"मेरी — मेरी कोई कहानी नहीं।"

जान्वी ने एक लंबी साँस ली।

"ज़ोया जी।"

"हाँ।"

"मैं — मैं अब — कुछ नहीं पूछूँगी।"

"क्यों?"

"क्योंकि — हमारी एक *deal* है।"

"*deal?*"

"हाँ।"

"क्या?"

"पूछने का हक़ नहीं।"

मैं हँसी।

बहुत देर बाद।

"पर — पर एक बात कहूँगी।"

"हाँ।"

"जब — जब आप अपनी कहानी सुनाने को तैयार हों — मुझे बताइए।"

"क्यों?"

"क्योंकि — मैं भी — एक बार — आपकी कहानी सुनना चाहूँगी।"

"क्यों?"

"क्योंकि — एक टूटी औरत को — दूसरी टूटी औरत — सुन सकती है।"

"और कोई नहीं?"

"और — और कोई — कोई समझ नहीं सकता।"

मैंने सर हिलाया।

"शायद।" मैंने कहा। "शायद एक दिन।"

"कब?"

"पता नहीं।"

जान्वी मुस्कुरायी।

"पता नहीं — एक अच्छा जवाब है।"

"क्यों?"

"क्योंकि — जब आप 'पता नहीं' कह सकते हैं — तो आप — आप ज़िंदा हैं।"

"मरे हुए लोग 'पता नहीं' नहीं कहते?"

"नहीं।"

"वो क्या कहते हैं?"

"वो — वो 'सब पता है' कहते हैं।"

"मतलब?"

"मतलब — मरे हुए लोग — हर बात का जवाब रखते हैं।"

"और ज़िंदा?"

"ज़िंदा लोग — सवाल रखते हैं।"

मैंने उसे देखा।

"तो मैं ज़िंदा हूँ?"

"हाँ।"

"पक्का?"

"पक्का।"

उस रात मैं घर आयी।

लैपटॉप खोला।

जान्वी की कहानी — पंद्रहवें अध्याय तक — पूरी थी।

मैंने सोचा — आज — आज लिखूँगी कि लोदी गार्डन में जब वो उससे मिली — फिर कैसे आगे बढ़ी।

पर — पर मेरी उँगलियाँ — कीबोर्ड पर — रुकी रहीं।

बहुत देर तक।

मैं उसकी कहानी आगे नहीं लिख पा रही थी।

क्योंकि — क्योंकि उसकी कहानी का अगला हिस्सा — मेरा था।

वो मुझ तक आयी थी।

चालीस दिन पहले।

और अब — अब — अगर मुझे उसकी कहानी पूरी करनी है — तो मुझे अपनी डालनी होगी।

बीच में।

कहीं।

मेरी आँखें — भर आयीं।

मैंने लैपटॉप बंद किया।

और — एक छोटी डायरी निकाली।

जो मैं पंद्रह बरस से रखती आयी थी।

जो — जो मैंने डेढ़ महीने पहले — अध्याय बारह की रात के बाद — पहली बार खोली थी।

जिसमें मैंने तब लिखा था —

"रवि चाचा। लखनऊ। एक साल। बारह से तेरह की उम्र।"

बस इतना।

और कुछ नहीं।

डेढ़ महीना।

मैंने और कुछ नहीं लिखा था।

क्योंकि — क्योंकि उसकी कहानी सुनने में — मैं — मैं अपनी डायरी से — एक तरह से — बच रही थी।

जान्वी की कहानी — मेरा एक तरह का — पर्दा थी।

जिसके पीछे — मैं — अपने सच से — छुप रही थी।

पर अब — अब वो पर्दा — हट रहा था।

क्योंकि — क्योंकि जान्वी अब मुझसे कुछ नहीं पूछ रही थी।

पर — उसका न पूछना — एक सबसे बड़ा सवाल था।

और मेरे अंदर — एक आवाज़ — कह रही थी —

"ज़ोया, अब बारी तेरी है।"

अगले दिन — मैंने जान्वी को फ़ोन किया।

"जान्वी।"

"हाँ, ज़ोया जी।"

"कल शाम — कैफ़े में।"

"हाँ।"

"पर — पर इस बार — कुछ अलग।"

"क्या?"

"इस बार — मैं सुनाऊँगी।"

लंबी चुप्पी।

"पक्का ?" उसने पूछा ।

"पक्का ।"

"ज़ोया जी ।"

"हाँ ।"

"धन्यवाद ।"

"किस बात के लिए?"

"मुझ पर भरोसा रखने के लिए ।"

मैंने फ़ोन रखा ।

और — और मेरे हाथ काँपे ।

बहुत ।

पंद्रह बरस ।

पंद्रह बरस तक — मैंने अपनी कहानी — एक डिब्बे में — बंद रखी थी ।

और कल — कल वो डिब्बा — खुलने वाला था ।

डर लगा ।

पर एक तरह का — एक नये तरह का — डर ।

ये डर — ख़ुद से छुपने का डर नहीं था ।

ये डर — ख़ुद को पाने का डर था ।

और जो लोग — सालों से ख़ुद से दूर रहे हैं — उनके लिए — ख़ुद को पाना — सबसे डरावना होता है ।

क्योंकि — क्योंकि एक बार आप अपने सामने आ जाएँ — फिर आप उसे झूठलाने का बहाना नहीं रखते ।

"मैं ठीक हूँ ।"

"मेरे साथ कुछ नहीं हुआ ।"

"मैं — मैं इसी तरह बनी हूँ ।"

ये — ये बहाने — सब झूठे हैं।

और जब — जब आप ख़ुद के सामने आते हैं — आप झूठ नहीं बोल पाते।

तो आप — एक बच्ची की तरह — काँपते हैं।

अपने ही सामने।

अगली शाम।

कैफ़े।

जान्वी — साढ़े चार बजे आयी।

मैं — पाँच बजे।

जान्वी ने कहा — "ज़ोया जी, आप पहले — सोच लीजिए। अगर — अगर तैयार न हो — तो रहने दीजिए।"

"नहीं।" मैंने कहा। "तैयार हूँ।"

"पक्का?"

"पक्का।"

मैंने एक कुल्हड़ चाय मँगवायी।

जान्वी ने पानी।

और — फिर — मैंने एक लंबी साँस ली।

और — पंद्रह बरस के बाद — एक नया दरवाज़ा — खोला।

"मैं बारह की थी।"

"हाँ।"

"और — मेरी ज़िंदगी — एक साल के लिए — बदल गयी।"

"हाँ।"

"मेरा एक चाचा था।"

"हाँ।"

"दूर का।"

"हाँ।"

"नाम — रवि।"

जान्वी ने सर हिलाया।

"वो हमारे घर — एक साल — रहा।"

"हाँ।"

"दिल्ली से लखनऊ आया था। काम के सिलसिले में। अब्बू ने — अब्बू ने रहने की जगह दी।"

"हाँ।"

"वो — वो हमारे साथ रहा। एक साल।"

"हाँ।"

"और उन एक साल में — कई बार — कई बार — जब अब्बू-अम्मी काम पर थे — और मैं स्कूल से लौटी — वो भी होते थे।"

"हाँ।"

"घर में।"

"हाँ।"

मैंने आँखें बंद कीं।

ज़ोया जी, मैं — मैं इस वक़्त — अपने आप से बात कर रही थी।

"बता।"

"बता।"

"आज नहीं — तो कब?"

"पंद्रह बरस तक — चुप रही।"

"अब और नहीं।"

"बता।"

"बता उसे।"

"वो सुनेगी।"

"वो — वो तेरे जैसी है।"

"वो — वो तुझे माफ़ करेगी।"

"और — और शायद — शायद — तू भी ख़ुद को।"

मैंने आँखें खोलीं।

जान्वी की तरफ़ देखा।

"अम्मी — अम्मी मुझे दूध और बिस्किट देती थीं।" मैंने कहा। "स्कूल से लौटने पर।"

"हाँ।"

"मेरे कमरे में।"

"हाँ।"

"मैं — मैं वो खाती।"

"हाँ।"

"फिर — फिर वो — वो आते।"

"हाँ।"

"मेरे कमरे में।"

"हाँ।"

"और — और दरवाज़ा बंद करते।"

मेरी आवाज़ — काँपी।

"और —"

रुकी।

"और —"

"साँस लो।" जान्वी ने कहा।

मैंने ली।

एक।

दो।

तीन।

"और — और एक मक्खी — एक मक्खी — पर्दे पर बैठी होती।"

"हाँ।"

"भूरा पर्दा।"

"हाँ।"

"और मैं — मैं उस मक्खी को देखती।"

"हाँ।"

"पूरा वक़्त।"

"हाँ।"

"क्योंकि — क्योंकि अगर मैं उसे न देखती — तो मुझे — और कुछ देखना पड़ता।"

"हाँ।"

"और मैं — मैं वो कुछ — नहीं देख सकती थी।"

"हाँ।"

मैंने जान्वी की तरफ़ देखा।

उसकी आँखें — बहती हुई।

मेरी आँखें — सूखी।

बहुत — बहुत सूखी।

जैसे — जैसे — मेरे आँसू — मेरे अंदर ही — कहीं — फँसे हुए हैं।

पंद्रह बरस से।

"बस।" मैंने कहा। "बस इतना।"

"बस?"

"हाँ।"

"और — और कितनी बार?"

"पता नहीं।"

"मतलब?"

"मतलब — मैंने नहीं गिना।"

"क्यों?"

"क्योंकि — क्योंकि अगर मैं गिनती — तो मैं ज़िंदा नहीं रह पाती।"

"हाँ।"

"लोग कहते हैं — 'दर्द को लिखो।' पर — पर कुछ दर्द लिखने लायक़ नहीं होते।"

"हाँ।"

"वो बस — रहते हैं।"

"हाँ।"

लंबी चुप्पी।

बहुत लंबी।

मेरे पास — और कहने को कुछ नहीं था।

और जान्वी के पास — पूछने को कुछ नहीं था।

बस — हम दोनों — एक मेज़ के दोनों तरफ़ — चुप।

बैठे रहे।

बहुत देर बाद — जान्वी ने मेरा हाथ — पकड़ा।

मेज़ के पार से।

बहुत हल्के।

जैसे — जैसे — कोई कागज़ की चिड़िया — हाथ में।

मैंने अपना हाथ — हटाया नहीं।

"ज़ोया जी।"

"हाँ।"

"एक बात कहूँ?"

"हाँ।"

"वो — वो रवि चाचा — वो आज — अब कहाँ है?"

"पता नहीं।"

"पक्का?"

"पक्का।"

"और — और अब्बू-अम्मी?"

"उन्हें कुछ पता नहीं।"

"पंद्रह बरस से?"

"पंद्रह बरस से।"

"और — और तुम — तुम बताओगी?"

मेरी आँखें — पहली बार — बहीं।

"नहीं।"

"क्यों?"

"क्योंकि — क्योंकि अब्बू बूढ़े हैं।"

"और?"

"और — मेरी अम्मी — अम्मी कमज़ोर हैं।"

"और?"

"और — और बताने से क्या होगा?"

"पता नहीं।"

"फिर?"

"फिर — फिर शायद नहीं बताना।"

"पक्का?"

"पक्का।"

"पर — पर एक बात।"

"क्या?"

"लिखोगी?"

"क्या?"

"अपनी कहानी।"

मेरी आँखें — फिर बहीं।

"पता नहीं।"

"क्यों पता नहीं?"

"क्योंकि — क्योंकि लिखना — एक तरह का — दफ़न करना है।"

"नहीं।"

"नहीं?"

"नहीं।"

"क्या?"

"लिखना — एक तरह का — जिलाना है।"

"मतलब?"

"मतलब — एक बंद चीज़ — जब कागज़ पर आती है — तो — तो वो ज़िंदा होती है।"

"फिर?"

"फिर — फिर वो — किसी और तक पहुँचती है।"

"और?"

"और — और किसी और के अंदर — ज़िंदा रहती है।"

"पर — मेरी कहानी — मेरी कहानी — किसी और के अंदर — क्यों ज़िंदा रहे?"

जान्वी ने मुस्कुराया।

"ज़ोया जी।"

"हाँ।"

"मेरी कहानी — आज आपके अंदर है।"

"हाँ।"

"क्या वो — क्या वो वहाँ — मरी हुई है?"

"नहीं।"

"फिर?"

"फिर — फिर वो ज़िंदा है।"

"मेरी कहानी — आपके अंदर — ज़िंदा है।"

"हाँ।"

"और — और जब आप उसे लिखेंगी — तो वो — और कई जगहों पर — ज़िंदा होगी।"

"हाँ।"

"तो — तो आपकी कहानी भी।"

"मेरी?"

"हाँ।"

"पर — पर मेरी कहानी छोटी है।"

"छोटी?"

"हाँ।"

"कितनी?"

"बस — एक साल।"

"और तुम्हारी ज़िंदगी?"

"क्या?"

"पंद्रह बरस से तुम क्या कर रही हो?"

मेरी आँखें — बंद।

ज़ोया जी।

ये सवाल।

"पंद्रह बरस से तुम क्या कर रही हो?"

ज़ोया, बता।

तू पंद्रह बरस से क्या कर रही है?

तू पंद्रह बरस से — एक मक्खी को देख रही है।

भूरे पर्दे पर बैठी।

जो — जो उड़ी नहीं।

तू उसी कमरे में है।

अभी भी।

भले — भले बाहर से — तू दिल्ली में है।

भले — भले तू एक लेखिका है।

भले — भले तेरा फ़्लैट है।

भले — भले तू "ठीक" है।

पर — पर तू — तू अभी भी — उस कमरे में है।

बारह बरस की।

पर्दे को देखती।

मक्खी को।

और — और कोई नहीं — कोई नहीं — तेरे अंदर — आज तक — आया।

ये एक बच्ची को बचाने।

"मेरी कहानी —" मैंने कहा।

"हाँ।"

"मेरी कहानी — एक साल की नहीं है।"

"फिर?"

"फिर — फिर पंद्रह बरस की।"

"बताओ।"

"पंद्रह बरस — मैंने — मैंने अपने आप से लड़ाई लड़ी।"

"और?"

"और — और मैं हार गयी।"

"मतलब?"

"मतलब — मैं — मैं तुम्हारे जैसी नहीं बन पायी।"

"मेरे जैसी?"

"हाँ।"

"मतलब?"

"मतलब — तुमने — तुमने अपनी कहानी — एक रात में — तोड़ दी।"

"और तुम?"

"मैं — मैं नहीं तोड़ पायी।"

"क्यों?"

"क्योंकि — मेरे पास — एक 'वो' नहीं था।"

जान्वी ने मेरे हाथ को — दबाया।

"ज़ोया जी।"

"हाँ।"

"आज — आज एक 'वो' है।"

"कौन?"

"मैं।"

मेरी आँखें — फिर बहीं।

ज़ोया जी।

उस पल — उस एक पल — मेरी पंद्रह बरस की चुप्पी — टूटी।

पूरी।

क्योंकि — क्योंकि एक टूटी हुई औरत — एक और टूटी हुई औरत के सामने — पूरी टूट सकती है।

दो टूटी हुई औरतें — एक पूरी ज़िंदगी से — ज़्यादा होती हैं।

क्योंकि — क्योंकि वो एक-दूसरे की कमी — पहचान सकती हैं।

और जो कमी पहचानी जाए — वो कमी — कम होती है।

धीरे-धीरे।

पूरी नहीं भरती।

पर कम होती है।

मैंने जान्वी का हाथ पकड़ा।

बहुत कस के।

"जान्वी।"

"हाँ।"

"धन्यवाद।"

"किस बात के लिए?"

"सुनने के लिए।"

"नहीं।"

"नहीं?"

"धन्यवाद नहीं।"

"फिर?"

"फिर — फिर हम बहनें हैं।"

"बहनें?"

"हाँ।"

"पर — पर हमारा ख़ून का रिश्ता नहीं।"

"पता है।"

"फिर?"

"फिर — फिर — दर्द का रिश्ता।"

"दर्द का?"

"हाँ। और दर्द का रिश्ता — ख़ून के रिश्ते से — कई बार — गहरा होता है।"

मैंने सर हिलाया।

"क्यों?"

"क्योंकि — ख़ून का रिश्ता — किस्मत है।"

"और दर्द का?"

"दर्द का — एक चुनाव।"

"मतलब?"

"मतलब — आज — हमने एक-दूसरे को — चुना।"

"बहन?"

"हाँ।"

"पक्का?"

"पक्का।"

मैंने मुस्कुराया।

बहुत देर बाद।

"मेरी एक बहन थी अब तक।" मैंने कहा।

"दीदी?"

"हाँ। फ़राह।"

"और?"

"और — और फ़राह — मुझे प्यार करती हैं।"

"पर?"

"पर — पर वो — वो ख़ून की बहन हैं।"

"और मैं?"

"तुम — तुम मेरी पंद्रह बरस की चुप्पी की बहन।"

"और इस चुप्पी का नाम?"

"पता नहीं।"

"पता नहीं?"

"हाँ।"

"फिर — फिर रहने दो।"

"क्या?"

"नाम।"

"पर..."

"कुछ चीज़ें — बिना नाम के — ज़्यादा सच्ची होती हैं।"

मैंने सर हिलाया।

"जैसे — जैसे — एक मक्खी।" मैंने कहा।

"मक्खी?"

"हाँ। पर्दे पर। जिसने — जिसने मुझे — पंद्रह बरस — साथ दिया।"

"और उसका नाम?"

"नहीं था।"

"फिर भी?"

"फिर भी — मेरी सबसे पुरानी सहेली।"

जान्वी ने मेरा हाथ — फिर दबाया।

"अब वो मक्खी कहाँ है?"

"पता नहीं।"

"शायद उड़ गयी।"

मैंने हँसा।

"शायद।"

"शायद नहीं।" जान्वी ने कहा।

"क्या?"

"पक्का।"

"क्या पक्का?"

"वो उड़ गयी।"

"कब?"

"आज।"

"आज?"

"हाँ।"

"क्यों?"

"क्योंकि — आज — आपने उसे — एक बहन को — सौंप दिया।"

"मक्खी?"

"नहीं।"

"फिर?"

"उस बच्ची को।"

"कौन सी बच्ची?"

"बारह बरस की वो — जो भूरे पर्दे के सामने बैठी थी।"

मेरी आँखें — फिर बहीं।

ज़ोया जी।

उस पल — उस एक पल में — मुझे लगा — मेरी ज़िंदगी का एक नया पन्ना — खुला।

पंद्रह बरस की एक बच्ची — मेरे अंदर — पंद्रह बरस से — एक भूरे कमरे में — एक मक्खी के साथ — बैठी थी।

अकेली।

किसी ने उसे — आज तक — नहीं छुआ।

प्यार से।

किसी ने उसे — आज तक — नहीं कहा — "तू ठीक है। तेरे साथ कुछ नहीं हुआ।"

किसी ने उसे — आज तक — एक बहन नहीं बनायी।

आज — आज जान्वी ने — उस बच्ची को — एक बहन बनायी।

"दर्द की बहन।"

और — और — पंद्रह बरस बाद — पहली बार — वो बच्ची — मेरे अंदर — मुस्कुरायी।

बहुत हल्का।

पर — मुस्कुरायी।

क्योंकि — पंद्रह बरस बाद — पहली बार — वो अकेली नहीं थी।

हम बहुत देर तक — मेज़ पर — बैठे रहे।

बात नहीं की।

बस — चाय।

बस — पानी।

बस — हाथ।

एक-दूसरे के।

बहुत देर।

कैफ़े बंद होने वाला था।

जान्वी ने कहा — "जाएँगी ?"

"हाँ।"

हम उठे।

बाहर निकले।

दिल्ली की ठंडी रात।

"घर तक छोड़ दूँ?" उसने पूछा।

"नहीं।"

"क्यों?"

"मुझे — मुझे थोड़ा अकेले रहना है।"

"अच्छा।"

"पर..."

"पर?"

"पर — पर एक बात।"

"क्या?"

"कल — कल मिलें?"

"हाँ।"

"कैफ़े?"

"नहीं।"

"फिर?"

"मेरे घर।"

"पक्का?"

"पक्का।"

"क्यों?"

"क्योंकि — क्योंकि अब हम — अब हम बहनें हैं।"

"और बहनें?"

"बहनें — कैफ़े में नहीं — घर में मिलती हैं।"

"और चाय?"

"चाय — मैं बनाऊँगी।"

"पक्का?"

"पक्का।"

मुझे — मुझे मुस्कुराना आया।

बहुत देर बाद।

"पक्का।" मैंने कहा।

जान्वी मुस्कुरायी।

और — और एक तरफ़ चली गयी।

मैं — मैं दूसरी तरफ़।

घर आयी।

लैपटॉप खोला।

जान्वी की कहानी का — पंद्रहवें अध्याय के बाद — मैंने एक नया पन्ना खोला।

पर — इस बार — मैंने उसकी कहानी नहीं लिखी।

मैंने अपनी लिखी।

बहुत छोटा सा।

बहुत — बहुत मामूली।

पर सच।

एक हिस्सा।

एक छोटा सा — मेरा।

जो — जो उसकी कहानी के अंदर — एक छोटी सी डिब्बी की तरह — रखा।

जिसे — जिसे एक ध्यान से पढ़ने वाला — पकड़ सकता है।

जिसे — जिसे एक बेपरवाह पढ़ने वाला — मिस कर देगा।

पर वो वहाँ है।

मेरी कहानी।

जान्वी की कहानी के अंदर।

जैसे — जैसे एक नदी के अंदर — एक छोटी सी नदी।

दिखती नहीं।

पर बहती है।

और — और दोनों नदियाँ — एक दिन — एक जगह मिलती हैं।

संगम।

जैसे — जैसे जान्वी ने — एक बार — संगम पर — एक सूखा गुलाब डाला था।

मैं भी — आज — एक तरह से — संगम पर थी।

अपनी कहानी की सूखी पंखुडी — एक नयी कहानी की धारा में — डाल रही थी।

उसे — उसे डूबने नहीं दे रही थी।

उसे — उसे तैरने दे रही थी।

जब तक — जब तक वो किसी और तक पहुँचे।

जो — जो शायद — एक भूरे पर्दे के सामने — बैठी होगी।

और जिसे — जिसे — पंद्रह बरस बाद भी — कोई बचाने नहीं आया।

पर — पर मेरी पंखुडी — मेरी पंखुडी पहुँच जाए।

उस तक।

ये — ये एक उम्मीद है।

जो — जो शायद पूरी न हो।

पर — पर एक उम्मीद रखना — एक तरह की दया है।

ख़ुद के लिए।

और दूसरों के लिए।

मैंने उस रात — डायरी में लिखा —

"बारह जनवरी, दो हज़ार सत्ताईस।"

"दस बरस बाद — एक और बारह जनवरी।"

"पर — पर इस बार — कोई शादी नहीं।"

"कोई जुदाई नहीं।"

"बस — एक बहन।"

"जो — जो आज — मेरे अंदर की बच्ची से मिली।"

"पंद्रह बरस बाद — पहली बार।"

"और बारह बरस की एक बच्ची — आज — आज मुस्कुरायी।"

"मेरे अंदर।"

"बहुत हल्का।"

"पर — मुस्कुरायी।"

फिर — एक छोटा पन्ना —

"जान्वी की कहानी — मेरी कहानी नहीं।"

"मेरी कहानी — जान्वी की नहीं।"

"पर — पर हमारी कहानियाँ — एक रंग से रंगी।"

"और — और अब — हम बहनें।"

"दर्द की।"

"भले — भले हमारी ज़ात अलग।"

"भले — भले हमारी कहानियाँ अलग।"

"भले — भले हमारी ज़िंदगियाँ अलग।"

"पर हम बहनें।"

"और बहनें — एक-दूसरे की पंखुड़ियाँ — संगम पर — साथ डालती हैं।"

"ताकि — ताकि कोई और बच्ची — कहीं — एक दिन — उन पंखुड़ियों को — पकड़े।"

"और — और सोचे — मैं अकेली नहीं।'"

"बस — बस इतना।"

"ये काफ़ी है।"

* * *

अध्याय सत्रह

आख़िरी मुलाक़ात

"कुछ अलविदाएँ — दरवाज़े पर नहीं होतीं। कुछ अलविदाएँ — एक चाय की प्याली में होती हैं। एक हँसी में। एक चुप्पी में। और जब वो अलविदा हो जाएँ — आप जानते भी नहीं — कब हुई। बस — एक दिन — कोई फ़ोन नहीं आता। और आप समझ जाते हैं।"

मार्च।

दो हज़ार सत्ताईस।

जान्वी से मेरी पहली मुलाक़ात के — चार महीने।

चार महीनों में — हम — हम बहनें बन गयीं।

बहनें — जो ख़ून की नहीं — दर्द की।

बहनें — जिनकी कहानियाँ — एक रंग से रंगी।

बहनें — जो — जो एक-दूसरे के अंदर की बच्चियों को — पहचानती थीं।

मेरे अंदर एक बारह की।

उसके अंदर एक दस की।

और हम दोनों — हम दोनों ने अपनी-अपनी बच्ची को — एक-दूसरे को सौंप दिया था।

ये — ये एक तरह का प्यार था।

जो रिश्तों की किताब में नहीं।

जिसका कोई नाम नहीं।

पर जो था।

मेरी किताब — मेरी किताब अब लगभग पूरी हो चुकी थी।

सोलहवें अध्याय तक मैंने लिखा था।

जान्वी की कहानी — कैफ़े से शुरू। पंद्रह बरस के अतीत से होते हुए। पाँच महीने के प्यार। होटल वाली रात। बारह जनवरी। पाँच बरस की चुप्पी। और — एक नयी रूही।

बीच में — कहीं — मेरी कहानी का — एक छोटा सा हिस्सा।

बहुत छोटा।

जिसे — जिसे एक ध्यान से पढ़ने वाला — पकड़ सकता था।

जिसे — जिसे एक बेपरवाह — मिस कर देगा।

मैंने जान्वी से कहा था — "किताब पढ़ोगी?"

उसने कहा था — "हाँ।"

"कब?"

"जब तुम तैयार हो।"

मैंने उसे — एक रात — manuscript भेज दिया।

और तीन दिन — मैंने इंतज़ार किया।

तीन दिन — कोई फ़ोन नहीं।

कोई मेसेज नहीं।

मैं डर गयी।

"क्या — क्या उसे अच्छी नहीं लगी?"

"क्या मैंने कहीं — कहीं कुछ ग़लत लिख दिया?"

"क्या उसके अंदर — कोई पुराना ज़ख़्म — फिर खुल गया?"

"क्या वो — वो नाराज़ है मुझसे?"

लेखकों का सबसे बड़ा डर — एक पाठक की चुप्पी।

और मेरा — मेरा सबसे बड़ा डर — मेरी पहली पाठिका — मेरी अपनी बहन — कुछ नहीं कह रही।

चौथे दिन — उसका फ़ोन आया।

"ज़ोया जी।"

"हाँ।"

"पढ़ी।"

"पूरी?"

"पूरी।"

"और?"

लंबी चुप्पी।

"और — और एक बात कहनी है।"

"क्या?"

"फ़ोन पर नहीं।"

"फिर?"

"मेरे घर आओगी?"

"तुम्हारे घर?"

"हाँ।"

"कब?"

"कल।"

"शाम?"

"दोपहर।"

"पक्का?"

"पक्का।"

मैंने फ़ोन रखा।

मेरा दिल — एक तरह से धड़क रहा था।

मैं तीन दिन से डर रही थी।

अब मैं और डरी।

क्योंकि — क्योंकि अगर वो फ़ोन पर नहीं कह सकती थी — तो — तो शायद बात बड़ी थी।

अगले दिन।

मैंने एक autorickshaw लिया।

जान्वी का घर — पुरानी दिल्ली से दूर — एक shanty colony में।

एक छोटा सा एक-कमरे का फ़्लैट।

तीसरी मंज़िल।

लिफ़्ट नहीं।

मैंने सीढ़ियाँ चढ़ीं।

दरवाज़ा।

घंटी।

जान्वी ने खोला।

मुस्कुरायी।

"आओ।"

मैं अंदर गयी।

ज़ोया जी — हाँ — माफ़ कीजिए — पुरानी आदत है — पर मैं इस वक़्त ख़ुद को ज़ोया कह रही हूँ क्योंकि — क्योंकि अगले कुछ पन्नों में — मैं — मैं अपनी कहानी की एक पाठिका हूँ।

जैसे आप होंगी।

जान्वी का कमरा — बहुत छोटा था।

एक बिस्तर।

एक अलमारी।

एक मेज़।

एक किताबों का छोटा रैक।

खिड़की के पास — एक तुलसी का पौधा।

जो — जो उसके बनारस वाले हवेली के तुलसी जैसा था।

मैंने उसे देखा।

"बनारस से लायी?"

"हाँ।"

"कब?"

"पाँच बरस पहले।"

"मतलब — दिल्ली आने के साथ?"

"हाँ।"

"क्यों?"

"क्योंकि — क्योंकि वो हवेली का था।"

मैंने सर हिलाया।

जान्वी ने चाय बनायी।

अदरक वाली।

जो — जो वो हमेशा कैफ़े में मँगवाती थी।

जो — जो वो कभी पीती थी।

कभी नहीं।

आज — आज उसने — दो कप बनाए।

एक मेरे लिए।

एक — अपने लिए।

और — और इस बार — उसने पी।

पूरी।

मैं देखती रही।

"पीती हो आजकल?"

"हाँ।"

"कब से?"

"कुछ दिनों से।"

"क्यों?"

"क्योंकि — क्योंकि अब हाथ में कुछ पकड़ने की ज़रूरत नहीं।"

"मतलब?"

"मतलब — अब मैं ख़ुद को पकड़ सकती हूँ।"

मैंने मुस्कुराया।

बहुत देर बाद।

हम बैठे।

बिस्तर पर।

मेरे सामने — मेरी अपनी किताब का manuscript।

प्रिंट किया हुआ।

जान्वी ने अपनी पेन से — कुछ जगहों पर — कुछ निशान लगाए थे।

"क्या लगा?" मैंने पूछा।

लंबी चुप्पी।

"बहुत।"

"बहुत?"

"हाँ।"

"क्या?"

जान्वी ने एक लंबी साँस ली।

फिर — फिर उसने कहा —

"ज़ोया जी।"

"हाँ।"

"आपने मेरी कहानी — एक तरह की कहानी बना दी।"

"मतलब?"

"मतलब — आपने इसे — एक प्यार की कहानी बनाया।"

"और?"

"पर ये — ये प्यार की कहानी नहीं।"

"फिर?"

"ये — एक — एक *'attachment without commitment'* की कहानी है।"

मैंने उसे देखा।

बहुत देर तक।

"क्या?"

"हाँ।"

"बताओ।"

जान्वी ने एक पन्ना उठाया।

"ये देखिए।" उसने कहा।

पन्ना — पाँच जून का था।

जब लड़के ने उसे "मैं तुमसे प्यार करता हूँ" कहा था।

"उसने मुझसे प्यार का कहा।"

"हाँ।"

"पर — पर साथ में — उसने एक भी वादा नहीं किया।"

"मतलब?"

"मतलब — उसने नहीं कहा — 'हम शादी करेंगे।'"

"उसने नहीं कहा — 'मेरे माँ-बाप को तुम्हें बताऊँगा।'"

"उसने नहीं कहा — 'अगले महीने तुम्हारे घर आऊँगा।'"

"बस — 'मैं तुमसे प्यार करता हूँ।'"

"और मैंने — मैंने ये काफ़ी मान लिया।"

"फिर?"

"फिर — फिर पाँच महीने।"

"हाँ।"

"उन पाँच महीनों में — एक भी *commitment* नहीं।"

"नहीं?"

"नहीं।"

"बनारस का दौरा?"

"बनारस — बनारस उसकी मासी का था।"

"मासी को बताया?"

"नहीं।"

"होटल?"

"होटल — एक रात के लिए।"

"पंद्रह बरस का सच?"

"मेरी तरफ़ से।"

"उसने कुछ नहीं कहा?"

"उसने कहा — मैं छोड़ूँगा नहीं।'"

"और?"

"और — और कुछ नहीं।"

"मतलब?"

"मतलब — मेरे माता-पिता को नहीं बताया। अपने माँ-बाप को नहीं बताया। शादी का दिन तय नहीं किया। एक घर नहीं ढूँढा। एक भविष्य नहीं बनाया।"

"बस?"

"बस — एक प्यार। एक मैं तुमसे प्यार करता हूँ।' एक मैं छोड़ूँगा नहीं।'"

"पर वो वादे थे?"

"नहीं।"

"फिर?"

"वो — वो जुमले थे।"

मैंने सर हिलाया।

जान्वी ने एक लंबी साँस ली।

"देखिए, ज़ोया जी। मैं — मैं अब उसे बुरा नहीं कह रही।"

"पता है।"

"वो कमज़ोर था।"

"पता है।"

"पर — पर वो — वो नौजवान दौर का — एक नयी तरह का प्रेमी था।"

"मतलब?"

"मतलब — एक ऐसा प्रेमी — जो प्यार देता है — पर *commitment* नहीं।"

"ये क्या है?"

"ये — ये एक नया रोग है।"

"रोग?"

"हाँ।"

"बताओ।"

जान्वी ने अपना कप — मेज़ पर रखा।

और — और एक बात — एक लंबी बात — मुझसे कही।

जो — जो मेरी ज़िंदगी की — मेरी किताब की — मेरी पूरी समझ की — एक नयी कुंजी थी।

"ज़ोया जी।"

"हाँ।"

"पुरानी पीढ़ी के प्रेमी — दो तरह के होते थे।"

"क्या?"

"एक — जो प्यार करते थे — और शादी कर लेते थे।"

"और दूसरा?"

"एक — जो प्यार करते थे — और परिवार के दबाव में — किसी और से शादी कर लेते थे।"

"और?"

"और — और दूसरे वाले — वो आख़िर में — दर्द भरी कहानियाँ' बन जाते थे।"

"पर — पर पुरानी पीढ़ी में — कम से कम — साफ़ था।"

"मतलब?"

"मतलब — या तो आपका, या नहीं।"

"और अब?"

"अब — अब — एक तीसरी तरह का प्रेमी आ गया है।"

"क्या?"

"वो — जो प्यार करता है। पर — पर *commitment* नहीं देता।"

"मतलब?"

"मतलब — वो आपके पास होता है। आपको सब बताता है। आपको गले लगाता है। आपको *'I love you'* कहता है। पर — पर — पर वो आपकी ज़िंदगी का कोई भी फ़ैसला — अपने ऊपर नहीं लेता।"

"ये कैसे?"

"ये बहुत बड़ा सवाल है।"

मैंने सर हिलाया।

"बताओ।"

"मर्द — मर्दों को *attachment* चाहिए।"

"क्या?"

"एक औरत का प्यार। उसका वक़्त। उसका शरीर। उसकी बातें। उसकी सुनवायी।"

"हाँ।"

"पर — पर *commitment* की क़ीमत — वो नहीं चुकाना चाहते।"

"क्या क़ीमत?"

"परिवार से लड़ाई।"

"समाज का सामना।"

"आर्थिक ज़िम्मेदारी।"

"बच्चे।"

"बूढ़े होने तक साथ।"

"एक नाम — जो उनकी ज़िंदगी से जुड़े।"

"पहली चीज़ — *attachment* — *free* है।"

"दूसरी चीज़ — *commitment* — क़ीमत माँगती है।"

मैंने आँखें बंद कीं।

"तो — तो वो पहली ले लेते हैं।"

"हाँ।"

"दूसरी से बचते हैं।"

"हाँ।"

"और बीच में — एक धुंध बना के रखते हैं।"

"बिल्कुल।"

"जिसे वो — आज कल — 'मॉडर्न रिलेशनशिप' कहते हैं।"

"बिल्कुल।"

मेरी आँखें — एक तरह से — खुलीं।

"और लड़कियाँ?"

"लड़कियाँ — लड़कियाँ इंतज़ार करती हैं।"

"क्यों?"

"क्योंकि — हमें सिखाया गया है — 'अगर वो प्यार करता है — तो एक दिन तय करेगा।'"

"और?"

"और — हम इंतज़ार करते हैं।"

"कब तक?"

"महीना। साल। दो साल। पाँच साल। दस साल।"

"और इन सालों में?"

"इन सालों में — हम अपनी ज़िंदगी के सबसे ज़रूरी फ़ैसले — रोक देते हैं।"

"क्या?"

"दूसरे रिश्ते — मना। नौकरी का *transfer* — मना। शादी की उम्र — निकल जाती है।"

"फिर?"

"फिर — एक दिन — वो आदमी कहीं और शादी कर लेता है।"

"और लड़की?"

"लड़की — हाथ में कुछ नहीं। कोई वादा नहीं। कोई काग़ज़ नहीं। कोई गवाह नहीं। बस — कुछ *messages*। कुछ *photos*। और एक 'मैं तुमसे प्यार करता हूँ' — जो हवा में था।"

मैंने आँखें खोलीं।

जान्वी की तरफ़ देखा।

"ये — ये मेरी कहानी है।"

"हाँ।"

"और — और शायद — शायद — हज़ारों लड़कियों की।"

"लाखों।"

"और — और मेरी किताब में — मैंने ये साफ़ नहीं किया।"

"नहीं।"

"क्यों?"

"क्योंकि — क्योंकि आप मेरी कहानी को — सिर्फ़ — एक प्यार की कहानी की तरह देखती रहीं।"

"पर वो प्यार था?"

"था। पर — पर ये — एक झूठ था।"

"झूठ?"

"मतलब — हाफ़-झूठ।"

"मतलब?"

"मतलब — उसकी तरफ़ से — कोई *commitment* नहीं था।"

"पर मैं — मैं उसी से प्यार करती थी।"

"हाँ। पर तुम्हारा प्यार और उसका प्यार — एक नहीं था।"

"मतलब?"

"मेरा प्यार — पूरा था।"

"उसका?"

"उसका — आधा।"

"आधा क्यों?"

"क्योंकि — पूरा प्यार — *commitment* के साथ आता है।"

"और अधूरा?"

"अधूरा प्यार — *attachment* है।"

"बस?"

"बस।"

मैं चुप।

बहुत देर।

ज़ोया जी।

उस पल — मुझे — मुझे एक बात समझ आयी।

जान्वी की कहानी — मेरी कहानी थी।

पर — पर एक और तरह से।

मैं — मैं भी एक बार — एक रिश्ते में थी।

तीन साल पहले।

एक आदमी।

जो मुझसे प्यार करता था।

जो मेरी हर बात सुनता था।

जो मेरे साथ सोता था।

जो — जो — जो हर रोज़ कहता था — "*I love you*।"

पर — पर वो कभी — कभी अपनी माँ को मेरे बारे में नहीं बताया।

अपने दोस्तों को नहीं।

अपनी ज़िंदगी का कोई भी फ़ैसला — मेरे साथ नहीं किया।

"अभी *early* है, ज़ोया।"

"बाद में देखेंगे।"

"माँ अभी *ready* नहीं।"

"मेरी नौकरी *settle* नहीं।"

तीन साल।

और — और एक दिन — उसने अचानक कहा — "ज़ोया, मेरे माँ-बाप ने एक लड़की देखी है।"

"और?"

"और — मुझे लगा — हम — हमें एक *break* लेना चाहिए।"

"break?"

"हाँ।"

"क्यों?"

"क्योंकि — मुझे सोचने का वक़्त चाहिए।"

"सोचने का?"

"हाँ।"

"पर — पर हम तो तीन साल साथ हैं।"

"हाँ।"

"फिर सोचने का क्या?"

"शादी एक बड़ा फ़ैसला है, ज़ोया।"

"पर तीन साल कम नहीं।"

"पर — पर माँ-बाप का दिल नहीं तोड़ सकता।"

उसने तब छोड़ा था।

तीन साल।

और — और एक *break* के नाम पर।

जो — जो आख़िर में — हमेशा का *break* बन गया।

उसने उस दूसरी लड़की से शादी कर ली।

उस "और लड़की" से।

जो — जो उसके माँ-बाप ने पसंद की थी।

और मैं — मैं — मैं हाथ में कुछ नहीं।

तीन साल का प्यार।

हज़ारों *messages*।

Photos।

"I love you" — हज़ार बार।

पर — पर एक काग़ज़ नहीं।

एक गवाह नहीं।

एक नाम नहीं।

मैं — मैं उसकी ज़िंदगी में — कभी कोई नहीं थी।

Officially।

भले — भले मेरी ज़िंदगी में वो — सब कुछ था।

ये — ये *attachment without commitment* था।

और मुझे — मुझे ये पंद्रह बरस की चुप्पी से — पंद्रह बरस के बाद के एक रिश्ते से — एक और बार — चूना लगा।

पंद्रह बरस — मेरे चाचा ने मुझसे एक चीज़ छीनी थी।

तीन साल — एक प्रेमी ने एक और चीज़ छीनी।

दोनों ने — दोनों ने मेरी ज़िंदगी का — एक बड़ा हिस्सा — अपने मतलब के लिए — इस्तेमाल किया।

और मुझे — मुझे फिर — हाथ में कुछ नहीं।

दोनों ने — एक तरह की — चोरी की थी।

एक ने — मेरी मासूमियत की।

एक ने — मेरी जवानी की।

और दोनों — दोनों के पास — कोई गवाह नहीं था।

जो — जो उन्हें जवाबदेह बनाए।

"जान्वी।" मैंने कहा।

मेरी आवाज़ — काँप रही थी।

"हाँ।"

"मुझे — मुझे एक बात कहनी है।"

"क्या?"

"मेरी अपनी कहानी।"

"अपनी?"

"हाँ।"

"मेरे चाचा वाली नहीं।"

"फिर?"

"मेरी एक — एक तीन साल की।"

"बताइए।"

मैंने बताया।

पूरी।

रोते हुए।

जान्वी ने मेरा हाथ पकड़ा।

बहुत कस के।

बहुत देर।

जब मैं ख़त्म हुई — उसने एक बात कही।

"ज़ोया जी।"

"हाँ।"

"आपको पता है — आप भी मेरी ही जैसी हैं।"

"हाँ।"

"और — और शायद — शायद आपकी ये कहानी — किताब में होनी चाहिए।"

"नहीं।"

"क्यों नहीं?"

"क्योंकि — ये किताब आपकी है।"

"नहीं।"

"नहीं?"

"नहीं। ये किताब हमारी।"

"हमारी?"

"हाँ।"

"मतलब?"

"मतलब — आप अपनी कहानी भी डालिए।"

"पर — पर मैंने पहले डाली है — एक छोटी सी।"

"बारह की उम्र की।"

"हाँ।"

"पर — एकतीस की?"

मैं चुप।

"वो — वो भी ज़रूरी।"

"क्यों?"

"क्योंकि — क्योंकि वो — वो आज की लड़कियों की है।"

"मतलब?"

"पंद्रह बरस पहले — एक चाचा ने एक बच्ची को मारा।"

"हाँ।"

"तीन साल पहले — एक प्रेमी ने एक औरत को मारा।"

"हाँ।"

"दोनों कहानियाँ — एक ही औरत की।"

"हाँ।"

"दोनों — एक ही दर्द।"

"दर्द?"

"हाँ। दोनों — दोनों जगहों पर — आपकी मर्ज़ी नहीं ली गयी।"

मेरी आँखें — एक बार में बहीं।

ज़ोया जी।

ये बात।

ये बात।

"दोनों जगहों पर — आपकी मर्ज़ी नहीं ली गयी।"

बारह की उम्र में — कोई पूछता नहीं — "तुम्हें ये अच्छा लग रहा है?"

चौबीस की उम्र में — कोई पूछता नहीं — "तुम्हें — तुम्हें इस *break* से क्या मिलेगा?"

दोनों जगहों पर — एक मर्द ने — मेरी ज़िंदगी का एक फ़ैसला — मेरे लिए लिया।

बच्ची — एक रहम के लायक़।

औरत — एक "वक़्त के लिए" मानी गयी।

दोनों — कोई *agency* नहीं।

दोनों — कोई आवाज़ नहीं।

दोनों — कोई वादा नहीं।

ये एक ही कहानी थी।

दो रूपों में।

"पर — पर ये — ये किताब में डालूँ?"

"हाँ।"

"पर — पर मेरा प्रेमी — मेरा प्रेमी कुछ सालों पहले मरा नहीं — वो किसी और के साथ है।"

"तो?"

"तो — मेरी कहानी आज भी ताज़ा।"

"और?"

"और — अगर मैं डालूँ — तो वो पढ़ सकता है।"

"पढ़े। तो पढ़े।"

"पर — पर मेरी पहचान निकल जाएगी।"

"नहीं।"

"नहीं?"

"नहीं। आप — आप अपनी कहानी ऐसे डालिए — जैसे एक तीसरी औरत की।"

"मतलब?"

"मतलब — पात्र वही। पर — एक नया नाम।"

"और मेरी असली पहचान?"

"वो — वो छुपी।"

"और मेरा प्रेमी?"

"वो — वो जान भी लेगा — तो भी कुछ नहीं कह पाएगा।"

"क्यों?"

"क्योंकि — क्योंकि उसने आपको — कभी *officially* — किसी से नहीं मिलवाया।"

"हाँ।"

"तो — आपकी कहानी पर — उसका कोई हक़ नहीं।"

"पर — मेरा है?"

"हाँ।"

मैंने मुस्कुराया।

बहुत देर बाद।

"पता है — पता है ये सबसे बड़ी विडंबना है।"

"क्या?"

"वो — वो जो *commitment* से बचता है — वो आख़िर में अपने नाम पर भी हक़ खो देता है।"

"बिल्कुल।"

"क्योंकि — जब आप किसी से नहीं जुड़ते — तो जुड़ने वाले के साथ नहीं जुड़ते।"

"और जब वो जुड़ने वाला — आगे बढ़ता है — तो उसकी कहानी में — आपकी जगह — एक अनाम जगह बन जाती है।"

"और अनाम जगह — किसी की भी हो सकती है।"

"बिल्कुल।"

"तो — तो *attachment without commitment* का — एक नतीजा ये भी है।"

"क्या?"

"आप दूसरे की ज़िंदगी से — आपका नाम तक — मिटा देते हैं।"

"क्योंकि — आपने उसे — कभी — एक नाम दिया ही नहीं।"

जान्वी ने सर हिलाया।

"बिल्कुल।"

बहुत देर तक — हम बैठे रहे।

चाय ख़त्म हो गयी।

जान्वी ने और बनायी।

मैंने सोचा।

बहुत देर।

फिर — मैंने पूछा — "जान्वी।"

"हाँ।"

"एक बात पूछूँ?"

"पूछो।"

"तुम्हारा असली नाम — रूही।"

"हाँ।"

"वो — वो किताब में जाएगा?"

लंबी चुप्पी।

"नहीं।"

"क्यों?"

"क्योंकि — मेरी एक नयी रूही है — एक छोटी सी।"

"हाँ।"

"उस नाम को — उसके लिए रहने दीजिए।"

"और तुम्हारा?"

"मेरा — जान्वी।"

"बस?"

"बस।"

"पक्का?"

"पक्का।"

मैंने सर हिलाया।

"पर — पर एक बात।"

"क्या?"

"मेरा एक — एक तीसरा नाम था।"

"तीसरा?"

"हाँ।"

"डॉक्टर ने कहा था।"

"हाँ।"

"वो — वो आज तक तय नहीं हुआ था।"

"हाँ।"

"पर अब?"

"अब?"

"अब मैं — मैं तय कर रही हूँ।"

"क्या?"

जान्वी ने एक लंबी साँस ली।

फिर — फिर उसने कहा —

"मेरा तीसरा नाम — जान्वी रहेगा।"

"तीसरा भी?"

"हाँ।"

"क्यों?"

"क्योंकि — क्योंकि मैं — मैं आज जान्वी हूँ।"

"और रूही?"

"रूही — एक बच्ची थी। वो — वो अब उस छोटी रूही में है।"

"और तीसरी?"

"तीसरी — एक नयी जान्वी।"

"मतलब?"

"मतलब — अब जान्वी — किसी की नहीं।"

"मेरी जान्वी?"

"नहीं।"

"उसकी जान्वी?"

"नहीं।"

"फिर?"

"बस — जान्वी।"

"अपनी?"

"अपनी।"

मैंने मुस्कुराया।

"तो — तो किताब में जो जान्वी है —"

"वो — वो नयी वाली।"

"नयी वाली?"

"हाँ।"

"पर — किताब में तो पुरानी वाली।"

"वो भी।"

"दोनों?"

"हाँ। एक ही नाम। दो लड़कियाँ।"

"मतलब?"

"मतलब — पाठक — पाठक एक जान्वी पढ़ेंगे — जो टूटी हुई थी।"

"हाँ।"

"पर — पर पीछे — पीछे एक और जान्वी होगी।"

"नयी वाली?"

"हाँ।"

"जो — जो ठीक हो गयी।"

"हाँ।"

"और दोनों — एक ही नाम।"

"हाँ।"

"और जो ध्यान से पढ़ेगा — वो — वो दोनों को देखेगा।"

"बिल्कुल।"

मैंने मुस्कुराया।

"ये अच्छा है।"

"हाँ।"

"और मेरी कहानी?"

"आप — आप एक नया नाम चुन लीजिए।"

"नया?"

"हाँ। आपकी आज की कहानी की — एक नयी पहचान।"

मैंने सोचा।

बहुत देर।

"शफ़ाक़।"

"क्या?"

"शफ़ाक़।"

"मतलब?"

"उर्दू में — पवित्रता।"

"क्यों ये नाम?"

"क्योंकि — क्योंकि अब — मुझे — मुझे अपने आप को पवित्र मानना है।"

"और कोई?"

"और — और कोई भी मुझे — गंदा नहीं कह सकता।"

"पक्का?"

"पक्का।"

जान्वी ने सर हिलाया।

"शफ़ाक़।"

"शफ़ाक़।"

"दो जान्वियाँ। और — और एक शफ़ाक़।"

"और एक ज़ोया।"

"बाहर वाली।"

"जो — जो अंदर वाली शफ़ाक़ की मदद करेगी।"

"बिल्कुल।"

मैंने मुस्कुराया।

"दोनों — एक ही औरत।"

"हाँ।"

"पर अलग।"

"बिल्कुल।"

बहुत देर तक हम बैठे रहे।

चाय खत्म हुई।

बाहर — दिल्ली की दोपहर — शाम बनने लगी।

खिड़की से एक हल्की धूप।

तुलसी के पौधे पर।

जो हिल रहा था।

बहुत हल्के से।

"जान्वी।"

"हाँ।"

"एक आख़िरी बात।"

"हाँ?"

"मैं — मैं चाहती हूँ — मेरी किताब का अंत — एक नये तरह का हो।"

"कैसे?"

"पाठकों के लिए।"

"मतलब?"

"मतलब — पाठक मेरी किताब पढ़ें।"

"हाँ।"

"और — और सोचें — मेरी कहानी भी अधूरी है।"'

"हाँ।"

"पर — पर अधूरी होने का मतलब — यह न हो — कि वो हार गए।"

"मतलब?"

"मतलब — अधूरी कहानियाँ भी — पूरी ज़िंदगियाँ बनाती हैं।"

"बिल्कुल।"

"और — और मैं चाहती हूँ — पाठक — पाठक एक चीज़ सोचें।"

"क्या?"

"कि — कि वो — वो भी — कभी — किसी का नाम — दुनिया से बचाने के लिए — चुप रह सकते हैं।"

"और?"

"और — और किसी का नाम लेना भी — हर बार — सही नहीं।"

"हाँ।"

"कुछ नाम — हम बचाते हैं।"

"क्योंकि?"

"क्योंकि — हम उन्हें प्यार करते हैं।"

"और?"

"और — और कुछ नाम — हम बताते हैं।"

"क्यों?"

"क्योंकि — क्योंकि उन नामों को — सबको पहचानना चाहिए।"

"उदाहरण?"

"रवि चाचा।"

"और?"

"और — और भी जैसे रवि चाचा।"

"बिल्कुल।"

"उनके नाम — किताबों में आने चाहिए।"

"हाँ।"

"पर — पर एक नाम — एक नाम जिसे हम बचाते हैं।"

"क्या?"

"वो जो — वो जो हमने प्यार किया।"

"और जिसे — जिसे दुनिया गालियाँ देती।"

"बिल्कुल।"

मैंने जान्वी को देखा।

बहुत देर।

"तुम्हारी कहानी का *title* — 'नाम मत पूछना उसका।'"

"हाँ।"

"पर — पर ये किताब — एक और कहानी है।"

"क्या?"

"उन नामों की — जो हमें — दुनिया को बताने चाहिए।"

"रवि चाचा।"

"और बहुत सारे।"

"और — और उन नामों की — जो हम बचाते हैं।"

"प्यार के नाम।"

"बिल्कुल।"

मैंने सर हिलाया।

"दो तरह के नाम।"

"हाँ।"

"दोनों — दोनों एक किताब में।"

"बिल्कुल।"

"नाम मत पूछना — एक का।"

"और दूसरे का?"

"दूसरे का — नाम पूछना।"

"बिल्कुल।"

मैंने मुस्कुराया।

बहुत देर बाद।

"ये — ये किताब का असली अर्थ है।"

"हाँ।"

"बस — बस मैं — बस मैं इसे लिख दूँ।"

"लिख दीजिए।"

जब मैं उठने लगी — जान्वी ने एक चीज़ निकाली।

एक छोटा सा डिब्बा।

"ये — ये क्या है?"

"खोलिए।"

मैंने खोला।

अंदर — एक छोटा सा फ़ोटो।

एक बच्ची का।

दो साल की।

लंबे बाल।

मुस्कुराती हुई।

"रूही?"

"हाँ।"

"तुम्हारी?"

"नहीं।"

"फिर?"

"उसकी।"

"उसकी मतलब?"

"उसकी बेटी।"

"और तुम्हारे पास?"

"उसने — उसने मुझे भेजा।"

"कब?"

"उस दिन — लोदी गार्डन के बाद — एक हफ़्ते बाद।"

"क्यों?"

"क्योंकि — मैंने उसे एक बार कहा था — 'अगर कभी मैं तुम्हारी बच्ची को देखूँ — तो मेरा एक हिस्सा — उसमें होगा।'"

"और?"

"और — उसने मुझे एक फ़ोटो भेजा।"

"हाँ।"

"बस — एक फ़ोटो।"

"और कुछ नहीं?"

"और कुछ नहीं।"

"पर — पर ये काफ़ी है।"

"हाँ।"

"क्यों?"

"क्योंकि — एक फ़ोटो — एक हज़ार मुलाक़ातों के बराबर है।"

"बिल्कुल।"

मैंने फ़ोटो देखा।

बहुत देर।

"और — और तुम — तुम कभी मिलोगी उसे?"

"नहीं।"

"क्यों?"

"क्योंकि — क्योंकि वो उसकी बच्ची।"

"और तुम्हारी नहीं।"

"नहीं।"

"पर — पर तुम्हारा नाम।"

"हाँ।"

"तो — तो वो थोड़ी सी तुम्हारी।"

"हाँ। थोड़ी सी।"

"बिल्कुल थोड़ी सी।"

"हाँ। पर — पर ये थोड़ी सी — मेरी पूरी ज़िंदगी के बराबर है।"

मैंने फ़ोटो — डिब्बे में रखा।

जान्वी को लौटाया।

पर जान्वी ने कहा — "नहीं।"

"नहीं?"

"आप रखिए।"

"क्या?"

"हाँ।"

"क्यों?"

"क्योंकि — जब आप किताब पूरी करेंगी — तो — तो उसे एक बार देखिएगा।"

"क्यों?"

"क्योंकि — एक बच्ची — जो — जो एक खोयी प्रेम-कहानी से — पैदा हुई।"

"हाँ।"

"और — और वो ज़िंदगी पा रही है।"

"हाँ।"

"तो — तो — तो आपकी किताब भी — वो काम करे।"

"क्या?"

"एक खोयी कहानी से — एक नयी ज़िंदगी पैदा हो।"

"पाठक के लिए?"

"बिल्कुल।"

मैंने सर हिलाया।

मैंने डिब्बा रखा।

अपने बैग में।

"जा रही हूँ।" मैंने कहा।

"हाँ।"

"फिर मिलेंगे?"

लंबी चुप्पी।

"पता नहीं।"

मेरी आँखें — एक तरह से — रुकीं।

"क्यों?"

"क्योंकि — क्योंकि कुछ रिश्ते — एक पूरे सफ़र के होते हैं।"

"और?"

"और — और आप — आप अपना सफ़र पूरा करेंगी।"

"और तुम?"

"मैं — मैं अपना।"

"पर — पर हम बहनें।"

"हाँ।"

"बहनें मिलती रहती हैं।"

"हाँ। पर — पर शायद — शायद हमारी बहनापा — एक किताब के पन्नों में रहे।"

"मतलब?"

"मतलब — हमारी — हमारी मुलाक़ात — एक काम के लिए थी।"

"क्या?"

"मेरी कहानी सुनाने के लिए।"

"हाँ।"

"और आपकी — आपकी कहानी — पैदा करने के लिए।"

"हाँ।"

"और — और जब वो काम पूरा हो जाए?"

"फिर?"

"फिर — फिर शायद — शायद हम अपने रास्तों पर।"

"पर — पर हम मिले हैं।"

"हाँ।"

"और कुछ रिश्ते — कुछ रिश्ते — एक पूरी ज़िंदगी के होते हैं।"

"और कुछ — कुछ एक काम के लिए।"

"और कौन सा है हमारा?"

"पता नहीं।"

मैंने मुस्कुराया।

"पता नहीं — तुम्हारी सबसे अच्छी बात है।"

"हाँ।"

"फिर — फिर देखेंगे।"

"देखेंगे।"

"और — और शायद — शायद कभी — कभी आप का एक फ़ोन।"

"शायद।"

"या मेरा।"

"शायद।"

"पर अगर न भी हो — तो ठीक।"

"बिल्कुल।"

"क्योंकि — क्योंकि एक किताब के पन्ने — एक तरह का संगम बन जाते हैं।"

"बिल्कुल।"

"जहाँ — जहाँ हम — हम हमेशा मिलते रहेंगे।"

"बिल्कुल।"

मैंने जान्वी को गले लगाया।

बहुत कस के।

बहुत देर।

"विदा।"

"विदा।"

मैं नीचे उतरी।

सीढ़ियों से।

एक auto लिया।

घर तक।

घर पहुँची।

लैपटॉप खोला।

और — और एक नया अध्याय शुरू किया।

जिसमें — जिसमें मैंने अपनी कहानी लिखी।

बारह की उम्र की।

और चौबीस की उम्र की।

दोनों।

एक नयी पहचान के साथ।

"शफ़ाक़।"

जो — जो जान्वी के साथ-साथ — किताब का एक दूसरा किरदार बनी।

जिसकी — जिसकी कहानी — पाठकों को धीरे-धीरे — पकड़ में आएगी।

जो — जो ध्यान से पढ़ेंगे।

ज़ोया जी।

ये जान्वी का संदेश था — आपके लिए।

ये मेरा भी।

और शायद — शायद हर औरत का।

जो — जो किसी न किसी रूप में — टूटी है।

जो — जो किसी न किसी रूप में — चुप है।

जो — जो किसी न किसी रूप में — एक नाम बचा रही है।

और एक नाम — दुनिया को बताने का इंतज़ार कर रही है।

ये किताब — दोनों के लिए।

बचाने वाले नामों के लिए।

और — और बताने वाले नामों के लिए।

दोनों — दोनों ज़रूरी।

दोनों — दोनों एक ही औरत के — दो सच।

* * *

अध्याय अठारह

आख़िरी पन्ना

"कुछ कहानियाँ ख़त्म नहीं होतीं। वो — पाठक के अंदर — फिर शुरू होती हैं। एक पन्ना — जब कोई बंद करता है — उसके अंदर एक नया पन्ना खुलता है। और वो पन्ना — उस पाठक की अपनी कहानी का होता है।"

[यहाँ से ज़ोया की कहानी ख़त्म होती है।]

[यहाँ से — एक नयी आवाज़।]

* * *

जुलाई।

दो हज़ार सत्ताईस।

जान्वी से मेरी आख़िरी मुलाक़ात के — चार महीने।

मेरी किताब — किताब अब तैयार थी।

अठारह अध्याय।

दो सौ चार पन्ने।

पाँच महीने का प्यार। पंद्रह बरस की चुप्पी। पाँच बरस की ख़ामोशी। एक दूसरी मुलाक़ात। एक नयी रूही।

और — और कहीं — कहीं बीच में — मेरी कहानी।

शफ़ाक़ नाम से।

बहुत छोटी।

पर थी।

(और एक बात — जो सिर्फ़ आप जान रहे हैं, जो ये पन्ने पढ़ रहे हैं। छपने से ठीक पहले — आख़िरी proof पर — मैंने शफ़ाक़ का पर्दा हटा

दिया। जो कहानी आपने पिछले अध्यायों में मेरे — ज़ोया के — नाम से पढ़ी, वो पहले शफ़ाक़ के नाम से छुपी थी। पर जो किताब चुप्पियाँ तोड़ने के लिए लिखी गयी हो — उसकी लेखिका ख़ुद पर्दे के पीछे कैसे रहती?)

प्रकाशक ने पूछा था — "किसको dedicate करना है?"

मैंने एक रात सोचा।

बहुत देर।

फिर — फिर मैंने एक पन्ना लिखा।

जो — जो आज — किताब के पहले पन्ने पर है।

एक dedication।

जो — जो किसी एक व्यक्ति के नाम नहीं।

जो — जो कई व्यक्तियों के नाम।

जिनके — जिनके नाम मेरे पास नहीं।

पर — जिनके दर्द — मेरी कहानी में हैं।

"उन सब के नाम —

जो — जो किसी कमरे में — किसी पर्दे के सामने — किसी मक्खी को देखते हुए — बैठी हैं।

जो — जो किसी स्टेशन पर — किसी ट्रेन का इंतज़ार कर रही हैं — मरने के लिए।

जो — जो किसी फ़ोन को घूरती हैं — एक रिंग का इंतज़ार करते हुए — जो शायद कभी न आए।

जो — जो किसी *'I love you'* पर ज़िंदा हैं — पर जिनके पास — एक काग़ज़ नहीं।

जो — जो किसी का नाम बचा रही हैं — दुनिया से।

और — और जो — जो किसी का नाम — दुनिया को बताना चाहती हैं — पर बता नहीं पा रहीं।

ये किताब — आपके लिए।

आप अकेली नहीं।

हम — हम सब हैं।

एक पुराना दर्द — एक नयी कहानी में — फिर पैदा होता है।

और हर बार — एक छोटी सी रूही — एक छोटी सी जान्वी — एक छोटी सी शफ़ाक़ — किसी और लड़की के अंदर — फिर ज़िंदा होती है।

हम मरते नहीं।

हम लिखते रहते हैं।

और लिखते-लिखते — किसी और तक पहुँचते हैं।

— ज़ोया"

किताब छपी।

सितंबर।

दो हज़ार सत्ताईस।

मेरे पास — पहली copy आयी।

मैंने उसे — एक हाथ में पकड़ा।

बहुत देर।

कवर — एक भूरे रंग का।

बीच में — एक छोटा सा गुलाब।

टूटा हुआ।

ज़मीन पर पड़ा।

पर — पर एक हाथ — उसे उठा रहा था।

मेरा कवर।

मैंने जान्वी को फ़ोन किया।

"जान्वी।"

"हाँ।"

"किताब आयी।"

लंबी चुप्पी।

"भेजो।"

"पक्का?"

"पक्का।"

मैंने उसे एक copy भेजी।

courier से।

दो दिन में — पहुँची।

तीसरे दिन — उसका फ़ोन।

"ज़ोया जी।"

"हाँ।"

"पढ़ी।"

"पूरी?"

"पूरी।"

"और?"

लंबी चुप्पी।

बहुत लंबी।

"ज़ोया जी।"

"हाँ?"

"मैं — मैं रोयी।"

"बहुत?"

"बहुत।"

"क्यों?"

"क्योंकि — क्योंकि — क्योंकि मेरी कहानी — आज — एक किताब है।"

"हाँ।"

"और — और एक किताब — एक किताब हमेशा रहेगी।"

"हाँ।"

"मेरी ज़िंदगी — एक दिन ख़त्म होगी।"

"हाँ।"

"पर ये किताब — ये किताब रहेगी।"

"हाँ।"

"और — और — एक तरह से — मैं भी।"

"हाँ।"

"पंद्रह बरस की एक बच्ची — एक भूरे पर्दे के सामने नहीं — एक किताब के पन्ने पर।"

"हाँ।"

"और — और जब कोई और लड़की — एक भूरे पर्दे के सामने — बैठी होगी — और कोई — कोई इस किताब को उसे देगा — तो — तो वो मुझे पढ़ेगी।"

"हाँ।"

"और सोचेगी — मैं अकेली नहीं।'"

"बिल्कुल।"

"और — और शायद — शायद वो भी — एक दिन — किसी से कहेगी।"

"हाँ।"

"और एक कहानी — एक चुप्पी से — एक बात बनेगी।"

"बिल्कुल।"

"धन्यवाद, ज़ोया जी।"

"नहीं।"

"नहीं?"

"नहीं — धन्यवाद नहीं।"

"फिर?"

"फिर — फिर बहन।"

"बहन।"

मैंने फ़ोन रखा।

मेरी आँखें — एक तरह से — भरीं।

पर — पर इस बार — दर्द के लिए नहीं।

ख़ुशी के लिए।

और — और एक नये डर के लिए।

क्योंकि — क्योंकि एक किताब — एक बार दुनिया में चली जाए — तो वो — वो लेखक की नहीं रहती।

वो — वो हर पाठक की हो जाती है।

और हर पाठक — अपनी कहानी ले कर — उसे पढ़ता है।

मेरी कहानी — मेरी जान्वी की कहानी — अब हर पाठक की कहानी।

और — और मुझे डर था।

क्या वो — क्या वो उसे सही तरह से पढ़ेंगे?

क्या वो — क्या वो जान्वी को — एक टूटी हुई लड़की के तौर पर देखेंगे?

या — एक मज़बूत औरत के तौर पर?

क्या वो — क्या वो लड़के को — एक हैवान कहेंगे?

या — एक कमज़ोर इंसान — जो एक पुराने डर का शिकार हुआ?

क्या वो — क्या वो रवि चाचा को पहचानेंगे ?

अपने — अपने रवि चाचाओं को ?

क्या वो — क्या वो शफ़ाक़ को — किसी कोने में — मेरी कहानी के सायों में — पहचानेंगे ?

ये सब — ये सब अब — पाठक के हाथ में था ।

मेरे नहीं ।

* * *

[ज़ोया की कहानी अब ख़त्म ।]

[यहाँ से — एक तीसरी आवाज़ ।]

[किसी और की ।]

* * *

मेरा नाम — मेरा नाम मायरा है ।

बारह बरस की हूँ ।

मैं — मैं भोपाल में रहती हूँ ।

एक छोटी सी बस्ती ।

मेरे पापा एक स्कूल में पढ़ाते हैं ।

मेरी अम्मी — एक हस्पताल में नर्स ।

मेरी एक बहन है — आरुषि — पंद्रह की ।

और — और एक भाई — आदित — सात का ।

हम तीन बच्चे — हमारे माँ-बाप के साथ ।

एक छोटा सा घर ।

दो कमरे ।

मेरा कमरा — दीदी के साथ ।

पर — पर दीदी अब hostel में ।

बारह की क्लास के लिए।

तो — तो कमरा अब मेरा।

अकेला।

और — और एक बात।

एक बात मैंने किसी को नहीं बतायी।

एक चाचा हैं।

विकास चाचा।

पापा के दोस्त।

जो — जो हमारे घर अक्सर आते।

और — और कभी-कभी — कभी-कभी — अम्मी-पापा बाहर होते — आरुषि दीदी hostel में — आदित स्कूल में।

और मैं — और मैं घर पर।

अकेली।

और तब — तब विकास चाचा आते।

और — और —

मैं नहीं लिख पा रही।

मेरी उँगलियाँ — काँप रही हैं।

मेरी डायरी पर — एक आँसू गिरा।

और — और मैंने रुक कर — एक बात सोची।

ये पन्ना मैं — मैं किसी को नहीं दिखाऊँगी।

ये पन्ना — पन्ना मेरा है।

मैं — मैंने एक किताब पढ़ी थी।

पिछले महीने।

मेरी एक दूर की मौसी ने भेजी थी।

मेरी अम्मी को।

अम्मी ने — अम्मी ने पढ़ी।

रोयीं।

बहुत।

और — और कहा — "मैं ये कहीं रख देती हूँ।"

मैं — मैं चुपके से उसे ले गयी।

अपने कमरे में।

रात को — जब सब सो गए — मैंने पढ़नी शुरू की।

तीन रातें।

मैंने पूरी पढ़ी।

टॉर्च की रोशनी में।

कंबल के नीचे।

ज़ोया का नाम — कवर पर।

"नाम मत पूछना उसका।"

जान्वी।

रूही।

लड़का।

बारह की एक बच्ची।

रवि चाचा।

मक्खी।

भूरा पर्दा।

सब।

मैंने — मैंने पढ़ा।

और — और तीसरी रात — जब मैं — जब मैंने आख़िरी पन्ना पढ़ा — मैं रोयी।

बहुत।

बहुत ज़ोर से।

पर चुपके से।

ताकि कोई न सुने।

क्योंकि — क्योंकि उन पन्नों पर — एक बच्ची थी।

बारह की।

जो — जो भूरे पर्दे के सामने बैठी थी।

जो — जो एक मक्खी को देख रही थी।

जो — जो स्कूल से लौटी थी।

जिसकी अम्मी — दूध और बिस्किट दे कर — काम पर चली गयी थीं।

जो — जो एक चाचा का इंतज़ार कर रही थी।

ये — ये बच्ची मेरी जैसी थी।

बस — पर्दा भूरा था उसका।

मेरा — मेरा नीला है।

और मक्खी — मेरी एक मकड़ी है।

जो दीवार के एक कोने में।

जो — जो हमेशा वहीं रहती है।

बाक़ी सब — बाक़ी सब वैसा।

और — और तब — तब मैंने एक बात सोची।

अगर — अगर वो बच्ची — एक किताब में आ सकती है — तो शायद — शायद मैं भी।

अगर — अगर उस बच्ची की कहानी — कोई सुनने वाला मिला — तो शायद — शायद मेरी भी।

और — और — सबसे ज़रूरी।

अगर — अगर वो बच्ची — सत्ताईस बरस की होकर — एक किताब लिख सकती है — तो शायद — शायद मैं भी ज़िंदा रह सकती हूँ।

बारह से सत्ताईस।

पंद्रह बरस।

पंद्रह बरस ज़िंदा।

ये — ये एक तरह का सपना था।

जो मैंने पहले नहीं देखा था।

मैं — मैं सोचती थी — मैं ज़्यादा नहीं रहूँगी।

मेरी एक दीदी की दोस्त — पिछले साल — कुछ कर बैठी थी।

ख़ुद को ख़त्म कर लिया था।

मैंने सोचा था — मैं भी।

एक दिन।

जब — जब बहुत हो जाए।

पर — पर ज़ोया की किताब — मेरे अंदर एक चीज़ बदल गयी।

एक — एक बच्ची ने पंद्रह बरस इंतज़ार किया।

फिर — फिर एक लड़का आया।

जिसने उसकी किताब को सीधा किया।

ये बच्ची भी — मैं भी — शायद — एक दिन — कोई आएगा।

जो — जो मेरी किताब को सीधा करेगा।

और — और शायद — शायद वो लड़का — एक लड़का होगा।

शायद — शायद वो एक लड़की होगी।

शायद — शायद वो एक लेखिका होगी।

शायद — शायद एक डॉक्टर।

पर — पर कोई आएगा।

और तब तक — तब तक मुझे रुकना है।

बस — रुकना।

ज़िंदा रहना।

जैसे — जैसे जान्वी रुकी।

जैसे — जैसे ज़ोया रुकी।

और — और शायद — एक दिन — मैं भी — एक डायरी लिखूँगी।

जैसी — जैसी जान्वी ने लिखी।

जिसमें — जिसमें मैं विकास चाचा का नाम लिखूँगी।

पूरा।

विकास।

और उसके बाद का सरनेम।

और — और एक दिन — एक दिन वो डायरी — किसी को मिलेगी।

मेरी अम्मी को।

मेरी आरुषि दीदी को।

मेरे पापा को।

किसी को।

और — और शायद — शायद वो इंसान — मेरा साथ देगा।

मुझ पर विश्वास करेगा।

जैसे — जैसे — जैसे ज़ोया जी ने जान्वी पर किया।

जैसे — जैसे जान्वी जी ने ज़ोया जी पर किया।

और — और शायद — शायद विकास चाचा — एक दिन — सब के सामने — दोषी कहलाएँगे।

और मैं — मैं ज़िंदा रहूँगी।

सत्ताईस बरस तक।

और — और शायद — शायद — तब तक — एक और बच्ची — कहीं — एक और भूरे पर्दे के सामने — बैठी होगी।

और मेरी कहानी — मेरी कहानी — एक किताब के एक पन्ने पर — उस तक पहुँचेगी।

और वो भी — वो भी रुक जाएगी।

ज़िंदा।

सत्ताईस तक।

और — और इस तरह — एक से दूसरे — दूसरे से तीसरे — तीसरे से चौथे —

हम सब — हम सब — एक-एक — पाँच-पाँच साल — दस-दस साल — बीस-बीस साल — रुकते हुए — एक-दूसरे की कहानी पर — ज़िंदा रहते हैं।

ये — ये एक तरह का प्यार है।

जिसका हिंदी में नाम नहीं।

पर जो — जो कितनी ज़िंदगियाँ बचाता है।

ये — ये किताबों का प्यार।

लिखने वालों का।

पढ़ने वालों का।

बचाने वालों का।

बचने वालों का।

मैंने — मैंने ज़ोया की किताब के आख़िरी पन्ने पर — एक छोटा सा pencil से — एक चीज़ लिखी।

बहुत छोटा।

बहुत हल्का।

ताकि कोई और न देखे।

बस मैं।

और शायद — एक दिन — कोई और बच्ची।

जो मेरी जैसी हो।

जो — जो ये किताब पढ़े।

और — और मेरी पंक्ति देखे।

और — और जाने — कि वो — कि वो भी अकेली नहीं।

मैंने लिखा —

"मायरा। बारह की। भोपाल। मेरा भी एक चाचा है। मैंने पढ़ी। मैं — मैं रुक रही हूँ।"

बस।

ये काफ़ी है।

ये एक रुकना है।

एक छोटा सा।

पर — पर एक रुकना — एक ज़िंदा होना है।

और एक ज़िंदा होना — एक उम्मीद है।

और उम्मीद — उम्मीद किसी और तक पहुँचती है।

जो — जो मेरी पंक्ति को पढ़े।

और — और सोचे — "मायरा भी रुकी।"

"मैं भी रुक सकती हूँ।"

और — और इस तरह — इस तरह — एक रुकना — कई रुकनों में — बदलता है।

और — और हम सब — हम सब — एक तरह से — एक-दूसरे को बचाते हैं।

बिना मिले।

बिना जाने।

बिना नाम के।

बस — एक किताब के एक पन्ने पर — एक pencil की एक छोटी सी पंक्ति।

ज़ोया जी।

जान्वी जी।

रूही जी।

शफ़ाक़ जी।

आप सब को — मेरा सलाम।

आपकी कहानी — आप तक नहीं रुकी।

आपकी कहानी — आज — मेरे पास।

मेरी डायरी में।

मेरी रात में।

मेरे डर में।

मेरी उम्मीद में।

मैं — मैं नहीं जानती — आप मुझ तक कभी पहुँचेंगी।

पर — पर आप पहुँच चुकी हैं।

और मेरी पंक्ति — मेरी पंक्ति — एक किताब के पन्ने पर — आप तक नहीं जाएगी।

पर — पर एक और लड़की तक जाएगी।

और — और इस तरह — आप — आप मेरे ज़रिए — किसी और तक पहुँचेंगी।

और मैं — किसी और के ज़रिए — कहीं और पहुँचूँगी।

ये — ये एक तरह की हमेशा की बात है।

कहानियाँ — कहानियाँ कभी ख़त्म नहीं होतीं।

वो बस — एक से दूसरे — दूसरे से तीसरे — एक रिले की तरह — चलती रहती हैं।

जब तक — जब तक — एक भी पाठक है।

जब तक — एक भी लड़की — एक भूरे पर्दे के सामने — बैठी है।

जब तक — एक भी मक्खी — एक मकड़ी — एक चाचा — एक चुप्पी।

तब तक — कहानियाँ ज़िंदा रहेंगी।

और — और तब तक — कोई न कोई — एक pencil उठाएगा।

और एक छोटी सी पंक्ति लिखेगा।

एक किताब के आख़िरी पन्ने पर।

"मैं भी।"

"मैं रुक रही हूँ।"

बस।

ये काफ़ी है।

ये — ये बहुत है।

* * *

[कहानी ख़त्म।]

[पर — पर शायद — शायद नहीं।]

[क्योंकि — क्योंकि कहानियाँ — कहानियाँ कभी ख़त्म नहीं होतीं।]

[वो — वो किसी और के अंदर — फिर शुरू होती हैं।]

[शायद आपके भी।]

[जो — जो ये पन्ना पढ़ रहे हैं।]

[अभी।]

* * *

"नाम मत पूछना उसका।"

"पर — पर अपना नाम — हमेशा बताना।"

"क्योंकि — आप एक कहानी हैं।"

"और कहानियाँ — कहानियाँ बताए जाने के लिए हैं।"

— समाप्त —

सहायता-संसाधन

अगर आप, या आपका कोई अपना, मानसिक तकलीफ़, शोषण, या ख़ुद को नुक़सान पहुँचाने के विचारों से जूझ रहा हो — तो आप अकेले नहीं हैं। बात कीजिए। ये सेवाएँ भारत में निःशुल्क और गोपनीय हैं:

Tele-MANAS (भारत सरकार, 24×7) — 14416 या 1-800-891-4416

KIRAN हेल्पलाइन (24×7) — 1800-599-0019

CHILDLINE — बच्चों के लिए (24×7) — 1098

iCall (TISS) — 9152987821

Vandrevala Foundation (24×7) — 9999 666 555

"आप एक कहानी हैं। और कहानियाँ — बताए जाने के लिए हैं।"

www.ingramcontent.com/pod-product-compliance
Lightning Source LLC
LaVergne TN
LVHW100249210926
848480LV00003B/870
* 9 7 9 8 9 0 5 4 0 0 3 8 4 *